Sp Clark
Clark, Mary Higgins
Dos nias vestidas de azul

$34.95
ocn148003286
1a ed.   01/16/2008.

Dos niñas vestidas de azul

MARY HIGGINS CLARK

Dos niñas vestidas de azul

Traducción de
Ángeles Leiva

PLAZA JANÉS

Título original: *Two Little Girls in Blue*

Primera edición: marzo, 2007

© 2006, Mary Higgins Clark
  Publicado por acuerdo con la editorial original, Simon &
  Schuster, Inc.
© 2007, Random House Mondadori, S.A.
  Travessera de Gràcia, 47-49. 08021 Barcelona
© 2007, Ángeles Leiva, por la traducción

Printed in Spain – Impreso en España

ISBN: 978-84-01-33616-4

Depósito legal: B. 6.866-2007

Fotocomposición: Anglofort, S. A.

Impreso en Limpergraf
Mogoda, 29. Barberà del Vallès (Barcelona)

Encuadernado en Artesanía Gráfica

L 3 3 6 1 6 4

Para mi editor y amigo Michael V. Korda con cariño

Agradecimientos

La telepatía que existe entre ciertas personas siempre me ha fascinado. Desde que era bien pequeña recuerdo a mi madre, con el ceño fruncido de preocupación, diciendo: «Tengo el presentimiento de que...». Y, tan seguro como que después del día viene la noche, la persona en la que pensaba tenía un problema o no tardaba en tenerlo.

En alguno de mis libros he empleado en cierta medida la telepatía, pero el vínculo que existe entre gemelos, en especial si son idénticos, resulta verdaderamente fascinante. Se trata de un tema que ha ido cobrando cada vez más interés en mi mente, como la trama de una novela que lleva fraguándose mucho tiempo.

Deseo expresar mi agradecimiento a los escritores de obras que versan sobre este tema, en particular a Guy Lyon Playfair por su *Twin Telepathy: the Psychic Connection*, a la doctora Nancy L. Segal por *Entwined Lives*, a Donna M. Jackson por *Twin Tales: The Magic and Mystery of Multiple Births*, a Shannon Baker por su artículo «On Being a Twin» y a Jill Neimark por su reportaje de portada «Nature's Clones» en *Psychology Today*. Los ejemplos que todos ellos ofrecen acerca de la relación psíquica existente entre gemelos me sirvieron de gran ayuda en la narración de esta historia.

En este viaje he contado, como siempre, con la compañía de otras personas. Mi eterna gratitud a quien ha sido y será mi editor, Michael V. Korda, y al editor jefe Chuck Adams por sus valiosos consejos.

Mi agradecimiento asimismo a Lisl Cade, mi querida amiga y publicista, por mantenerse siempre a mi lado, y a mi círculo de lectores, por su fidelidad, así como a nuestros hijos y nietos, que me alientan a lo largo del camino y llenan mi vida de alegría y diversión.

Con este libro quisiera rendir homenaje a la gran dedicación con la que el FBI se vuelca en su trabajo cuando se produce un secuestro. Deseo honrar en especial la memoria del difunto Leo McGillicuddy, una auténtica leyenda entre sus compañeros.

El agente Joseph Conley, ya jubilado, me ha brindado una ayuda formidable en el desarrollo detallado de la actividad entre bastidores del FBI. Por el bien de la narración he optado por resumir algunos de los trámites habituales en la investigación de un caso de secuestro; no obstante, espero haber captado en toda su intensidad el sentido de entrega y compasión que caracteriza a los agentes del FBI.

Y ahora que otra historia empieza a echar raíces en mi mente, es hora de soltar esta, sentarse junto al fuego con Él, el siempre perfecto John Conheeney, y desear a todos los lectores de este libro que disfruten con su lectura. ¡Salud!

1

—Un momento, Rob, creo que una de las gemelas está llorando. Ahora te llamo.

Trish Logan dejó el móvil, se levantó del sofá y atravesó el salón a toda prisa. Era la primera vez que la joven, de diecinueve años, cuidaba a las niñas de los Frawley, aquella familia tan agradable que se había mudado al vecindario hacía unos meses. A Trish le habían caído bien desde el primer momento. La señora Frawley le había contado que cuando era niña su familia solía visitar a unos amigos que tenían en Connecticut, y le gustaba tanto que siempre quiso vivir allí.

—El año pasado, cuando empezamos a buscar casa y pasamos por casualidad por Ridgefield, supe que era el lugar donde quería vivir —le explicó a Trish.

Los Frawley habían comprado la vieja granja de Cunningham, una vivienda «a reformar» que en opinión del padre de Trish debería haberse anunciado más bien como casa «a quemar». Aquel día, jueves 24 de marzo, era el tercer cumpleaños de las hijas de los Frawley, dos gemelas idénticas, y los padres de las niñas habían contratado a Trish para que les echara una mano con la fiesta y luego se quedara por la noche de canguro mientras ellos asistían a una cena de gala en Nueva York.

Después del entusiasmo de la fiesta habría jurado que las niñas se habían quedado profundamente dormidas, pensó Trish mientras subía la escalera que conducía a la habitación de las gemelas. Los Frawley habían arrancado la moqueta raída que cubría el suelo de la casa, y la madera de los peldaños del siglo XIX crujió bajo sus pies.

Cuando estaba a punto de llegar al último escalón se detuvo. La luz que había dejado encendida en el pasillo estaba apagada. Seguro que se habría fundido otro fusible. La instalación eléctrica de la vieja casa estaba hecha un desastre. Aquella misma tarde habían saltado los plomos de la cocina.

El dormitorio de las gemelas estaba situado al final del pasillo. El llanto había cesado y ya no se oía nada. Seguro que una de las niñas ha gritado en sueños, pensó Trish mientras comenzaba a avanzar lentamente en la oscuridad. De repente se detuvo. No es solo la luz del pasillo. La puerta del cuarto la he dejado abierta para oírlas por si se despertaban. Debería verse la luz de la lamparilla. Y ahora resulta que la puerta está cerrada. Pero si hubiera estado cerrada hace un minuto no habría oído llorar a una de ellas.

Presa de un miedo repentino, Trish aguzó el oído. ¿Qué era aquel ruido? Un súbito escalofrío le recorrió el cuerpo al identificarlo: pasos suaves. Un indicio de una respiración igualmente suave. Un olor acre a sudor. Había alguien a su espalda.

Trish intentó gritar, pero de sus labios solo salió un gemido. Intentó echar a correr, pero las piernas no le respondían. Notó que una mano le agarraba del pelo y tiraba hacia atrás de su cabeza. Lo último que recordaba era una sensación de presión en el cuello.

El intruso le soltó el cabello y dejó que Trish se desplomara en el suelo. Felicitándose por la eficiencia con la que había dejado inconsciente a la joven sin dolor, el hombre encendió su linterna, ató a Trish, le vendó los ojos y la amordazó. Luego enfocó al suelo para sortear el cuerpo de la joven y recorrió el pasillo rápidamente antes de abrir la puerta del dormitorio de las gemelas.

Las pequeñas Kathy y Kelly yacían en la cama doble que compartían, ambas con ojos de sueño y pánico. La mano derecha de Kathy y la izquierda de Kelly estaban entrelazadas. Con la mano que tenían libre trataban de quitarse la mordaza que les tapaba la boca.

El hombre que había planeado los detalles del secuestro estaba de pie junto a la cama.

—¿Estás seguro de que no te ha visto, Harry? —preguntó con brusquedad.

—Estoy seguro. Quiero decir que estoy seguro, Bert —respondió el otro. Se dirigían el uno al otro con los nombres que habían acordado emplear para aquel trabajo: «Bert» y «Harry», unos personajes de dibujos animados que salían en un anuncio de cerveza de los años sesenta.

Bert cogió en brazos a Kathy y espetó:

—Coge a la otra. Y tápala con una manta, que fuera hace frío.

Con paso rápido y nervioso los dos hombres bajaron corriendo por la escalera de atrás, atravesaron la cocina a toda prisa y salieron al camino de entrada a la casa, sin molestarse en cerrar la puerta tras ellos. Ya en la furgoneta, Harry se sentó en el suelo del asiento trasero, estrechando a las gemelas entre sus brazos fornidos. Bert conducía el vehículo en su avance por las sombras del porche.

Al cabo de veinte minutos llegaron a la casita de campo donde aguardaba Angie Ames.

—Son monísimas —susurró mientras los hombres entraban en la casa con las gemelas en brazos y las acostaban en la cuna tipo hospital que tenían preparada para ellas. Con un movimiento de manos hábil y rápido Angie desató las mordazas que tapaban la boca de las niñas.

Las pequeñas se abrazaron y empezaron a llorar.

—Mami… mami —gritaron al unísono.

—Chis, chis, no tengáis miedo —dijo Angie con voz tranquilizadora mientras tiraba de un lateral de la cuna para acercarla a ella. Como la cuna era demasiado alta para que pudiera tender los brazos por encima los pasó entre los barrotes y comenzó a acariciarles los rizos de color rubio oscuro.

—No pasa nada —susurró con voz cantarina—. Tranquilas, volved a dormiros. Mona cuidará de vosotras. Mona os quiere.

«Mona» era el nombre que le habían ordenado utilizar cuando estuviera con las niñas.

—No me gusta ese nombre —protestó Angie la primera vez que lo oyó—. ¿Por qué tiene que ser Mona?

—Porque suena parecido a «mama». Porque cuando tengamos el dinero y entreguemos a las crías, no queremos que digan: «Nos cuidó una señora que se llamaba Angie», y otra buena razón para llamarte Mona es que no haces más que quejarte* —le había espetado entonces el hombre que se hacía llamar Bert.

—Haz que se callen —le ordenó en aquel momento—. Están armando mucho ruido.

—Cálmate, Bert. Nadie va a oírlas —le tranquilizó Harry.

Tiene razón, pensó Lucas Wohl, el verdadero nombre de «Bert». Uno de los motivos, después de mucho meditarlo, por los que había propuesto a Clint Downes —el verdadero nombre de «Harry»— que colaborara con él en el secuestro era porque Clint residía como guarda en aquella casa durante los nueve meses que el club de campo de Danbury permanecía cerrado, desde el día del Trabajo a principios de septiembre hasta el 31 de mayo. La casa no se veía ni siquiera desde el camino de acceso por el que Clint entraba y salía de la propiedad, y para abrir la verja tenía que emplear un código.

Era un lugar ideal para esconder a las gemelas, y el hecho de que Angie, la novia de Clint, trabajara a menudo de canguro cerraba el círculo.

—Dejarán de llorar de un momento a otro —dijo Angie—. Conozco a los niños. Verás como vuelven a dormirse. —Angie comenzó a frotarles la espalda mientras cantaba desafinando—: *Tengo una muñeca vestida de azul, con su camisita y su canesú...*

Lucas maldijo entre dientes, se abrió paso a través del estrecho hueco que quedaba entre la cuna y la cama de matrimonio y salió de la habitación para cruzar el salón de camino a la cocina de la casa. Hasta entonces Clint y él no se quitaron la chaqueta

---

*«Quejarse» en inglés (*moan*) se asemeja a la grafía y la fonética de Mona. *(N. de la T.)*

con capucha y los guantes. Frente a ellos tenían la botella de whisky escocés llena y los dos vasos vacíos que habían dejado preparados para celebrar el éxito de la misión.

Los dos hombres tomaron asiento a ambos extremos de la mesa y se miraron en silencio. Mientras observaba con desdén a su socio, Lucas cayó en la cuenta una vez más de que Clint y él no podían parecerse menos, tanto por apariencia como por carácter. Lucas veía su aspecto físico sin sentimentalismos; a veces hacía de testigo ocular de sí mismo y se describía como un individuo de unos cincuenta años, escuálido, de estatura mediana, entradas pronunciadas, rostro estrecho y ojos juntos. Lucas, que trabajaba como conductor de limusinas por cuenta propia, sabía que había logrado adoptar a la perfección la apariencia externa de un empleado servil y complaciente, una imagen que asumía cada vez que se plantaba el uniforme negro de chófer.

Lucas había conocido a Clint en la cárcel y a lo largo de los años había trabajado con él en una serie de robos a propiedades privadas. Nunca los habían cogido gracias a la meticulosidad de Lucas. Nunca habían cometido un delito en Connecticut porque Lucas no era partidario de mancillar su tierra natal. Pero aquel trabajo, por muy arriesgado que fuera, era demasiado grande para pasarlo por alto, y al final acabó infringiendo aquella norma.

Ahora observaba a Clint mientras este abría la botella de whisky y llenaba los vasos hasta el borde.

—Por la semana que viene, cuando estemos en un barco en St. Kitts con los bolsillos repletos de billetes —dijo Clint, buscando con la mirada el rostro de Lucas mientras esbozaba una sonrisa optimista.

Lucas le devolvió la mirada, analizando una vez más a su socio. A sus cuarenta y pocos años, Clint había perdido la forma física de forma evidente. Los veinte kilos de sobrepeso que tenía alojados en un cuerpo ya de por sí achaparrado le hacían sudar con suma facilidad, incluso en una noche de marzo como aquella, en la que la temperatura había bajado de golpe. Su pecho y sus brazos fornidos no encajaban con su rostro angelical y su larga cola de caballo, que se había dejado crecer porque Angie, su novia de toda la vida, también llevaba una.

Angie. Una chica más escuálida que una rama seca, pensó Lucas con desprecio. Con un aspecto que daba pena. Al igual que Clint, siempre se la veía desaliñada, vestida con una camiseta vieja y unos tejanos andrajosos. Su única virtud a ojos de Lucas era que tenía experiencia como canguro. Las niñas no debían sufrir ningún percance hasta que se pagara el rescate y pudieran entregarlas como moneda de cambio. Pero Lucas tenía presente que Angie aspiraba a algo más. Angie es avariciosa. Quiere el dinero. Quiere vivir en un barco en medio del Caribe.

Lucas se llevó el vaso a los labios. El Chivas Regal le supo suave en la lengua y notó su calor balsámico mientras le recorría la garganta.

—Cada cosa a su tiempo. De momento, todo va bien —dijo con voz cansina—. ¿Tienes el móvil que te pasé?

—Sí.

—Si llama el jefe, dile que tengo un servicio a las cinco de la mañana. Voy a apagar el móvil, a ver si duermo un rato.

—¿Cuándo tengo que quedar con él, Lucas?

—Tú no tienes que quedar con nadie. —Lucas se sirvió el resto del whisky en el vaso y empujó la silla hacia atrás. Desde el dormitorio les llegó la voz de Angie, que seguía cantando:

—*La saqué a paseo, se me constipó, la tengo en la cama...*

2

Al oír un chirrido de frenos en la carretera situada frente a la casa el comisario de la policía de Ridgefield, Robert «Marty» Martinson, dedujo que se trataría de los padres de las gemelas desaparecidas.

Habían telefoneado a la comisaría tan solo unos minutos después de recibirse la llamada de emergencia.

—Soy Margaret Frawley —había dicho la mujer, con la voz temblorosa por el miedo—. Vivimos en el número 10 de Old Woods Road. No podemos ponernos en contacto con nuestra canguro. No responde al teléfono de casa ni a su móvil. Está cuidando de nuestras dos hijas gemelas de tres años. Tememos que haya pasado algo. Estamos en la carretera, de camino a casa.

—Ahora mismo vamos para allá —le había prometido Marty. Dado que los padres iban por la autopista y no había duda de que ya estaban preocupados, el comisario pensó que no tenía mucho sentido decirles que ya sabía que había sucedido algo terrible. El padre de la canguro acababa de telefonear desde el número 10 de Old Woods Road para informarles de lo siguiente:

—Mi hija está atada y amordazada. Las gemelas que estaba cuidando han desaparecido. En su cuarto hay una nota de rescate.

Una hora después la zona situada en torno a la casa y el camino de entrada se veían acordonados, a la espera de la llegada del equipo forense. Marty habría preferido que los medios no se hubieran enterado de lo del secuestro, pero sabía que eso era imposible. Le constaba que los padres de la canguro habían contado a todos los presentes en la sala de urgencias del hospital donde estaban atendiendo a Trish Logan que las gemelas habían desaparecido. Los periodistas aparecerían de un momento a otro. El FBI había sido informado de lo sucedido, y sus agentes estarían al caer.

Marty se preparó para la situación que se avecinaba al ver que la puerta de la cocina se abría y los padres de las niñas entraban como una exhalación. Desde su ingreso en el cuerpo con veintiún años de edad, Marty se había ejercitado para retener la primera impresión de las personas que tuvieran relación con un delito, ya fueran víctimas, autores o testigos. Luego anotaba dichas impresiones en su libreta. En círculos policiales lo conocían como «El Observador».

Rondarán los treinta y pocos, pensó mientras Margaret y Steve Frawley se encaminaban hacia él a toda prisa. Una pareja atractiva, vestidos ambos de etiqueta. La madre lucía una melena castaña que le caía sobre los hombros. Era esbelta, pero por la forma en que apretaba los puños parecía tener fuerza. Llevaba las uñas cortas y pintadas con esmalte incoloro. Seguro que le va el deporte, pensó Marty. Los ojos intensos de la mujer tenían un tono azul oscuro que parecía casi negro cuando se cruzaron con los del joven policía.

Steve Frawley, el padre, era alto, de un metro noventa de estatura, cabello rubio oscuro y ojos azul claro. Sus hombros anchos y sus brazos fornidos le tiraban de las costuras de la chaqueta del esmoquin, que le quedaba pequeña. Debería comprarse una nueva, pensó Marty.

—¿Les ha pasado algo a nuestras hijas? —inquirió Frawley.

Marty vio cómo Steve Frawley ponía las manos sobre los hombros de su mujer como si quisiera prepararla ante el posible golpe de una mala noticia.

No había una manera sutil de comunicar a unos padres que sus hijas habían sido secuestradas y que en la nota que habían dejado encima de la cama exigían un rescate de ocho millones de dólares. La expresión de absoluta incredulidad que reflejaban los rostros de la joven pareja parecía sincera, pensó Marty, una reacción que anotaría en su cuaderno, aunque con un interrogante.

—¡Ocho millones de dólares! ¡Ocho millones de dólares! ¿Y por qué no ochenta, ya puestos? —repuso Steve Frawley, pálido—. Hemos invertido hasta el último centavo que teníamos para cerrar la compra de esta casa. Ahora mismo hay mil quinientos dólares en la cuenta corriente, eso es todo lo que tenemos.

—¿Tienen algún familiar rico? —inquirió Marty.

Los Frawley se echaron a reír, con esa risa estridente fruto de la histeria. Luego, ante la mirada de Marty, Steve giró a su mujer hacia él y se abrazaron mientras la risa de ambos se entrecortaba y el sonido áspero de los sollozos sin lágrimas de él se mezclaban con los gemidos de ella.

—Quiero a mis niñas. Quiero a mis niñas.

3

A las once en punto sonó el móvil especial. Clint lo cogió.

—Dígame —respondió.

—Aquí el Flautista.

Este tipo, sea quien sea, está intentando disimular la voz, pensó Clint mientras se dirigía a la otra punta del salón para alejarse lo más posible del canto de Angie en su afán por arrullar a las gemelas. Que ya están dormidas, pensó irritado. Cállate de una vez.

—¿Qué es ese ruido que se oye de fondo? —inquirió el Flautista con tono cortante.

—Mi novia, que está cantando una nana a las niñas que está cuidando. —Clint sabía que con su respuesta estaba facilitando a su interlocutor la información que quería. Lucas y él habían logrado llevar a cabo la misión con éxito.

—No consigo hablar con Bert.

—Me ha dicho que le dijera que tenía un servicio a las cinco de la mañana en el aeropuerto Kennedy. Se ha ido a casa a dormir, por eso ha apagado el teléfono. Espero que…

—Harry, pon la tele —interrumpió el Flautista—. Están dando una noticia de última hora sobre un secuestro. Te volveré a llamar por la mañana.

Clint pulsó el botón del mando a distancia y, al encenderse el televisor, vio que la casa de Old Woods Road aparecía en pantalla. Aunque era de noche y estaba nublado, la luz del porche dejaba ver los desconchados del enlucido exterior y los postigos medio combados. La cinta amarilla de la policía para impedir el paso de la prensa y los curiosos llegaba hasta la carretera.

—Los nuevos propietarios, Stephen y Margaret Frawley, se mudaron a esta casa hace solo unos meses —estaba explicando el periodista—. Los vecinos pensaban que derribarían la casa, pero luego vieron que los Frawley tenían la intención de ir renovando poco a poco la estructura existente. Esta misma tarde los hijos de algunos vecinos han asistido a la fiesta de cumpleaños de las gemelas desaparecidas, que cumplían tres años. Tenemos una fotografía sacada en dicha fiesta, de hace tan solo unas horas.

La pantalla del televisor se vio ocupada de repente con los rostros de las dos gemelas, que miraban con entusiasmo la tarta de cumpleaños. A cada lado del dulce festivo había tres velas, y en el centro una vela más grande.

—La vecina de los Frawley nos han contado que la vela del centro es la de la vida. Las gemelas son tan idénticas en todos los aspectos que la madre comentó en broma durante la fiesta que no merecía la pena poner otra cuando la misma vela valía para las dos.

Clint cambió de canal. En pantalla se vio otra imagen de las gemelas ataviadas con sus vestidos de terciopelo azul. Salían cogidas de la mano.

—Míralas, qué monas... Son una preciosidad —dijo Angie, sobresaltando a Clint con su presencia—. Hasta dormidas siguen cogiditas de la mano. ¿A que son un encanto?

Clint no la había oído acercarse por detrás. Angie le pasó los brazos por el cuello.

—Siempre he querido tener un hijo, pero me dijeron que no podría —le explicó mientras le acariciaba la mejilla con la nariz.

—Lo sé, cariño —le respondió Clint con voz paciente. No era la primera vez que escuchaba aquella historia.

—Y luego me pasé tanto tiempo sin ti...

—Tenías que estar en aquel hospital especial, cariño. Causaste graves lesiones a una persona.

—Pero ahora vamos a tener mucho dinero y viviremos en un barco en el Caribe.

—Es de lo que siempre hemos hablado. Y muy pronto podremos hacerlo.

—Tengo una idea. Llevémonos a las niñas con nosotros.

Clint apagó el televisor con gesto brusco y se puso de pie de un respingo para volverse de cara a Angie y cogerla de las muñecas.

—A ver, Angie, dime qué hacemos aquí con estas niñas.

La mujer lo miró y tragó saliva, nerviosa.

—Las hemos secuestrado.

—¿Para qué?

—Para conseguir un montón de dinero y poder vivir en un barco.

—En vez de vivir como gitanos y aguantar que nos echen de aquí cada verano para que vengan a vivir los que juegan al golf. ¿Y qué nos pasaría si nos cogiera la policía?

—Que nos meterían en la cárcel mucho tiempo.

—¿Y qué fue lo que prometiste hacer?

—Cuidar de las niñas, jugar con ellas, vestirlas y darles de comer.

—¿Y no es eso lo que vas a hacer?

—Sí, sí. Lo siento, Clint. Te quiero. Puedes llamarme Mona. No me gusta ese nombre, pero si quieres que me llame así no pasa nada.

—No debemos utilizar nunca nuestros verdaderos nombres delante de las niñas. Dentro de un par de días las entregaremos y tendremos el dinero.

—Clint, quizá podríamos… —Angie se calló. Sabía que Clint se enfadaría si le propusiera que se quedaran con una de las gemelas. Pero lo haremos, se prometió a sí misma con astucia. Sé cómo hacerlo. Lucas se cree muy listo. Pero yo soy más lista que él.

4

Margaret Frawley estrechó la taza de té humeante entre sus manos. Estaba muerta de frío. Steve la había arropado con una manta de punto que había cogido del sofá del salón, pero aun así le seguía temblando todo el cuerpo.

Las gemelas habían desaparecido. Kathy y Kelly habían desaparecido. Alguien se las había llevado y había dejado una nota de rescate. No tenía sentido. Las palabras resonaban en su cabeza con una cadencia a modo de letanía: «Las gemelas han desaparecido. Kathy y Kelly han desaparecido».

La policía no les había permitido entrar en el dormitorio de las niñas.

—Nuestro trabajo consiste en encontrarlas —les dijo el comisario Martinson—. No podemos arriesgarnos a perder una sola huella digital o muestra de ADN dejando que se contamine el lugar.

La zona restringida comprendía asimismo el descansillo del piso de arriba donde habían atacado a la canguro. Trish se iba a poner bien. Estaba en el hospital y había explicado a la policía todo lo que recordaba. Les dijo que estaba hablando por el móvil con su novio cuando le pareció oír que una de las gemelas lloraba. Entonces subió al piso de arriba y supo al instante que algo pasaba al no ver encendida la luz del cuarto de las gemelas; fue entonces cuando se dio cuenta de que había alguien detrás de ella. Después de eso no recordaba nada más.

¿Acaso habría alguien más en el cuarto con las niñas?, se preguntó Margaret. Kelly tiene el sueño más ligero, pero puede que Kathy estuviera inquieta. Parecía estar incubando un resfriado.

Si una de las niñas se puso a llorar, ¿la haría alguien dejar de llorar?

A Margaret le resbaló la taza de las manos e hizo un gesto de dolor al salpicarle el té caliente la blusa y la falda que se había comprado en una tienda de ropa de oferta para la cena de empresa de alto copete a la que habían asistido aquella noche en el Waldorf.

Aunque el conjunto le había salido por un tercio de lo que le habría costado en la Quinta Avenida, era igualmente carísimo para su bolsillo.

Steve insistió en que me lo comprara, pensó Margaret sin ánimo. Se trataba de una cena de empresa importante. De todas formas, esta noche me apetecía arreglarme un poco. Hace un año por lo menos que no íbamos a una cena de gala.

Steve estaba intentando secarle la ropa con un paño.

—Marg, ¿estás bien? ¿Te has quemado con el té?

Tengo que ir arriba, pensó Margaret. A lo mejor las gemelas se han escondido en el armario. Recuerdo que una vez hicieron eso. Yo hice como si las buscara sin encontrarlas. Las oía reírse cuando las llamaba por su nombre. «Kathy… Kelly… Kathy… Kelly… ¿dónde estáis?…» En aquel momento Steve llegó a casa. Yo le avisé desde arriba.

«Steve… Steve… las gemelas han desaparecido. No están por ninguna parte.»

Más risitas desde el interior del armario.

Steve sabía que yo hablaba en broma. Subió al cuarto de las niñas y yo señalé el armario. Steve se acercó a él y dijo, alzando la voz: «A lo mejor Kathy y Kelly se han escapado. A lo mejor ya no nos quieren. Debe de ser eso, no sirve de nada que las busquemos. Anda, vamos a apagar las luces y a cenar fuera de casa».

Al cabo de un instante la puerta del armario se abrió de golpe.

«Que sí que os queremos, que sí que os queremos», gimieron las gemelas al unísono.

Margaret recordó lo asustadas que parecían entonces, y las imaginó muertas de miedo al ver que alguien las cogía para llevárselas de allí. Ahora mismo alguien las tiene escondidas en alguna parte, pensó.

Esto no puede estar sucediendo de verdad. Es una pesadilla de la que voy a despertar. Quiero a mis niñas. ¿Por qué me duele el brazo? ¿Qué hace Steve poniéndome algo frío en el brazo?

Margaret cerró los ojos. Se percató vagamente de que el comisario Martinson estaba hablando con alguien.

—Señora Frawley.

Margaret alzó la vista. Había entrado en la cocina otro hombre.

—Señora Frawley, soy el agente del FBI Walter Carlson. Tengo tres hijos y sé cómo se debe de sentir en estos momentos. Estoy aquí para ayudarle a que le devuelvan a sus hijas, pero necesitamos su ayuda. ¿Podría contestarme a unas preguntas?

Walter Carlson tenía una mirada amable. No parecía tener más de cuarenta y cinco años, de modo que sus hijos no pasarían de la pubertad.

—¿Por qué querría alguien llevarse a mis niñas? —le preguntó Margaret.

—Eso es lo que vamos a averiguar, señora Frawley.

Carlson reaccionó rápido al ver que Margaret comenzaba a escurrirse de la silla.

5

Franklin Bailey, el director financiero de una cadena de tiendas de alimentación de propiedad familiar, era el beneficiario del servicio que tenía Lucas a las cinco de la mañana. Bailey era uno de sus clientes habituales, dada la frecuencia con la que recorría la costa Este de punta a punta en trayectos de un solo día. Había veces, como en esta ocasión, que Lucas lo llevaba a Manhattan para una reunión y lo esperaba allí para llevarlo de vuelta a casa.

A Lucas no se le había ocurrido ni por un instante dejar de realizar un servicio aquella mañana. Le constaba que una de las primeras cosas que investigaría la policía sería a los obreros que hubieran trabajado cerca de la casa de los Frawley. Lo más probable era que acabara formando parte de la lista, ya que Bailey vivía en High Ridge, a solo dos manzanas de Old Woods.

Claro que la policía no tendrá motivo para fijarse en mí más de la cuenta, se tranquilizó Lucas. Llevo veinte años trayendo y llevando a gente de aquí para allá en esta ciudad, y nunca he hecho nada que levantara sospechas. Sabía que sus vecinos de la cercana Danbury, donde residía, lo tenían por un individuo callado y solitario, aficionado a pilotar una avioneta del aeropuerto de Danbury en sus ratos de ocio. También le divertía decir a la gente lo mucho que le gustaba ir de excursión, una explicación que solía dar las veces que otro conductor ocupaba su puesto. El lugar al que iba de excursión era, naturalmente, la casa de turno en la que hubiera decidido entrar a robar.

De camino a la residencia de Bailey aquella mañana, Lucas resistió la tentación de pasar por delante de la casa de los Frawley. Habría sido una locura. Imaginaba la actividad que habría allí en aquellos momentos. Se preguntó si el FBI estaría todavía. ¿A qué conjeturas habrían llegado?, se planteó un tanto divertido. ¿A que la cerradura de la puerta trasera podía abrirse con una tarjeta de crédito? ¿A que alguien oculto entre la maleza del jardín podría haber visto sin problemas a la canguro tirada en el sofá de palique por el móvil? ¿A que, con solo echar un vistazo por la ventana de la cocina, un intruso habría visto que podía subir al piso de arriba por la escalera de atrás sin que la canguro se enterara de nada? ¿A que tuvieron que ser como mínimo dos personas las que llevaron a cabo el secuestro, una para deshacerse de la canguro y otra para que las niñas se mantuvieran en silencio?

Lucas llegó a la entrada de la casa de Franklin Bailey a las cinco menos cinco, dejó el coche encendido para que el contable ricachón se encontrara cómodo y se contentó con pensar en el dinero que se llevaría del pago del rescate.

La puerta principal de la espléndida mansión de estilo Tudor se abrió. Lucas se apresuró a salir de la limusina y abrió la puerta trasera a su cliente. Entre las pequeñas muestras de cortesía que profesaba a sus clientes estaba la de desplazar hacia delante el asiento del copiloto de modo que atrás quedara libre el mayor espacio posible para colocar las piernas.

Bailey, un hombre cano que rondaba los setenta años, masculló un saludo en tono distraído. Pero cuando el coche empezó a moverse dijo:

—Lucas, gire por Old Woods Road. Quiero ver si aún está la policía.

Lucas notó que se le hacía un nudo en la garganta. ¿Qué razón tendría Bailey para pasar por allí?, se preguntó. Bailey no era ningún curioso ávido de sucesos. Debía de tener alguna razón. Pues claro, Bailey era un mandamás en la zona, cayó en la cuenta Lucas. En su día había sido alcalde. El hecho de que se dejara caer por allí no tenía por qué llamar la atención sobre la limusina en la que viajaba. Por otra parte, Lucas siempre se fiaba de aquella sensación de picor frío que le entraba cuando se veía cerca del radio de acción del radar que controlaba el cumplimiento de la ley, sensación que le sobrevino en aquellos momentos.

—Como usted mande, señor Bailey. Pero ¿por qué iba a estar la policía en Old Woods Road?

—Está claro que no ha visto las noticias, Lucas. Anoche secuestraron a las gemelas de tres años de la pareja que vino a vivir hace poco al viejo caserón de Cunningham.

—¡Que las secuestraron! ¿Lo dice en serio, señor?

—Me temo que sí —respondió Franklin Bailey en tono grave—. Nunca ha ocurrido nada parecido en Ridgefield. He hablado con los Frawley varias veces y les tengo mucho aprecio.

Lucas avanzó dos manzanas antes de girar por Old Woods Road. Había barreras policiales frente a la casa en la que ocho horas atrás había forzado la entrada para llevarse a las niñas. A pesar del desasosiego que le invadía y de que el sentido común le advertía del riesgo al que se exponía estando allí, Lucas no pudo por menos de pensar con aire de suficiencia: Hatajo de imbéciles. Anda, que si supierais…

Al otro lado de la calle había aparcadas varias unidades móviles de televisión. Dos agentes de policía estaban apostados delante de las barreras para impedir el paso al camino de entrada de la casa. Lucas vio que iban provistos de libretas.

Franklin Bailey bajó la ventanilla de atrás y fue reconocido de inmediato por el sargento a cargo de la vigilancia, quien comenzó a disculparse por no poder permitirle que estacionara en la zona.

Bailey no le dejó terminar.

—Ned, no quiero aparcar. Pero tal vez pudiera ayudar en algo. Tengo un desayuno de negocios a las siete en Nueva York; estaré de vuelta a las once. ¿Quién está dentro, Marty Martinson?

—Sí, señor. Y el FBI.

—Ya sé cómo van estas cosas. Dale a Marty mi tarjeta. Llevo media noche escuchando las noticias. Los Frawley acaban de mudarse aquí y no parece que tengan parientes cercanos con los que puedan contar. Dile a Marty que si puedo ser de alguna ayuda como persona de contacto con los secuestradores, estoy a su disposición. Dile que recuerdo que durante el secuestro de Lindbergh un catedrático que se ofreció como persona de contacto fue una pieza clave en la mediación con los secuestradores.

—Se lo diré, señor. —El sargento Ned Barker cogió la tarjeta y anotó algo en su libreta. Luego, con cierto tono de disculpa, añadió—: Debo pedir a cualquier persona que pase por aquí su identificación. Estoy seguro de que se hace cargo.

—Por supuesto.

Barker miró a Lucas.

—¿Puedo ver su permiso de conducir, señor?

Lucas sonrió, con aquella sonrisa suya tan solícita y complaciente.

—Cómo no, agente, faltaría más.

—Yo respondo por Lucas —dijo Franklin Bailey—. Lleva años a mi servicio como chófer.

—Solo cumplo órdenes, señor Bailey. Estoy seguro de que se hace cargo.

El sargento examinó el permiso de conducir. Sus ojos pasaron del documento al rostro de Lucas y, sin mediar comentario alguno, se lo devolvió y procedió a anotar algo en su libreta.

Franklin Bailey subió la ventanilla y se recostó en el asiento.

—Bien, Lucas, en marcha. Seguro que es un gesto inútil, pero no sé por qué sentía que tenía que hacerlo.

—A mí me parece que ha sido un gesto que lo honra, señor. Yo no tengo hijos, pero no se necesita mucha imaginación para hacerse una idea de lo que estarán pasando esos pobres padres en estos momentos. —Solo espero que lo pasen lo bastante mal como para que se presenten con ocho millones de dólares, pensó riendo para sus adentros.

6

Las persistentes voces de dos niñas que llamaban a su madre sin cesar sacó a Clint de un pesado sueño fruto del Chivas Regal. Al no obtener respuesta, las pequeñas se habían puesto a trepar por los altos barrotes de la cuna en la que estaban durmiendo.

Angie yacía junto a Clint, roncando, ajena a las voces de las niñas y al traqueteo de la cuna. Clint se preguntó cuánto habría bebido ella después de que él se acostara. A Angie le encantaba quedarse despierta hasta altas horas de la noche viendo películas antiguas, con una botella de vino como única compañía. Charlie Chaplin, Greer Garson, Marilyn Monroe, Clark Gable... los adoraba a todos.

—Esos sí que eran actores —solía decirle, arrastrando las palabras—. Ahora parecen todos iguales. Rubios, guapos, asiliconados, con liftings y liposucciones por todas partes... pero ¿saben actuar? No.

Hasta el cabo del tiempo, después de tantos años con ella, Clint no se había dado cuenta de que lo que Angie tenía era envidia. Quería ser guapa. Y Clint se había valido de ello como una manera más de conseguir que ella accediera a cuidar de las niñas.

—Tendremos tanto dinero que si quieres ir a un balneario, cambiarte el color del pelo o ponerte en manos de los mejores cirujanos plásticos para que te dejen más guapa, podrás hacerlo. Lo único que tienes que hacer es cuidar bien de ellas; solo serán unos días, o una semana como mucho.

Clint le hincó el codo en el costado.

—Levántate.

Angie se hundió aún más en la almohada. Clint le zarandeó el hombro.

—Que te levantes, he dicho —gruñó.

Angie levantó la cabeza de mala gana y la asomó por encima de los barrotes.

—¡Acostaos! ¡Venga, a dormir! —espetó.

Al ver la cara de enfado de Angie, Kathy y Kelly se echaron a llorar.

—Mami… papi.

—¡Chis! ¡A callar!

Las gemelas volvieron a acostarse y se abrazaron entre gimoteos. Desde la cuna se oía el débil sonido de sus sollozos apagados.

—¡Que os calléis, he dicho!

Los sollozos se convirtieron en hipo.

Angie le dio un codazo a Clint.

—Mona empezará a quererlas a las nueve. Ni un minuto antes.

7

Margaret y Steve se pasaron en vela toda la noche con Marty Martinson y el agente Carlson. Tras el vahído sufrido, Margaret se había negado categóricamente a ir al hospital.

—Ustedes mismos han dicho que necesitan mi ayuda —insistió.

Margaret y Steve contestaron los dos juntos a las preguntas de Carlson. Una vez más negaron rotundamente tener acceso a una suma de dinero significativa, y menos aún a millones de dólares.

—Mi padre murió cuando yo tenía quince años —explicó Margaret a Carlson—. Mi madre vive en Florida con su hermana. Trabaja de secretaria en la consulta de un médico. Aún me quedan por pagar diez años del crédito universitario de la facultad de Derecho.

—Mi padre es un capitán de bomberos de Nueva York jubilado —añadió Steve—. Mi madre y él viven en un apartamento en Carolina del Norte. Lo compraron antes de que los precios se pusieran por las nubes.

Cuando les preguntaron sobre sus otros familiares, Steve reconoció que no tenía muy buenas relaciones con su hermanastro, Richie.

—Tiene treinta y seis años, cinco más que yo. Mi madre era una viuda joven cuando conoció a mi padre. Richie siempre tuvo algo de rebelde. Nunca estuvimos muy unidos que digamos. Y para colmo conoció a Margaret antes que yo.

—Pero no salimos juntos —se apresuró a aclarar Margaret—. Coincidimos en una boda y bailamos juntos unas cuantas veces. Me dejó un mensaje en el contestador, pero nunca le devolví la llamada. Fue una casualidad que un mes después conociera a Steve en la facultad.

—¿Dónde está ahora Richie? —preguntó Carlson a Steve.

—Trabaja de maletero en el aeropuerto de Newark. Se ha divorciado un par de veces. Dejó los estudios y tiene celos de mí porque acabé la carrera y me licencié en derecho. —Steve vaciló antes de volver a hablar—. Ya puestos, supongo que debería contarles que tiene antecedentes por delincuencia juvenil; se pasó cinco años en la cárcel por participar en un chanchullo de blanqueo de dinero. Pero nunca haría nada como esto.

—Puede que no, pero de todos modos lo comprobaremos —dijo Carlson—. ¿Se les ocurre alguien más que pudiera tenerles rencor por algo o que hubiera tenido contacto con las gemelas y pudiera haber pensado en secuestrarlas? ¿Han tenido obreros en casa desde que se mudaron aquí?

—No. Mi padre es un manitas y me enseñó muy bien —explicó Steve, con un tono de voz apagado por el cansancio—. Desde que llegamos he aprovechado las noches y los fines de semana para hacer reparaciones básicas. Debo de ser el mejor cliente de la ferretería de la zona.

—¿Y los de la empresa de mudanzas que contrataron? —preguntó Carlson a renglón seguido.

—Son policías fuera de servicio —contestó Steve, y por un instante estuvo a punto de sonreír—. Todos ellos tienen hijos. Si hasta me enseñaron fotos suyas. Había un par que tenían más o menos la edad de nuestras gemelas.

—¿Qué me dice de la gente que trabaja con usted?

—Solo llevo tres meses en la compañía. C. F. G. & Y. es una empresa de inversión especializada en fondos de pensiones.

Carlson se aferró al hecho de que, hasta que las gemelas nacieron, Margaret había trabajado como abogada de oficio en Manhattan.

—Señora Frawley, ¿es posible que alguna de las personas a las que defendió pudiera guardarle rencor?

—No lo creo. —Tras responder, Margaret vaciló—. Hubo uno que acabó condenado a cadena perpetua. Le rogué que admitiera su culpabilidad para poder llegar a un acuerdo con el fiscal, pero se negó, y cuando lo declararon culpable el juez lo castigó duramente. Su familia comenzó a insultarme cuando se lo llevaron.

Qué raro, pensó Margaret mientras veía a Carlson anotar el nombre del preso condenado. Ahora mismo me siento como anestesiada. Solo anestesiada, nada más.

A las siete en punto, cuando la luz empezaba a despuntar ya entre las sombras alargadas, Carlson se puso de pie.

—Intenten dormir algo. Cuanto más despejados estén, más podrán ayudarnos. No voy a moverme de aquí. Les prometo que les avisaremos en cuanto los secuestradores se pongan en contacto con nosotros, y es posible que en el transcurso del día requiramos su presencia para que comparezcan ante los medios. Pueden subir a su habitación, pero les ruego que no se acerquen al cuarto de las niñas. El equipo forense no ha terminado la inspección todavía.

Steve y Margaret asintieron en silencio. Sus cuerpos se veían encorvados por el cansancio mientras se levantaban y atravesaban el salón de camino a la escalera.

—Dicen la verdad —aseguró Carlson con rotundidad, dirigiéndose a Martinson—. Me jugaría el cuello. Esta gente no tiene un centavo, lo que me hace sospechar que lo del rescate sea un engaño. Puede que alguien haya secuestrado a las niñas con la intención de quedárselas e intente despistarnos.

—A mí también se me ha pasado por la cabeza esa posibilidad —asintió Martinson—. En la mayoría de los casos la nota de rescate advierte a los padres que no llamen a la policía. ¿No es cierto?

—Así es. Dios quiera que esas niñas no estén ahora mismo en un avión rumbo a Sudamérica.

8

El viernes por la mañana el secuestro de las gemelas de los Frawley era noticia de portada en toda la costa Este y a primera hora de la tarde se había convertido ya en un suceso mediático nacional. La foto de cumpleaños de las dos pequeñas de tres años, con sus rostros angelicales, sus largas melenas rubias y sus preciosos vestidos de terciopelo azul, fue difundida en telediarios e impresa en periódicos de todo el país.

En el comedor del número 10 de Old Woods Road se estableció un centro de mando. A las cinco de la tarde Steve y Margaret aparecieron en televisión delante de su casa para rogar a los secuestradores que cuidaran bien de las niñas y las devolvieran sanas y salvas.

—No tenemos dinero —dijo Margaret en tono de súplica—. Pero llevamos todo el día recibiendo llamadas de amigos. Están haciendo una colecta entre todos. Por el momento llevamos casi dos mil dólares. Los secuestradores deben de habernos tomado por gente capaz de reunir ocho millones de dólares. Pero no es así. Por favor, no les hagan daño a nuestras hijas. Devuélvannoslas. Les prometo que reuniremos doscientos mil dólares en metálico.

Steve, que tenía a Margaret rodeada con un brazo, añadió:

—Pónganse en contacto con nosotros, por favor. Necesitamos saber que nuestras hijas están vivas.

Tras ellos compareció ante las cámaras el comisario Martinson.

—Les facilitamos el número de teléfono y el fax de Franklin Bailey, que fue alcalde de esta población. Si temen ponerse en contacto directamente con los Frawley, les rogamos que lo llamen a él.

Pero pasó el viernes por la noche, el sábado y el domingo sin noticia alguna de los secuestradores.

El lunes por la mañana Katie Couric, presentadora del popular programa matutino *Today*, se vio interrumpida mientras entrevistaba a un agente del FBI jubilado acerca del secuestro. La popular periodista hizo una pausa repentina en medio de una pregunta, se pegó el audífono al oído con la mano y, tras escuchar atentamente, dijo:

—Puede que esto sea una broma de mal gusto, pero también es posible que sea de vital importancia. Tenemos al teléfono a una persona que dice ser el secuestrador de las gemelas Frawley. A petición suya nuestros técnicos van a poner la llamada en antena.

Una voz ronca y a todas luces fingida dijo en tono airado:

—Díganles a los Frawley que se les acaba el tiempo. Dijimos ocho millones y eso es lo que queremos, ocho millones. Ahora van a hablar las niñas.

—Mami, te quiero. Papi, te quiero —exclamaron al unísono unas vocecillas de niña pequeña. Acto seguido, una de las gemelas gritó—: Queremos ir a casa.

La grabación de la llamada fue reproducida de nuevo cinco minutos más tarde para que la oyeran Steve y Margaret. A Martinson y Carlson no les hizo falta preguntar a los Frawey si les merecía credibilidad. La cara que pusieron bastó para convencerlos de que por fin habían establecido contacto con los secuestradores.

9

Un Lucas cada vez más nervioso se había pasado por la casa del guarda tanto el sábado como el domingo por la noche. Lo último que quería era andar cerca de las gemelas, así que planeó su llegada para las nueve, cuando según sus cálculos las encontraría ya dormidas.

El sábado por la noche trató de tranquilizarse con las palabras de Clint, que alardeó de lo bien que trataba Angie a las niñas.

—Les ha dado de comer de maravilla, ha estado jugando con ellas un buen rato y las ha tenido durmiendo toda la tarde. Las adora. Siempre ha querido tener hijos. Pero la verdad es que esas niñas dan un poco de miedo. Es como si fueran dos partes de la misma persona.

—¿Las has grabado? —le preguntó Lucas con brusquedad.

—Sí, claro. Las hemos grabado a las dos diciendo: «Mami, te quiero. Papi, te quiero». Han quedado genial. Luego una de ellas ha empezado a gritar «Queremos ir a casa» y Angie se ha cabreado con ella. Le ha levantado la mano como para darle un sopapo, y entonces se han puesto las dos a llorar. Lo tenemos todo grabado.

Es la primera cosa que has hecho a derechas, pensó Lucas mientras se guardaba la cinta en el bolsillo. Como había acordado con el jefe, se dirigió al pub de Clancy, situado en la carretera 7, adonde llegó a las diez y media. Según las órdenes recibidas, dejó la limusina en el aparcamiento atestado de coches, sin cerrar la puerta con llave y con la cinta encima del asiento, y entró en el pub para tomarse una cerveza. Cuando regresó a la limusina la cinta había desaparecido.

Eso fue el sábado por la noche. Para cuando llegó el domingo por la noche no había duda de que Angie estaba perdiendo la paciencia por momentos.

—La maldita secadora se ha escacharrado, y está claro que no podemos llamar a nadie para que venga a arreglarla. Porque Harry no sabrá arreglarla, ¿verdad que no? —Mientras las palabras salían escupidas de su boca, Angie iba sacando de la lavadora dos conjuntos idénticos compuestos de camiseta de manga larga y peto para tenderlos después en los ganchos—. Dijiste que serían un par de días. ¿Cuánto tiempo va a durar esto? Ya han pasado tres días.

—El Flautista nos dirá cuándo y dónde tenemos que dejar a las niñas —le recordó Lucas, mordiéndose la lengua para no mandarla al diablo.

—¿Cómo sabemos que no le entrará miedo y desaparecerá, dejándonos a nosotros con ellas?

Lucas no pensaba revelar a Angie y Clint el plan del Flautista, pero en aquel momento lo creyó necesario para aplacar a Angie.

—Lo sabemos porque mañana, entre las ocho y las nueve de la mañana, llamará al programa *Today* para exigir un rescate por las niñas.

Aquella explicación la acalló. La verdad es que el jefe merece un aplauso, pensó Lucas a la mañana siguiente al ver el programa y presenciar la espectacular reacción que provocó la llamada del Flautista. El mundo entero estará dispuesto a enviar dinero para la liberación de las niñas.

Pero somos nosotros los que asumimos todo el riesgo, pensó horas más tarde, tras escuchar a los comentaristas de las emisoras de radio perorar acerca del secuestro. Fuimos nosotros quienes raptamos a las crías, quienes las escondimos, quienes recogeremos el dinero cuando reúnan la cantidad exigida. Yo sé quién es el jefe, pero no hay nada que lo relacione conmigo. Si nos pillan, él podría decir que estoy chiflado si yo revelara que es él quien está detrás de todo.

Lucas no tenía ningún servicio programado hasta la mañana siguiente, martes, y a las dos de la tarde vio que no podía quedarse en casa ni un minuto más, torturándose con aquellos pensamientos mientras esperaba sentado. El Flautista le había dicho que no se perdiera el telediario de la noche de CBS, pues tenía previsto emitir un nuevo comunicado.

Lucas calculó que tendría tiempo de ir a dar una vuelta en avioneta, así que se acercó en coche al aeropuerto de Danbury, donde era socio de un club de vuelo. Una vez allí alquiló una avioneta de hélice monomotor y se dispuso a dar un paseo aéreo. Su recorrido preferido consistía en sobrevolar la costa de Connecticut hasta Rhode Island y luego volar un rato sobre las aguas del Atlántico. Verse a seiscientos metros de altura le daba una sensación de control absoluto, algo que necesitaba sentir en aquel momento por encima de todo.

Las condiciones meteorológicas eran propicias para el vuelo: hacía un día frío, no soplaba más que una ligera brisa y tan solo se veían unas cuantas nubes al oeste. Sin embargo, mientras trataba de relajarse en la cabina de mando y disfrutar de la libertad de verse volando, Lucas no podía quitarse de la cabeza la persistente preocupación que lo atormentaba.

Tenía la certeza de que se le había escapado algo, pero el problema era averiguar qué habría sido. Lo de llevarse a las niñas había sido pan comido. La canguro solo recordaba que quien fuera que se le había acercado por detrás olía a sudor.

En eso la chica tenía razón, pensó Lucas con una breve sonrisa mientras sobrevolaba Newport. Seguro que Angie metía las camisas de Clint directamente en la lavadora cada vez que él se quitaba una.

La lavadora.

¡Eso era! La ropa que Angie estaba lavando. Dos conjuntos idénticos compuestos de camiseta y peto. ¿Dónde los habría comprado? Las niñas iban en pijama cuando se las llevaron de su casa. ¿No se le habría ocurrido a la muy lerda ir a comprar dos conjuntos idénticos para unas gemelas de tres años?

Seguro que sí. No le cabía la menor duda. Y más pronto que tarde alguna vendedora empezaría a atar cabos.

Presa de la ira, Lucas tiró hacia atrás sin querer de la palanca de mando, provocando que el morro de la avioneta se elevara hasta quedar casi perpendicular a la tierra. La errada maniobra solo sirvió para acrecentar aún más el enfado de Lucas, que al ver lo que había hecho se apresuró a tratar de nivelar el aparato. Sin embargo, no logró reaccionar con la prontitud necesaria y la avioneta entró en pérdida. El corazón se le aceleró; empujó hacia delante la palanca de mando para bajar el morro, recuperó la velocidad de vuelo y evitó la pérdida de sustentación. Seguro que lo siguiente que se le ocurrirá a la tonta de Angie será llevar a las crías a comer una hamburguesa a un McDonald's, pensó Lucas fuera de sí.

10

Era imposible poner buena cara al dar a conocer la última comunicación del secuestrador. El lunes por la noche Walter Carlson recibió una llamada y entró en el salón donde Margaret y Steve Frawley estaban sentados en el sofá, uno al lado del otro.

—El secuestrador ha llamado hace quince minutos a la cadena CBS durante el telediario de la noche —dijo Carlson en tono grave—. En estos momentos están volviendo a poner la grabación. Se trata de la misma cinta que se oyó esta mañana en el programa de Katie Couric con las voces de las gemelas, pero esta vez hay algo más.

Es como ver cómo arrojan gente a un caldero de aceite hirviendo, pensó el agente al ver la agonía reflejada en sus rostros cuando oyeron una quejumbrosa voz de niña diciendo:

—Queremos ir a casa…

—Kelly —susurró Margaret.

Una pausa…

Luego se oyó cómo las gemelas empezaban a llorar.

Margaret hundió el rostro entre sus manos.

—No puedo… no puedo… no puedo.

A continuación, una voz áspera y a todas luces fingida gruñó:

—He dicho ocho millones. Y los quiero ya. Esta es su última oportunidad.

—Margaret —interrumpió Walter Carlson con tono apremiante—, hay un rayo de esperanza en todo esto, créame. El secuestrador está comunicándose con nosotros. Tenemos la prueba de que las niñas están vivas. Vamos a encontrarlas.

—¿Y va a aparecer usted con los ocho millones de dólares del rescate? —le preguntó Steve en tono amargo.

Carlson no sabía aún si darles esperanzas. El agente Dom Picella, al frente de un equipo de agentes, había estado todo el día en C. F. G. & Y., la empresa multinacional de inversión donde Steve trabajaba desde hacía poco, interrogando a los compañeros de Steve para averiguar si alguno de ellos sabía de alguien que guardara rencor a Steve, o que tal vez hubiera aspirado al puesto para el que lo habían contratado. En los últimos meses la compañía había sido objeto de una mala publicidad a raíz de unas acusaciones de alguien de dentro sobre unas operaciones comerciales, y Picella se había enterado de que se había convocado una reunión urgente de la junta directiva con la participación simultánea de los directores de todo el mundo por medio de un sistema de teleconferencia. Corría el rumor de que la empresa podría estar dispuesta a pagar el rescate de las gemelas Frawley.

—Una de las secretarias es una cotilla de mucho cuidado —comentó Picella a Carlson aquella misma tarde—. Me ha contado que la empresa se ha puesto en evidencia por una operación realizada más deprisa de la cuenta. Se ve que han tenido que pagar una multa de nada más y nada menos que quinientos millones de dólares impuesta por la Comisión del Mercado de Valores y han recibido muy mala prensa. Ella supone que, pagando los ocho millones del rescate, C. F. G. & Y. conseguiría mejor publicidad que si contrataran a una legión de agencias de relaciones públicas para lavar la imagen de la empresa. La reunión está convocada para las ocho de esta noche.

Carlson observó con detenimiento a los Frawley, que en los tres días transcurridos desde la desaparición de las gemelas parecían haber envejecido diez años. Ambos tenían el rostro pálido, los ojos cansados y los hombros caídos. Le constaba que ninguno de los dos había probado bocado en todo el día. Sabía por experiencia que aquella era una situación en la que los familiares de los afectados solían reunirse con ellos para prestarles su apoyo, pero Carlson había oído a Margaret rogando a su madre por teléfono que se quedara en Florida.

—Mamá, lo mejor que puedes hacer por mí es rezar día y noche —le había dicho Margaret, con la voz quebrada en algún momento de la conversación—. Te mantendremos al corriente, pero no creo que pudiera soportar verte aquí llorando conmigo.

La madre de Steve se había sometido hacía poco a una operación de rodilla y no podía viajar ni quedarse sola. Los amigos del matrimonio habían inundado la casa con un aluvión de llamadas, pero a todos ellos se les pidió que dejaran la línea libre de inmediato por si los Frawley recibían una llamada directa del secuestrador.

Walter Carlson dudó antes de hablar, sin estar del todo seguro de hacer lo correcto.

—Miren, no quisiera darles esperanzas para después frustrarlas de un manotazo, pero sepa usted, Steve, que el presidente de su empresa ha convocado una reunión urgente de la junta directiva. Según tengo entendido, existe la posibilidad de que voten a favor de pagar el rescate.

Esperemos que sea así y no al contrario, rogó Carlson para sus adentros al ver la expresión de esperanza que cobraba vida en los rostros de la pareja.

—Y ahora, no sé yo ustedes dos —añadió Carlson—, pero yo estoy muerto de hambre. La vecina de al lado le ha pasado una nota a un policía en la que decía que les ha preparado comida y que la traerá cuando ustedes quieran.

—Comeremos algo —dijo Steve con firmeza, que se quedó mirando a Carlson—. Ya sé que parece una locura. Hace poco que trabajo en C. F. G. & Y., pero algo me decía que quizá, solo quizá, se ofrecieran a poner el dinero. Ocho millones de dólares es una miseria para ellos.

Dios mío, pensó Carlson. Puede que el hermanastro no sea la única oveja negra de la familia. ¿Estaría Steve Frawley detrás de todo aquello?

11

Kathy y Kelly alzaron la vista desde el sofá. Habían estado viendo cintas de vídeo de Barney, pero Mona había puesto la televisión para oír las noticias. Las gemelas tenían miedo de Mona. Hacía un rato Harry se había puesto a gritarle tras recibir una llamada. Estaba furioso con ella por la ropa que Mona les había comprado.

—¿Y qué se supone, que deberían haberse pasado tres días enteros en pijama? —repuso Mona a gritos—. Pues claro que les he comprado ropa, y juguetes y unas cintas de Barney, y por si lo has olvidado la cuna la compré en una empresa de equipamientos médicos. Por cierto, también he comprado cereales, zumo de naranja y fruta. Y ahora cierra el pico y ve a por unas hamburguesas para todos. Estoy harta de cocinar. ¿Estamos?

Luego, justo cuando Harry acababa de llegar con las hamburguesas, las niñas oyeron que el hombre de la tele decía:

—Es posible que recibamos una llamada del secuestrador de las gemelas Frawley.

—Están hablando de nosotras —susurró Kathy.

Las niñas prestaron atención al oír por la televisión la voz de Kelly diciendo: «Queremos ir a casa».

Kathy trató de provocarse el llanto.

—Quiero irme a casa —gimoteó—. Quiero a mi mamá. Estoy malita.

—No entiendo una palabra de lo que dice esa cría —se quejó Harry.

—Yo tampoco las entiendo a veces cuando se ponen a hablar entre ellas —espetó Angie—. Hablan en su lenguaje de gemelos. He leído algo sobre eso. —Y, dicho esto, cambió de tema—. ¿Por qué no les dirá el Flautista dónde tienen que dejar el dinero? ¿A qué espera? ¿Por qué solo dice eso de que «ya recibirán noticias mías»?

—Bert dice que es su manera de minarles la moral. Mañana tiene previsto volver a llamar.

Clint/Harry seguía con la bolsa de McDonald's en la mano.

—Vamos a comernos esto antes de que se enfríe. Hala, niñas, venid a la mesa.

Kelly se levantó de un salto del sofá, pero Kathy se quedó tumbada y se hizo un ovillo.

—No quiero comer. Estoy malita.

Angie se acercó corriendo al sofá y tocó la frente de Kathy.

—Esta niña tiene fiebre. —Angie miró a Clint—. Acábate la hamburguesa rápido y ve a por una caja de aspirinas infantiles. Solo nos faltaba que una de ellas coja una pulmonía.

Angie se inclinó sobre el rostro de Kathy.

—Vamos, cielo, no llores. Mona va a cuidar de ti, ya verás. Mona te quiere. —Angie miró airada hacia la mesa, donde Kelly había comenzado a comerse su hamburguesa, y luego besó la mejilla de Kathy—. Mona te quiere más a ti, Kathy. Tú eres más guapa que tu hermana. Eres la niñita de Mona, mi muñequita, ¿a que sí?

12

En la sala de juntas de C. F. G. & Y. de Park Avenue, Robinson Alan Geisler, el presidente de la compañía, aguardaba impaciente a que los directores de fuera confirmaran su presencia a la reunión. Geisler, cuyo puesto peligraba ya como consecuencia de la multa impuesta por la Comisión del Mercado de Valores, sabía que la postura que pensaba adoptar con respecto a la desesperante situación de los Frawley podría ser un nefasto error. Aunque llevaba veinte años en la empresa hacía solo once meses que ocupaba el cargo más alto del escalafón y le constaba que su reputación seguía estando en entredicho por su estrecha relación con el presidente que le había precedido.

La cuestión era sencilla. Si C. F. G. & Y. se ofrecía a pagar el rescate de ocho millones de dólares, ¿supondría el gesto una espléndida maniobra publicitaria o podría interpretarse, tal como Geisler sabía que pensaban algunos directores, como una invitación a que otros secuestradores hicieran su agosto?

Gregg Stanford, el director financiero, era de esta última opinión.

—Es una tragedia, pero si pagamos el rescate de las niñas de los Frawley, ¿qué haremos cuando secuestren a la mujer o al hijo de otro de nuestros empleados? —planteaba Stanford—. Somos una multinacional, y muchos de los lugares donde tenemos oficinas son ya blancos potenciales para este tipo de acciones.

Geisler era consciente de que al menos un tercio de los quince directores que integraban la junta compartían el mismo punto de vista de Stanford. Por otra parte, se dijo a sí mismo, ¿cómo se vería que una empresa que acababa de desembolsar 500 millones de dólares para pagar una multa se negara a ceder una pequeña fracción de dicha cantidad para salvar la vida de dos niñas? Esa era la cuestión que pensaba poner sobre la mesa. Y si me equivoco y pagamos el dinero y a la semana siguiente secuestran al hijo de otro empleado, seré yo quien arda en la hoguera, pensó inexorable.

A sus cincuenta y seis años Rob Geisler había conseguido por fin el puesto que quería. Dada su constitución menuda había tenido que superar el inevitable prejuicio propio del mundo empresarial para con las personas de baja estatura. Geisler había logrado llegar a lo más alto por su valía como genio financiero y las dotes que había demostrado tener para consolidar y controlar el poder. Pero en su ascenso a la cumbre se había granjeado muchos enemigos, y al menos tres de ellos se encontraban sentados a la mesa de juntas con él en aquel preciso instante.

Cuando el último director que faltaba por sumarse a la reunión a través del sistema de teleconferencia anunció su presencia, todas las miradas se dirigieron hacia Geisler.

—Todos ustedes están al corriente del motivo de esta reunión —dijo Geisler sin preámbulos—, y sé perfectamente que algunos de ustedes tienen la impresión de que si nos ofrecemos a pagar el rescate que han pedido los secuestradores estaremos cediendo a sus presiones.

—Eso es exactamente lo que pensamos algunos de nosotros, Rob —comentó Gregg Stanford en voz baja—. Esta empresa ya ha sido objeto de bastante mala publicidad últimamente. La idea de colaborar con delincuentes no merecería ni ser planteada.

Geisler lanzó una mirada de desdén a su colega, sin molestarse en ocultar la profunda antipatía que sentía por él. Stanford presentaba la apariencia del típico ejecutivo de una gran empresa de una serie televisiva. Tenía cuarenta y seis años, medía más de un metro noventa y poseía un atractivo especial, con un cabello rubio rojizo salpicado de mechas naturales y una dentadura perfecta que relucía en su sonrisa de anuncio. Stanford siempre iba impecablemente vestido y su porte irradiaba un encanto infalible aunque estuviera apuñalando por la espalda a un amigo. Stanford había accedido al mundo empresarial por medio del altar, ya que su tercera y actual mujer era heredera de una familia que poseía el diez por ciento de las acciones de la compañía.

Geisler sabía que Stanford codiciaba su puesto y que, si al final prevalecía su postura de oponerse a pagar el rescate, sería a Geisler a quien atacarían los medios cuando la empresa se negara públicamente a pagar el rescate.

El presidente hizo un gesto con la cabeza a la secretaria que estaba redactando las actas de la reunión y esta se levantó y encendió el televisor.

—Quiero que todos ustedes vean esto —dijo Geisler con brusquedad—. Y que se pongan en la piel de los Frawley.

Por encargo suyo el departamento de prensa había realizado el montaje de una cinta de vídeo con la secuencia de sucesos del secuestro: el exterior de la casa de los Frawley, las súplicas desesperadas de los padres por televisión, la llamada al programa de Katie Couric y la última comunicación con la cadena CBS. La cinta terminaba con una vocecilla que decía «Queremos ir a casa» y el llanto aterrorizado de las gemelas seguido de las amenazadoras exigencias de los secuestradores.

—La mayoría de los presentes en esta sala son padres —añadió Geisler—. Al menos podemos intentar salvar a esas niñas. Puede que no lo consigamos. Puede que recuperemos el dinero o puede que no. Pero lo que me niego a creer es que alguno de ustedes se puede quedar tan tranquilo después de lo que ha visto y vote en contra de pagar el rescate.

Geisler observó cómo todas las cabezas se volvían hacia Gregg Stanford para ver su reacción.

—Quien se acuesta con perros se levanta con pulgas. Yo opino que no deberíamos colaborar con delincuentes —insistió Stanford, bajando la vista a la mesa de juntas mientras hacía girar una pluma estilográfica entre las manos.

A continuación, fue Norman Bond el siguiente director en tomar la palabra.

—Yo fui el que contraté a Steve Frawley, y fue una excelente decisión. Aunque no es relevante para la cuestión que nos ocupa, estoy convencido de que llegará lejos con nosotros. Yo voto por ofrecernos a pagar el rescate, e insto a los miembros de esta junta a que sea un voto unánime. Y me gustaría recordar a Gregg que hace años J. Paul Getty se negó a pagar el rescate de uno de sus nietos, pero cambió de idea cuando recibió por correo su oreja. Esas niñas están en peligro, y cuanto antes nos movilicemos para rescatarlas más probabilidades habrá de que los secuestradores no se dejen llevar por el pánico y acaben haciéndoles daño.

Dicha muestra de apoyo procedía de una fuente inesperada. Geisler y Bond solían acabar enfrentados en las reuniones de la junta directiva. Bond había contratado a Frawley cuando había dentro de la empresa otros tres aspirantes para el puesto. Para el hombre elegido sería un atajo en el ascenso a los altos cargos. Geisler había advertido a Bond sobre la inconveniencia de buscar un candidato fuera de la empresa, pero Bond se había mostrado inflexible en cuanto a su preferencia por Frawley.

—Tiene un máster en gestión de empresas y está licenciado en derecho —había alegado Bond—. Es inteligente y formal.

Geisler esperaba en parte que Bond, un divorciado sin hijos que rozaba los cincuenta, votara en contra de la propuesta de pagar el rescate, pensando que si no hubiera contratado a Frawley la empresa no se vería ahora en aquella situación.

—Gracias, Norman —dijo Geisler—. Y para los que aún no tengan clara la conveniencia de que esta empresa responda a la necesidad apremiante de uno de sus empleados, propongo que veamos la cinta una vez más y luego procedamos a la votación.

A las nueve menos cuarto de la noche el resultado de la votación era de catorce a uno a favor de pagar el rescate. Geisler se volvió hacia Stanford.

—Quiero que el voto sea unánime —le dijo en un tono gélido—. Luego, como siempre, podrás hacer que una fuente anónima informe a los medios de que tú tenías la impresión de que el pago del rescate podía poner en peligro a las niñas en vez de servir para rescatarlas. Pero mientras sea yo quien ocupe este asiento y no tú, quiero que el voto sea unánime.

La sonrisa de Gregg Stanford tenía más de sarcástica que de otra cosa.

—El voto será unánime —dijo, asintiendo—. Y mañana por la mañana, cuando te hagas la foto para los medios delante de ese caserón medio en ruinas de los Frawley, estoy seguro de que todos los presentes en esta reunión que no tengan nada mejor que hacer saldrán en la foto contigo.

—¿Incluido tú, naturalmente? —preguntó Geisler con sarcasmo.

—Excluido yo —repuso Stanford, poniéndose en pie—. Yo dejaré mi aparición ante los medios para otro día.

13

Margaret logró tragar algunos bocados del pollo asado que Rena Chapman, la vecina de al lado, les había hecho llegar. Luego, mientras Steve se quedaba con el agente Carlson, del FBI, a la espera de conocer el resultado de la reunión de la junta directiva de C. F. G. & Y., subió con sigilo al cuarto de las gemelas.

Era la única estancia de la casa que habían decorado por completo antes de mudarse. Steve había pintado las paredes de azul claro y había cubierto el viejo suelo de tablas de madera con restos de saldo de un rollo de moqueta blanca. El único lujo que se habían permitido había sido amueblarla con una cama de baldaquín antigua y un tocador a juego.

Sabíamos que no tenía sentido comprar dos camas individuales, pensó Margaret sentada en el sillón bajo sin brazos que había tenido en su propia habitación cuando era pequeña. Al final habrían acabado las dos en la misma cama, que resultó ser una forma más de ahorrar dinero.

Los agentes del FBI se habían llevado las sábanas, la manta, el edredón y las fundas de almohada para ver si encontraban muestras de ADN. Asimismo habían empolvado los muebles en busca de huellas dactilares y habían cogido la ropa que llevaban puesta las gemelas después de la fiesta para que la olieran los perros de la policía del estado de Connecticut, que llevaban tres días rastreando los parques de la zona. Margaret sabía lo que significaba una búsqueda como aquella: siempre existía la posibili-

dad de que las gemelas hubieran sido asesinadas inmediatamen-
te después del secuestro y enterradas en las inmediaciones. Pero
no lo creo, se dijo Margaret a sí misma. No están muertas; si lo
estuvieran lo sabría.

El sábado, después de que el equipo forense concluyó su trabajo en el lugar de los hechos y de que Margaret y Steve aparecieron ante los medios, Margaret vivió un momento cargado de
emoción cuando subió al cuarto de las niñas para ordenarlo y
hacer la cama con el otro juego de sábanas de Cenicienta. Estarán rendidas y muertas de miedo cuando vuelvan a casa, supuso.
Cuando estén aquí de vuelta me acostaré con ellas hasta que se
calmen.

Margaret se puso a temblar. No hay manera de entrar en calor, pensó, ni siquiera con un suéter debajo del chándal puedo
entrar en calor. Así debía de sentirse Anne Morrow Lindbergh
cuando secuestraron a su bebé, una experiencia que plasmó en
un libro que leí cuando iba al instituto. Se titulaba *Hora de oro,
hora de plomo*.

Plomo. No puede haber una carga más pesada. Quiero que
me devuelvan a mis hijas.

Margaret se levantó y cruzó la habitación en dirección al
asiento de la ventana, donde se agachó para recoger primero uno
y luego el otro osito de peluche raído, los preferidos de las gemelas, que estrechó con ímpetu contra su pecho.

En aquel momento miró por la ventana y se sorprendió al ver
que empezaba a llover. Había hecho sol durante todo el día, frío
pero con sol. Kathy estaba incubando un resfriado. Margaret
notó que los sollozos le oprimían la garganta. Se esforzó en re-
primir el llanto y trató de recordar las palabras del agente Carlson: «Hay montones de agentes del FBI buscando a las gemelas,
mientras otros se encargan de revisar los expedientes guardados
en la oficina del FBI en Quantico e investigar a cualquiera que
tenga antecedentes por extorsión o abuso infantil. Están interrogando a los agresores sexuales que viven en la zona».

Dios mío, eso no, pensó Margaret con un escalofrío. No dejes que nadie les ponga la mano encima.

El comisario Martinson está enviando policías a todas las casas de la zona para preguntar si alguien ha visto algo que pudiera parecer sospechoso en cualquier sentido. Incluso han hablado con la oficina de Realtor, la inmobiliaria que nos vendió la casa, para averiguar si hay alguien más que pudiera haberla visto y conocer su distribución. El comisario Martinson y el agente Carlson dicen que tarde o temprano aparecerá alguna pista, que seguro que alguien ha visto algo. Están haciendo carteles con las fotos de las niñas para distribuirlos por todo el país. Sus fotos ya están en internet, y también en la primera página de los periódicos.

Con los ositos de peluche aún entre sus brazos, Margaret se acercó al armario y lo abrió. Pasó la mano por encima de los vestidos de terciopelo que habían llevado puestos las gemelas en su fiesta de cumpleaños y se quedó mirándolos. Las niñas iban en pijama cuando las secuestraron. ¿Irían todavía con ellos?

La puerta de la habitación se abrió. Margaret se volvió, miró el rostro de Steve y por la expresión de alivio que vio en su mirada supo que la empresa de su marido se había ofrecido a pagar el rescate.

—Van a hacer pública su decisión en breve —anunció Steve, con las palabras saliéndole a trompicones de la boca—. Mañana por la mañana el presidente y algunos de los directores vendrán a casa y comparecerán ante las cámaras con nosotros. Pediremos que nos den instrucciones para entregar el dinero y exigiremos una prueba de que las niñas siguen con vida. —Steve vaciló antes de añadir—: Margaret, el FBI quiere que nos sometamos a un detector de mentiras.

14

A las nueve y cuarto de la noche del lunes Lucas estaba viendo la tele en el apartamento donde vivía, situado encima de una vieja ferretería de Danbury cercana a Main Street, cuando interrumpieron la programación para transmitir un boletín informativo. C. F. G. & Y. había acordado pagar el rescate de las gemelas de los Frawley. Al cabo de un instante sonó su móvil especial. Lucas puso en marcha el aparato de grabación que había comprado al volver del aeropuerto.

—Empieza la acción —susurró la voz ronca.

Garganta Profunda, pensó Lucas con sarcasmo. La policía tiene avanzados equipos de identificación de voz. Si sale algo mal, podré hacer un trato con ellos. Te entregaré si es necesario.

—Estaba esperando a que dieran el comunicado —dijo Lucas.

—He llamado a Harry hace una hora —le informó el Flautista—. He oído a una de las crías llorando. ¿Te has pasado a verlas?

—Las vi anoche. Yo diría que estaban bien.

—¿Seguro que Mona está cuidando bien de ellas? No quiero ninguna metedura de pata.

Al oír aquel comentario Lucas no pudo morderse la lengua.

—La muy mema las está cuidando tan bien que hasta les ha comprado unos conjuntos a juego y todo.

Esta vez la voz no se oyó fingida.

—¿Dónde?

—No sé.

—¿Y qué espera, que vayan vestidas de punta en blanco cuando las dejemos donde sea? ¿Que la policía siga la pista de la ropa hasta dar con una dependienta que diga «Ah sí, recuerdo a la mujer que compró unos conjuntos a juego para unas niñas de tres años»?

A Lucas le gustaba notar al Flautista alterado. Le servía para disipar algunos de los miedos que le corroían. Cualquier cosa podía salir mal. De eso era consciente, y necesitaba compartir su preocupación.

—Le dije a Harry que no la dejara salir más de la casa —le aseguró.

—Dentro de cuarenta y ocho horas todo esto habrá acabado, y estaremos en casa tan tranquilos —predijo el Flautista—. Mañana haré otra llamada para darles las instrucciones sobre el dinero. El miércoles tú te encargarás de recogerlo, y por la noche te diré dónde tienes que dejar a las niñas. Asegúrate de que vayan vestidas exactamente igual que cuando os las llevasteis.

Fin de la comunicación.

Lucas pulsó el botón de pausa del aparato de grabación. Siete millones para ti, medio para mí y medio para Clint, pensó. Ni lo sueñes, don Flautista.

15

El encuentro de Robinson Geisler con Margaret y Steve Frawley para comparecer juntos ante los medios estaba previsto para las diez de la mañana del martes. Del resto de los directores no hubo ninguno que optara por estar presente en el acto. Como dijo uno de ellos a Geisler: «He votado a favor de pagar el rescate, pero yo mismo tengo tres hijos. No quiero dar ideas a nadie para que los secuestren».

Margaret llevaba casi toda la noche sin pegar ojo cuando a las seis de la mañana decidió levantarse. Se metió en la ducha y allí permaneció varios minutos, alzando el rostro bajo el chorro de agua y sintiendo el calor contra su piel, con la esperanza de que sirviera para disipar el frío gélido de su cuerpo. Al salir de la ducha se envolvió en el pesado albornoz de Steve y regresó a la cama. Steve ya estaba levantado y se preparó para ir a correr, saliendo de casa por la parte de atrás para evitar a los medios. Vencida de repente por el cansancio de toda la noche sin dormir, Margaret notó que los párpados se le empezaban a cerrar.

Eran las nueve de la mañana cuando Steve la despertó y puso una bandeja con café, una tostada y zumo de naranja encima de la mesilla de noche.

—El señor Geisler acaba de llegar —dijo—. Será mejor que vayas vistiéndote, cariño. Me alegro de que hayas conseguido dormir algo. Vendré a avisarte cuando sea la hora de salir.

Margaret se obligó a beberse el zumo de naranja y mordisqueó la tostada. Luego se tomó el café a sorbos, salió de la cama y comenzó a vestirse. Pero al ponerse los tejanos negros se detuvo. Hace una semana fui a comprar por la tarde los vestidos de cumpleaños de las gemelas al centro comercial que hay en la carretera 7, pensó Margaret. Una vez allí entré un momento en la tienda de deportes y me compré un chándal nuevo; lo cogí en rojo, porque a las niñas les encanta mis sudaderas rojas de toda la vida. Puede que quienquiera que las tenga les deje ver la tele. Puede que en menos de media hora nos vean.

—Me gusta el rojo porque es un color alegre —le había comentado Kelly en un tono solemne.

Hoy me vestiré de rojo para ellas, decidió Margaret, mientras descolgaba con brío de la percha las dos piezas del chándal. Se vistió a toda prisa mientras sus pensamientos comenzaban a centrarse en lo que le había dicho Steve. Tras la emisión del comunicado conjunto los someterían al detector de mentiras. Pero ¿cómo pueden imaginar que Steve y yo tengamos algo que ver con esto?, se preguntó.

Cuando acabó de atarse las zapatillas de deporte hizo la cama y se sentó en el borde, con las manos entrelazadas y la cabeza gacha. Dios mío, haz que vuelvan a casa sanas y salvas. Te lo ruego.

Margaret no advirtió la presencia de Steve en la habitación hasta que él le preguntó:

—¿Estás lista, cariño?

Steve se acercó a ella, le cogió la cara entre sus manos y la besó. Sus dedos se deslizaron luego sobre los hombros de ella, enredándose con sus cabellos.

Margaret sabía que Steve había estado a punto de venirse abajo antes de que se enteraran de que su empresa pagaría el rescate. Ella pensaba que él había estado durmiendo toda la noche, pero en un momento dado Steve le había dicho en voz baja:

—Marg, la única razón por la que el FBI quiere que nos sometamos al detector de mentiras es por mi hermano. Sé lo que piensan los agentes. Que Richie saliera el viernes en coche hacia Carolina del Norte para visitar a mi madre les huele a una sospechosa coartada. Richie lleva un año sin ir a verla. Y luego, en cuanto le dije a Carlson que se me había pasado por la cabeza la posibilidad de que la empresa se ofreciera a pagar el rescate, me di cuenta de que me había convertido en un sospechoso. Pero ese es el trabajo de Carlson. Eso es lo que quiero de él, que sospeche de todo el mundo.

El trabajo de Carlson es encontrar a mis niñas, pensó Margaret, mientras Steve y ella bajaban la escalera. Una vez en el vestíbulo, Margaret se dirigió a Robinson Geisler.

—Les estoy muy agradecida a usted y a su empresa —le dijo.

Steve abrió la puerta y cogió a Margaret de la mano mientras comenzaban a dispararse los flashes de las cámaras. En compañía de Geisler avanzaron hacia la mesa y las sillas que se habían montado para la entrevista. Margaret se alegró de ver que Franklin Bailey, quien se había prestado a hacer de intermediario, también estaba presente. Lo había conocido en la oficina de correos, un día que fue a comprar sellos. Kelly se había lanzado a la calle como una flecha y Bailey la había cogido en el bordillo de la acera, antes de que la niña pudiera llegar a la carretera llena de coches.

La lluvia de la noche había cesado. En aquella mañana de finales de marzo se intuía la llegada de la primavera. Margaret miró desorientada a la gente de los medios allí reunidos, a los agentes de policía que contenían a los curiosos y la hilera de unidades móviles aparcadas a lo largo de la calle. Había oído en alguna ocasión que la gente que está a punto de morir tiene la sensación a veces de ver la escena desde fuera, de ser observadores en lugar de participantes del suceso que gira en torno a ellos. Margaret oyó a Robinson Geisler ofreciéndose a pagar el rescate, a Steve insistiendo en que necesitaban una prueba de que las niñas seguían con vida y a Franklin Bailey prestando sus servicios como persona de contacto mientras daba su número de móvil con voz clara y pausada.

—Señora Frawley, ahora que sabe que las exigencias de los secuestradores serán satisfechas, ¿cuál es su mayor temor? —preguntó alguien.

Menuda estupidez de pregunta, pensó Margaret antes de contestar.

—Evidentemente mi mayor temor es que ocurra algo entre el pago del rescate y la devolución de nuestras hijas. Cuanto más tiempo pase, más probabilidades hay de que algo vaya mal. Creo que Kathy está cogiendo un resfriado. Puede acabar con bronquitis fácilmente. Estuvimos a punto de perderla cuando era un bebé. —Margaret miró directamente a la cámara—. Si está enferma les ruego que la lleven al médico, por favor, o por lo menos que le compren las medicinas que necesite. Las niñas solo llevaban el pijama puesto cuando ustedes se las llevaron.

Su voz se fue apagando. No sé por qué he tenido que decir eso, pensó. ¿Por qué lo habré dicho? Había una razón para todo, pero no la recordaba. Tenía que ver con los pijamas.

El señor Geisler, Steve y Franklin Bailey se dedicaron a contestar las preguntas de los periodistas. Un aluvión de preguntas. ¿Y si las niñas estaban viéndolos? Tengo que hablar con ellas, pensó Margaret. Y, de repente, interrumpió a un periodista para decir:

—Te quiero, Kelly. Te quiero Kathy. Os prometo que muy pronto encontraremos la manera de traeros a casa.

Mientras las cámaras la enfocaban, Margaret se quedó callada, obligándose a refrenar las palabras que habían estado a punto de escapar de su boca: «¡Debe de haber una relación! ¡Sé que hay algo que tengo que recordar!».

16

A las cinco en punto de aquella tarde el vecino de Franklin Bailey, el juez jubilado Benedict Sylvan, aporreó su puerta. Cuando Bailey la abrió un Sylvan sin aliento dijo de corrido:

—Franklin, acabo de recibir una llamada. Creo que era el secuestrador. Va a llamar otra vez a mi casa dentro de tres minutos. Ha dicho que tenía instrucciones para ti.

—Sabrá que me han pinchado el teléfono —supuso Bailey—. Por eso te ha llamado a ti.

Los dos hombres atravesaron a toda prisa los amplios jardines que separaban sus casas. Apenas habían llegado a la puerta abierta de la casa del juez cuando sonó el teléfono de su estudio. El juez echó a correr para cogerlo. Jadeando sin resuello, logró decir:

—Franklin Bailey está conmigo. —Y pasó el teléfono a Bailey.

La persona que llamaba se identificó como «el Flautista». Sus instrucciones fueron concisas y explícitas: a las diez de la mañana del día siguiente C. F. G. & Y. efectuaría una transferencia bancaria directa de siete millones de dólares a una cuenta del extranjero. El millón de dólares restante del rescate tendrían que entregarlo en mano, en billetes usados de cincuenta y veinte dólares con números de serie no correlativos.

—Cuando la orden de transferencia se haya hecho efectiva, recibirá las instrucciones para la entrega del dinero en metálico.

Bailey había garabateado la información sobre la alfombrilla del escritorio del juez.

—Necesitamos una prueba de que las niñas están vivas —dijo con voz tensa y temblorosa.

—Usted cuelgue. Dentro de un minuto oirá las voces de las dos niñas vestidas de azul.

Franklin Bailey y el juez Sylvan se quedaron mirándose el uno al otro mientras Bailey colgaba el auricular. Al cabo de unos instantes volvió a sonar el teléfono. Cuando lo cogió, Bailey oyó una voz de niña que decía:

—Hola, señor Bailey. Le hemos visto por la tele esta mañana con mamá y papá.

Una segunda voz susurró:

—Hola, señor…

Pero las palabras de la niña se vieron interrumpidas por un acceso de tos, una tos ronca y fuerte que siguió resonando en la cabeza de Bailey cuando se cortó la comunicación.

17

Mientras el Flautista daba instrucciones a Franklin Bailey, Angie iba empujando un carrito por los pasillos de la farmacia CVS, en busca de cualquier cosa que a su juicio pudiera servir para impedir que Kathy se pusiera peor. De momento en el carrito llevaba aspirinas infantiles, gotas nasales, alcohol para frotar y un vaporizador.

La abuela me ponía Vick's en el vaporizador cuando yo era pequeña, recordó Angie. Me pregunto si aún se hará eso. Tal vez sea mejor que le pregunte a Julio. Él es un buen farmacéutico. Cuando Clint se torció el hombro lo que me dio para él le fue muy bien.

Angie sabía que Lucas se pondría hecho una furia si intuía que había comprado algún producto infantil. Pero ¿qué quiere que haga? ¿Que deje que la niña se muera?, pensó para sus adentros.

Clint y ella habían visto la entrevista que habían transmitido por la tele aquella mañana, en la que el mandamás de la compañía de Steve Frawley salió diciendo que prometía pagar el dinero del rescate. Mientras tanto, no dejaron que las niñas salieran del dormitorio para que no se alteraran al ver a su madre y su padre en la tele.

Dicha decisión resultó ser un error, ya que al acabar la entrevista el Flautista los llamó e insistió en que grabaran a las niñas dirigiéndose al tal Bailey como si acabaran de verlo en la tele. Sin embargo, cuando trataron de hacer que las gemelas hablaran por el móvil, Kelly, la más incordiante de las dos, soltó un chillido.

—No lo hemos visto, ni hemos visto a mamá ni a papá en la tele y queremos volver a casa —insistió Kelly. Luego Kathy comenzó a toser cada vez que intentaba decir «Hola, señor Bailey».

Al final conseguimos que Kelly dijera lo que el Flautista quería prometiendo que la llevaríamos a casa, pensó Angie. Cuando Clint le puso la grabación el Flautista comentó que ya le parecía bien que Kathy no llegara a acabar la frase. Le gustó la tos de perro de la niña, y la grabó tal cual en su teléfono.

Angie se acercó con el carrito al mostrador de la farmacia y de repente se notó la boca seca. Había una foto de tamaño natural de las gemelas expuesta junto al mostrador. En la parte superior ponía en negrita: DESAPARECIDAS. SE RECOMPENSARÁ CUALQUIER INFORMACIÓN SOBRE SU PARADERO.

Como no había nadie más a quien atender Julio le hizo un gesto.

—Hola, Angie —la saludó antes de señalar la foto—. Qué horrible lo del secuestro, ¿verdad? Uno se pregunta quién sería capaz de hacer algo así.

—Sí, es horrible —asintió Angie.

—En casos como este me alegro de que en Connecticut aún se aplique la pena de muerte. Si les pasa algo a esas niñas, yo mismo me ofreceré voluntario para preparar la inyección letal que acabe con los canallas que las han secuestrado. —Julio hizo un movimiento de cabeza—. Supongo que lo único que podemos hacer es rezar para que las devuelvan sanas y salvas. Dime, Angie, ¿en qué puedo ayudarte?

Consciente del sudor que perló su frente por los nervios, Angie fingió buscar algo dentro de su monedero y luego se encogió de hombros.

—Pues en nada, por lo que veo. Creo que me he dejado la receta. —La explicación le sonó poco convincente incluso a ella.

—Si quieres, llamo a tu médico.

—Gracias, pero está en Nueva York. Sé que no estará en la consulta. Ya volveré en otro momento.

Angie recordó la ocasión en la que Julio le había dado la pomada para el hombro de Clint. Había hablado con él un par de minutos y durante la charla le comentó que vivía con Clint en la casita del guarda del club de campo. Eso había sido hacía seis meses, y aun así Julio había recordado su nombre en cuanto la había visto. ¿Recordaría también dónde vivía? ¡Pues claro que lo recordaría!

Julio era un latino alto de la misma edad que ella más o menos. Llevaba unas gafas con una montura muy sexy que realzaba sus ojos. Angie los vio parpadear mientras el farmacéutico recorría con la mirada el contenido del carrito.

Estaba todo a la vista: las aspirinas infantiles, las gotas nasales, el alcohol para frotar y el vaporizador.

¿Se preguntará Julio por qué habré cogido todos estos medicamentos para niños?, se planteó Angie mientras trataba de ahuyentar de su mente tan espantosa posibilidad. No quería pensar en ello. Estaba allí para llevar a cabo una misión. Compraré un frasco de Vick's y meteré un poco en el vaporizador, decidió. Con eso ya me bastaba cuando yo era pequeña.

Angie volvió corriendo al pasillo 3, cogió el frasco de Vick's y se dirigió a toda prisa a la caja. Una de las cajas estaba cerrada y en la otra había una cola de seis personas. A las tres primeras las atendieron bastante rápido, pero al llegar a la cuarta la cajera anunció:

—Cambio de turno. Será solo un minuto.

Será zopenca, pensó Angie mientras la nueva cajera tardaba una eternidad en instalarse en la caja.

Vamos, protestó Angie para sus adentros, empujando con impaciencia el carrito de la compra.

El hombre que tenía delante, un tipo corpulento con el carrito hasta los topes, se volvió hacia ella. Su expresión de fastidio se transformó en una sonrisa de oreja a oreja.

—Hola, Angie, ¿qué intentas hacer, cortarme los pies?

—Hola, Gus —le saludó Angie, tratando de esbozar una sonrisa.

Gus Svenson era un pelmazo con el que a veces se topaban cuando Clint y ella iban a comer al pub de Danbury, la clase de memo que siempre andaba buscando conversación en el bar. Trabajaba como fontanero por cuenta propia, y solía hacer reparaciones y labores de mantenimiento en el club de golf cuando este estaba abierto. Por eso el hecho de que Clint y Angie vivieran en la casa del guarda cuando el club permanecía cerrado hacía que Gus se comportara como si tuvieran algo importante en común. Se cree que son hermanos de sangre porque los dos hacen el trabajo sucio para la gente rica, pensó Angie con desprecio.

—¿Cómo está mi amigo Clint? —preguntó Gus.

Gus había nacido con un altavoz en las cuerdas vocales, pensó Angie, mientras la gente se volvía hacia ellos.

—Mejor que nunca, Gus. Mira, creo que tienes a doña súper turbo esperándote.

—Ah sí, ya voy. —Gus depositó su compra en el mostrador y se volvió para echar un vistazo al carrito de Angie—. Aspirinas infantiles. Gotas nasales para niños. Oye, ¿no tendréis algo que decirme?

La preocupación de Angie sobre el farmacéutico se intensificó hasta convertirse en un miedo rotundo. Lucas tenía razón, pensó. No debería comprar nada para las niñas, o al menos no debería hacerlo donde me conocen.

—No seas tonto, Gus —espetó—. Estoy haciendo de canguro para una amiga, y el niño se ha resfriado.

—Son 122,18 dólares —informó la cajera a Gus.

Gus abrió su cartera y sacó una tarjeta de crédito.

—Casi nada. —Gus se volvió hacia Angie—. Oye, si estás de canguro, puede que a mi amigo Clint le apetezca quedar conmigo para tomar unas cervezas. Ya me pasaré a recogerlo. Así no tienes que preocuparte por si bebe más de la cuenta. Ya me conoces. Yo sé cuándo toca echar el freno. Ya lo llamaré.

Antes de que Angie tuviera tiempo de responder Gus había garabateado su firma en el comprobante de la tarjeta, había cogido su compra y ya estaba de camino a la salida. Angie puso de golpe el contenido del carrito encima del mostrador. La cuenta ascendió a cuarenta y tres dólares. Angie sabía que no llevaba más de veinticinco dólares en el monedero, lo que significaba que tendría que pagar con tarjeta de crédito. No había caído en eso al coger el vaporizador del estante.

Lucas les había dado dinero en metálico para comprar la cuna.

—Así no habrá ninguna pista en papel de la compra —dijo Lucas en aquel momento.

Pero sí que había una pista en papel, ya que Angie había empleado la tarjeta para pagar la ropa que había comprado para las niñas en el centro comercial, y ahora tendría que volver a utilizarla.

Pronto acabará todo, se prometió a sí misma mientras se encaminaba hacia la salida. Apostado junto a la puerta había un guardia. Angie dejó el carrito en su sitio y cogió las bolsas. Ahora solo falta que se dispare la alarma, pensó al pasar por delante del guardia. Eso es lo que ocurre cuando las aleladas de las cajeras se olvidan de pasar los productos por el escáner.

Dentro de dos días como mucho tendremos el dinero y nos habremos largado de aquí, se dijo a sí misma mientras atravesaba el aparcamiento y se metía en la vieja furgoneta Chevy de doce años de Clint. En aquel momento salió un Mercedes-Benz que había aparcado a su lado. Los faros de la furgoneta alumbraron el modelo del automóvil, un SL500.

Ese rondará los cien mil o más, pensó Angie. A lo mejor podríamos comprarnos uno. Dentro de dos días tendremos cinco veces ese dinero, y todo en metálico.

En el corto trayecto de vuelta a casa Angie revisó el calendario del plan establecido. Según Lucas, el Flautista debía recibir la transferencia bancaria al día siguiente. Y por la noche les darían el millón de dólares en metálico. Una vez comprobado que estuviera todo, el jueves por la mañana a primera hora dejarían a las niñas en alguna parte y dirían a los padres dónde encontrarlas.

Ese era el plan de Lucas, pensó Angie. Pero no el mío.

18

El miércoles por la mañana el tiempo imprevisible de marzo había vuelto a empeorar. El frío arreciaba y el viento cortante hacía vibrar las ventanas del comedor donde Steve y Margaret aguardaban sentados en compañía de Walter Carlson y su compañero, el agente Tony Realto. Una segunda cafetera permanecía intacta encima de la mesa.

Carlson no creía tener derecho a restar importancia a lo que Franklin Bailey le había dicho, que había oído toser a una de las gemelas con una tos fuerte que parecía proceder de los bronquios.

—Sé que asusta pensar que Kathy está enferma —les dijo a Steve y Margaret—. Por otro lado, es una prueba de que eran ellas de verdad. Ustedes mismos temían que Kathy estuviera resfriándose.

—¿No cree que al Flautista no se le ocurrirá volver a llamar al vecino de Bailey? —le preguntó Steve—. Seguro que es lo bastante listo como para imaginar que a estas alturas ya le habrán pinchado la línea.

—Steve, los delincuentes cometen errores. Creen que lo tienen todo controlado, pero cometen errores, se lo aseguro.

—Me pregunto si quienquiera que tenga a las niñas le estará dando algo a Kathy para que no coja una pulmonía —comentó Margaret con una voz entrecortada.

Carlson miró a Margaret Frawley, sentada en la otra punta de la mesa, y vio que estaba pálida. Unas grandes ojeras rodeaban sus ojos azul oscuro. Cada vez que la mujer decía algo apretaba después los labios, como si tuviera miedo de lo que pudiera salir de su boca.

—Yo diría que quienquiera que sea tiene la intención de devolver a las niñas sanas y salvas.

Eran las diez menos cuarto. El Flautista había dicho que llamaría a las diez en punto. Los tres se quedaron callados. No podían sino esperar.

A las diez en punto Rena Chapman, la vecina que había preparado la cena para los Frawley, llegó corriendo desde su casa.

—Tengo a una persona al teléfono que dice tener información importante sobre las gemelas para el FBI —informó la mujer sin resuello al agente de policía que estaba de guardia a la entrada de la casa.

Realto y Carlson salieron corriendo a casa de la señora Chapman, con Steve y Margaret a la zaga. Carlson cogió el teléfono y se identificó.

—¿Tiene papel y bolígrafo? —preguntó su interlocutor.

Carlson se sacó la libreta y el bolígrafo del bolsillo de la pechera.

—Quiero siete millones de dólares ingresados por transferencia directa a la cuenta 507964 del Fortune Bank de Hong Kong —le comunicó el Flautista—. Tienen tres minutos para realizar la transferencia. Cuando sepa que la operación se ha efectuado correctamente, volveré a llamar.

—Será efectuada de inmediato —repuso Carlson. Antes de que pudiera terminar la frase oyó que colgaban el teléfono.

—¿Era el secuestrador? —inquirió Margaret—. ¿Estaban las niñas con él?

—Sí, era el secuestrador. Pero no ha mencionado a las niñas. Solo ha hablado del rescate. —Carlson procedió a marcar el número privado de Robinson Geisler en su despacho ejecutivo de C. F. G. & Y. Geisler le había prometido que estaría allí a la espera de recibir las intrucciones para efectuar la transferencia. Con su voz clara y precisa repitió el nombre del banco de Hong Kong y el número de cuenta.

—La transferencia se hará efectiva en menos de sesenta segundos, y ya tenemos preparadas las dos maletas con el dinero —aseguró Geisler al agente del FBI.

Margaret oía gritar a Carlson mientras este daba órdenes a la unidad de comunicaciones del FBI para que trataran de captar la señal de la línea telefónica de los Chapman con la esperanza de que pudieran precisar el lugar desde donde llamaba el Flautista.

Es demasiado listo para eso, pensó Margaret. Ahora ya tiene los siete millones de dólares. ¿Seguro que volverá a llamar?

Carlson le había explicado a ella y a Steve que, a cambio de una comisión, los bancos extranjeros aceptaban transferencias directas y luego permitían mover de nuevo el dinero transferido de forma inmediata. Supongamos que es lo que hace, pensó Margaret angustiada. Supongamos que ya no volvemos a saber nada de él. Pero ayer Franklin Bailey oyó las voces de las niñas. Dijeron que nos habían visto con él en la tele. Ayer por la mañana estaban vivas.

—Agente Carlson. Tenemos otra llamada. Tres casas más abajo. Dese prisa. —Un policía de Ridgefield que vigilaba la casa de los Frawley había ido corriendo a la cocina de Rena Chapman y la había abierto sin llamar.

A Margaret le daban los cabellos en los ojos con el viento mientras Steve y ella, cogidos de la mano, corrían tras Carlson y Realto hasta la casa donde una vecina con la que nunca habían hablado les hacía gestos desesperados con la mano para que entraran.

El Flautista había colgado, pero en menos de un minuto volvió a llamar.

—Veo que han obrado con cabeza —le dijo a Carlson—. Gracias por la transferencia. Y ahora vamos al grano. Su servicial amigo, Franklin Bailey, deberá estar esta noche a las ocho en punto en Manhattan, delante del edificio Time Warner, en Columbus Circle. Dígale que vaya con una corbata azul y con una roja en el bolsillo. Tendrá que presentarse con el dinero en dos maletas y llevar un móvil encima. ¿Cuál es su número de móvil, agente Carlson?

—917 555 3291 —respondió Carlson.

—Se lo repito: 917 555 3291. Dele su móvil a Franklin Bailey. Recuerde que estaremos vigilándole. Si intentan seguirle o detener al mensajero que vaya a recoger las maletas no volverán a ver a las gemelas nunca más. Si todo va bien, una vez que hayamos confirmado el importe y la autenticidad del dinero, pasada la medianoche alguien recibirá una llamada para informarles del lugar donde podrán recoger a las gemelas. Echan de menos su casa y una de ellas tiene fiebre. Les aconsejo que se aseguren de que nadie meta la pata.

19

Al volver de casa de su vecina, agarrada al brazo de Steve, Margaret trató de creer en la idea de que en menos de veinticuatro horas las gemelas estarían de vuelta en casa. Tengo que creerlo, se dijo a sí misma. Kathy, Kelly, os quiero.

En su afán por llegar la primera a casa de Rena Chapman, y luego a casa de su otra vecina cuando el secuestrador llamó por segunda vez, Margaret ni siquiera había reparado en las furgonetas de los medios aparcadas en la calle. Pero ahora vio a los periodistas agolpados a la salida de la casa, pidiendo a gritos una declaración.

—¿Se han puesto en contacto los secuestradores con ustedes?

—¿Han pagado el rescate?

—¿Tienen pruebas de que las gemelas siguen con vida?

—De momento no habrá declaraciones —espetó Carlson.

Haciendo caso omiso de las preguntas que los periodistas les hacían a gritos, Margaret y Steve enfilaron a toda prisa el camino de entrada a casa. El comisario Martinson los esperaba en el porche. Desde el viernes por la noche no había dejado de pasarse por allí, unas veces para reunirse en privado con los agentes del FBI, otras simplemente a modo de una presencia tranquilizadora. Margaret sabía que sus agentes del cuerpo de policía de Ridgefield y la policía del estado de Connecticut se habían encargado de repartir centenares de carteles con la fotografía de las niñas posando junto a su pastel de cumpleaños. En uno de los carteles que había visto habían sobreimprimido una pregunta: ¿CONOCE A ALGUIEN QUE TENGA, O HAYA TENIDO, UNA MÁQUINA DE ESCRIBIR ROYAL?

Se trataba de la máquina de escribir con la que habían escrito la nota de rescate.

El día anterior Martinson les había contado que los vecinos de la zona habían ofrecido una recompensa de diez mil dólares a cambio de cualquier información que pudiera llevar a la entrega de las gemelas sanas y salvas. ¿Acaso habría respondido alguien a aquella petición? ¿Habría aparecido alguien con alguna información? Martinson parecía disgustado, pero seguro que no trae malas noticias, trató de convencerse Margaret mientras pasaban todos al vestíbulo. Martinson no sabe todavía que ya han quedado para la entrega del dinero.

Ante el temor de que los periodistas pudieran oírlos, Martinson aguardó a que estuvieran todos en el salón para hablar con ellos.

—Tenemos un problema —les dijo—. Franklin Bailey ha sufrido un desvanecimiento a primera hora de esta mañana. Su ama de llaves ha llamado a una ambulancia y se lo han llevado de urgencias al hospital. En el cardiograma que le han hecho estaba todo bien. El médico piensa que ha tenido un ataque de ansiedad provocado por el estrés.

—El secuestrador acaba de decirnos que Bailey tiene que estar a las ocho en punto de esta noche delante del edificio Time Warner —le informó Carlson con brusquedad—. Si Bailey no se presenta, los secuestradores pensarán que se trata de una trampa.

—¡Pero tiene que ir! —Margaret percibió el indicio de histerismo en su voz, y se mordió el labio con tanta fuerza que le supo a sangre—. Tiene que ir —repitió, esta vez en un susurro. Margaret dirigió la mirada al otro lado de la estancia, a las fotografías de las gemelas que había encima del piano. Mis dos niñas vestidas de azul —pensó—. Dios mío, te lo ruego, devuélvemelas sanas y salvas.

—Esa es su intención —dijo Martinson—. Bailey no piensa quedarse en el hospital. —Los agentes y él se miraron.

Pero fue Steve quien verbalizó lo que todos ellos pensaban.

—¿Y si sufre otro desvanecimiento y se desconcierta o se desmaya mientras le están dando instrucciones para entregar el dinero? ¿Qué ocurrirá entonces? Si Bailey no llega a entrar en contacto con los secuestradores, el Flautista dijo que no volveríamos a ver a nuestras hijas.

El agente Tony Realto no dejó traslucir la preocupación que crecía por momentos en su mente ante lo que era prácticamente una evidencia. Nunca deberíamos haber dejado que Bailey se implicara en este asunto. Y a todo esto, ¿por qué se empeñaría en «ayudar»?

20

A las diez y veinte de la mañana del miércoles Lucas estaba mirando por la ventana de la parte delantera de su apartamento, dando caladas nerviosas al quinto cigarrillo que fumaba en lo que iba de día. ¿Y si el Flautista decide dejarnos tirados en cuanto reciba la transferencia bancaria? Tengo la grabación con su voz, pero puede que eso no baste, pensó. ¿Qué hacemos con las crías si él se desentiende? Aun en el caso de que el Flautista juegue limpio y organice la entrega del millón de dólares en efectivo, Clint y yo tendremos que jugárnosla para hacer la recogida y desaparecer sin que nos cojan.

Algo saldría mal. Lucas lo intuía, y él se tomaba en serio aquel tipo de señal de advertencia, después de lo certera que había resultado ser cuando siendo aún menor lo había atrapado la policía. Ya de mayor había acabado pasando seis años en la cárcel por no haber hecho caso de dicha señal. En aquella ocasión, cuando entró a robar en aquella casa, tuvo la sensación de que no debía poner los pies en ella aunque hubiera logrado colarse en su interior sin que se disparara la alarma.

Y sus temores resultaron ser fundados. Las cámaras de otro sistema de vigilancia con el que Lucas no había contado registraron todos y cada uno de sus movimientos. Aquella noche, si a Clint y a él los cogían, se jugaría la vida.

¿Y hasta qué punto estaría grave la niña enferma? Si al final moría, podría ser aún mucho peor.

Sonó el teléfono. Era el Flautista. Lucas encendió el aparato de grabación.

—Las cosas marchan sobre ruedas, Bert —dijo el Flautista—. La transferencia bancaria se ha realizado correctamente. Estoy seguro de que el FBI se abstendrá de seguirte muy de cerca para no poner el peligro la devolución de las niñas.

El Flautista habló con aquel gruñido forzado con el que creía disimular la voz. Lucas apagó la colilla en el alféizar de la ventana. Sigue hablando, colega, pensó.

—Ahora os toca actuar a vosotros —continuó el Flautista—. Si queréis veros esta noche contando dinero, presta mucha atención a mi plan. Como ya sabes, necesitaréis un vehículo robado. Tú me aseguraste que Harry es capaz de conseguir uno sin problemas.

—Exacto. Es lo único que se le da bien.

—Nos pondremos en contacto con Franklin Bailey esta noche a las ocho en punto delante del edificio Time Warner, en Columbus Circle. A esa hora Harry y tú tenéis que estar aparcados en la calle Cincuenta y seis Oeste, en el callejón con la calle Cincuenta y siete que da justo al este de la Sexta Avenida. Iréis ya en el coche o furgoneta robado, del que habréis cambiado las matrículas por las de otro vehículo.

—Entendido.

—Te explico lo que haremos a partir de ese momento.

A medida que Lucas escuchaba su plan reconoció a regañadientes que tenía muchas posibilidades de éxito. Finalmente, tras asegurarle al Flautista sin necesidad que llevaría encima el móvil especial, Lucas oyó el clic que indicaba el final de la comunicación.

Muy bien, pensó. Ya sé lo que tenemos que hacer. A lo mejor funciona y todo. Justo en el momento en que se encendía otro cigarrillo sonó su móvil.

El teléfono se encontraba encima del tocador de su dormitorio y Lucas se apresuró a cogerlo.

—Lucas —dijo una voz débil y cansada—, soy Franklin Bailey. Le necesito para esta noche. Si tiene otro compromiso, páseselo a su sustituto, haga el favor. Tengo una cita de suma importancia en Manhattan; debo estar a las ocho en Columbus Circle.

Con el cerebro a cien por hora Lucas se pegó el teléfono a la oreja al tiempo que se sacaba el paquete de tabaco medio vacío del bolsillo.

—Pues sí que tengo otro servicio, pero quizá podamos solucionarlo. ¿Cuánto tiempo piensa estar en Manhattan, señor Bailey?

—No lo sé.

Lucas pensó en el modo tan curioso en que le había mirado aquel policía el viernes de la semana anterior cuando Bailey quiso pasar por casa de los Frawley para ofrecerse como intermediario. Si los agentes del FBI veían bien que Bailey llevara a su propio chófer y luego averiguaban que este no estaba disponible, puede que comenzaran a preguntarse qué sería eso tan importante que le impedía atender a un cliente de toda la vida.

No puedo negarme, pensó Lucas.

—Señor Bailey —dijo, tratando de poner aquel timbre de voz complaciente que lo caracterizaba—. Ya buscaré a alguien para el otro servicio. ¿A qué hora quiere que pase a recogerlo?

—A las seis. Seguro que llegamos con tiempo de sobra, pero no puedo arriesgarme a llegar tarde.

—Me tendrá ahí a las seis en punto, señor.

Lucas tiró el móvil encima de la cama, recorrió la corta distancia que separaba el dormitorio del lúgubre salón y cogió el móvil especial. Cuando el Flautista respondió a su llamada Lucas se secó nervioso el sudor de la frente y le relató lo que había sucedido.

—No he podido decir que no, así que ahora no podemos seguir adelante con el plan.

Aunque el Flautista seguía intentando disimular la voz, se intuía en ella cierto regocijo.

—Tienes y no tienes razón, Bert. Es cierto que no podías decir que no, pero sí que vamos a seguir adelante con el plan. De hecho, este pequeño imprevisto nos puede venir de perlas. Tienes pensado dar un paseo en avioneta, ¿no es así?

—Sí, cuando Harry me pase las cosas.

—Asegúrate de que llevas contigo la máquina de escribir con la que fue escrita la nota de rescate, así como la ropa y los juguetes que les compraron a las crías. No debe quedar ni rastro de las niñas en casa de Harry.

—Lo sé, lo sé. —De aquella parte del plan ya habían hablado.

—Dile a Harry que me llame cuando consiga el coche. Y tú llámame en cuanto dejes a Bailey en el edificio Time Warner. Ya te diré entonces lo que tienes que hacer.

21

A las diez y media Angie estaba desayunando con las gemelas. Con la tercera taza de café solo de la mañana comenzaba a notarse un poco más despejada. Había dormido fatal. Miró a Kathy. Parecía que el vaporizador y las aspirinas le habían hecho efecto. Aunque la habitación apestaba a Vick's, al menos el vapor le había aliviado un poco la tos. De todos modos, aún se la veía enferma, y se había despertado varias veces a lo largo de la noche, llamando a gritos a su madre. Estoy rendida, pensó Angie, me muero de sueño. Al menos la otra ha dormido bastante bien, aunque a veces, cuando Kathy tosía fuerte, a Kelly le daba por toser también.

—¿Esa también se está poniendo mala? —le había preguntado Clint varias veces durante la noche.

—No. Duerme, anda —le había ordenado Angie—. No quiero que esta noche acabes medio muerto.

Angie miró a Kelly, que le devolvió la mirada. Era lo único que podía hacer para no pegarle una bofetada a aquella cría tan descarada.

—Queremos volver a casa —no paraba de decir la niña a cada minuto—. Kathy y yo queremos volver a casa. Nos prometiste que nos llevarías a casa.

No sabes las ganas que tengo de que vuelvas a casa, pensó Angie.

Era evidente que Clint tenía los nervios de punta. Se había

llevado el café al sofá y estaba delante del televisor tamborileando los dedos sobre el trasto viejo que les servía de mesa de café. Se había puesto a ver las noticias por si decían algo más sobre el secuestro, pero al menos tuvo la cautela suficiente para silenciar el volumen con el mando a distancia. Las niñas estaban de espaldas a la tele.

Kelly se había comido parte del plato de cereales que Angie les había preparado, y Kathy se había tomado al menos algunas cucharadas. Ambas estaban pálidas, reconoció Angie para sus adentros, y tenían el pelo un tanto sucio y revuelto. Por un momento pensó en cepillárselo a las dos, pero luego cayó en la cuenta de que se pondrían a gritar si tenían enredos. Olvídalo, concluyó.

Angie empujó su silla hacia atrás.

—Hala, niñas. A dormir otro ratito.

Las gemelas se habían acostumbrado a que las metieran en la cuna después de desayunar. Kathy incluso levantó los brazos para que la cogieran. Mira cómo sabe que la quiero, pensó Angie, y acto seguido soltó una palabrota en voz baja al ver que Kathy le daba un codazo al plato de cereales, manchándose la parte delantera del pijama.

Kathy rompió a llorar con un llanto quejumbroso que acabó en tos.

—Ya está. Ya está —espetó Angie.

Y ahora qué hago, se preguntó. Ese imbécil de Lucas está al caer, y me han dicho que tenga a las niñas en pijama todo el día. A lo mejor si le pongo una toalla bajo lo que está mojado se secará.

—Shhh —dijo impaciente al coger en brazos a Kathy. La pechera empapada del pijama le humedeció la blusa mientras llevaba a la niña al dormitorio. Kelly bajó sola de la silla y echó a andar al lado de ellas, alargando la mano para tocar el pie de su hermana.

Angie dejó a Kathy en la cuna y cogió una toalla de encima del tocador. Cuando fue a ponérsela bajo el pijama Kathy se había hecho un ovillo y estaba chupándose el pulgar. Eso era nuevo, pensó Angie mientras cogía a Kelly para meterla en la cuna.

Kelly se esforzó enseguida en ponerse de pie y se agarró con firmeza a los barrotes.

—Queremos volver a casa ya —insistió—. Lo prometiste.

—Volveréis a casa esta noche —le dijo Angie—. Así que cállate ya.

Angie bajó del todo las persianas de la habitación. Luego comenzó a subir una de ellas para que entrara algo de claridad, pero lo pensó mejor. Si las dejo a oscuras seguro que se duermen, supuso, y regresó a la cocina, cerrando la puerta de un portazo tras ella como advertencia para que Kelly no diera problemas. La noche anterior, cuando la niña se había puesto a mecer la cuna, un buen pellizco en el brazo le enseñó que aquello no era una buena idea.

Clint seguía viendo la televisión. Angie comenzó a quitar la mesa.

—Recoge esas cintas de Barney —ordenó a Clint mientras dejaba los platos en el fregadero—. Ponlas en la caja con la máquina de escribir.

El Flautista, quienquiera que fuera, le había ordenado a Lucas que arrojara al mar cualquier cosa que pudiera estar relacionada con el secuestro.

—Eso incluye la máquina de escribir que utilizamos para la nota del rescate, y cualquier prenda de vestir, juguete, sábana o manta donde pudiera haber ADN de las niñas —le había explicado Lucas a Clint.

Ninguno de ellos se imagina lo bien que encaja eso con mis planes, pensó Angie.

—Angie, esta caja es muy grande —protestó Clint—. A Lucas le costará tirarla al mar.

—No es tan grande —espetó Angie—. Aún tengo que meter el vaporizador. ¿Vale?

—Qué lástima que no podamos meter la cuna.

—Cuando dejemos a las crías podemos volver aquí y desmontarla. Ya te desharás de ella mañana.

Dos horas más tarde Angie estaba preparada para la reacción explosiva que tuvo Lucas al ver la caja.

—¿No podríais haber buscado una más pequeña? —bramó.

—Pues claro que sí. Podría haber ido al supermercado y explicarles para qué quería una caja y qué era lo que iba a meter dentro. Esta estaba en el sótano. Para lo que es ya vale, ¿no?

—Angie, creo que abajo hay cajas más pequeñas —sugirió Clint.

—Esta ya está cerrada y atada —gritó Angie—. No se hable más.

Un minuto más tarde Angie vio con enorme satisfacción cómo Lucas cargaba con la pesada y voluminosa caja hasta el coche.

22

Lila Jackson, dependienta de la tienda de oportunidades de Abby's situada en la carretera 7, se había convertido en una especie de celebridad para sus familiares y amigos. Ella había sido quien había atendido a Margaret Frawley cuando esta compró los vestidos de terciopelo azul para las gemelas dos días antes del secuestro.

Lila, una mujer de treinta y cuatro años baja de estatura y llena de energía, hacía poco que había dejado un puesto de secretaria bien remunerado en Manhattan para irse a vivir con su madre viuda; también aceptó el trabajo de Abby's. Como Lila explicaba a sus amigos, los cuales no salían de su asombro:

—Me di cuenta de que no soportaba pasarme el día sentada en una oficina, y de todas mis experiencias laborales la mejor había sido cuando estuve trabajando media jornada en Bloomingdale's. Me encanta la ropa. Y me encanta venderla. En cuanto pueda abriré mi propia tienda.

Para ello Lila estaba cursando estudios empresariales en la universidad de la zona.

El día que se hizo pública la noticia del secuestro Lila reconoció tanto a Margaret como los vestidos que las gemelas desaparecidas llevaban en la fotografía que salió por televisión.

—La señora Frawley me pareció estupenda —comentó Lila sin aliento a un grupo cada vez mayor de personas fascinadas ante el hecho de que, tan solo dos días antes del secuestro de las gemelas, Lila hubiera estado en contacto con la madre de ellas—. Es una mujer con clase, amable y discreta. Y sabe reconocer la calidad. Le dije que los mismos vestidos costaban cuatrocientos dólares en Bergdorf's fuera la temporada que fuera, y que por cuarenta y dos dólares eran una ganga. Me dijo que aun así era más de lo que tenía pensado gastarse, así que le enseñé otras cosas, pero tenía la vista puesta en aquellos vestidos y al final los compró. Cuando fue a pagar se echó a reír y dijo que lo único que esperaba era poder hacer una foto decente de las gemelas con los vestidos puestos antes de que se echaran algo por encima.

»Tuvimos una charla muy agradable —recordaba Lila, alargando al máximo el relato de su encuentro con la madre de las gemelas secuestradas—. Le conté a la señora Frawley que acababa de pasar por la tienda otra señora buscando ropa a juego para unos gemelos, aunque no debían de ser hijos suyos, porque no estaba segura de la talla. Me pidió mi opinión. Me dijo que eran unos niños de tres años de estatura media.

El miércoles por la mañana Lila vio las noticias del mediodía mientras se arreglaba para ir a trabajar. Moviendo la cabeza de un lado a otro con gesto compasivo se quedó mirando las imágenes que mostraban a Margaret y Steve Frawley corriendo por la calle hasta la casa de una vecina para salir disparados al cabo de unos minutos hacia otra casa de la misma manzana.

—Aunque ni la familia ni el FBI lo han confirmado, se cree que esta mañana el Flautista, como se hace llamar el secuestrador, ha comunicado sus exigencias para el pago del rescate llamando a los teléfonos de varios vecinos de los Frawley —explicaba el presentador de la CBS.

Lila se fijó en un primer plano de Margaret Frawley que mostraba su expresión de angustia y enormes ojeras.

—Robinson Geisler, presidente de C. F. G. & Y., no está autorizado a responder a la pregunta de si se ha efectuado o no una transferencia de fondos —prosiguió el periodista—, pero si ese es el caso, está claro que las próximas veinticuatro horas van a ser cruciales. Han pasado seis días desde que se llevaron a Kathy y Kelly de su dormitorio. El secuestro tuvo lugar en torno a las nueve de la noche del pasado jueves.

Seguro que iban en pijama cuando se las llevaron, pensó Lila mientras cogía las llaves del coche. Aquel pensamiento la persiguió durante el trayecto al trabajo, y siguió sin quitárselo de la cabeza mientras colgaba el abrigo y se pasaba un cepillo por la melena pelirroja que se le había despeinado con el viento en el aparcamiento. Lila se prendió en la pechera la chapa en la que ponía BIENVENIDOS A ABBY'S, SOY LILA y se dirigió al minúsculo despacho de la contabilidad.

—Me gustaría revisar mis ventas desde el pasado miércoles, Jean —le explicó a la contable. No recuerdo el nombre de la mujer que compró ropa para unos gemelos o gemelas, pensó Lila, pero puedo averiguarlo por el recibo. Compró dos petos con polos a juego, ropa interior y calcetines. No compró zapatos porque no sabía qué número calzaban.

Al cabo de cinco minutos de hojear uno a uno los recibos Lila logró dar con lo que buscaba. El recibo de aquellas prendas estaba firmado por la señora de Clint Downes, y se había pagado con una tarjeta de crédito Visa. ¿Qué hago? Le digo a Jean que llame ahora mismo a Visa para conseguir la dirección?, se preguntó Lila. No seas tonta, decidió mientras salía a toda prisa a la tienda.

Más tarde, incapaz aún de quitarse de encima la sensación de que debía seguir su molesta corazonada, Lila le pidió a la contable que tratara de conseguir la dirección de la mujer que había comprado aquellos conjuntos idénticos para unos gemelos de tres años.

—Ahora mismo, Lila. Si me ponen pegas, les diré que la mujer se ha dejado un paquete aquí.

—Gracias, Jean.

Según la base de datos de Visa, la señora de Clint Downes vivía en el número 100 de Orchard Avenue, en Danbury.

Más vacilante que nunca sobre qué hacer con aquella información, Lila recordó que Jim Gilbert, un policía jubilado de

Danbury, había quedado para cenar aquella noche con su madre, ocasión que podría aprovechar para pedirle consejo.

Cuando Lila llegó a casa su madre le había guardado cena, y Jim y ella estaban tomando un cóctel en el estudio. Lila se sirvió una copa de vino y se sentó en el hogar elevado, de espaldas al fuego.

—Jim —dijo—, supongo que mi madre te ha contado que fui yo la que le vendió a Margaret Frawley los dos vestidos de terciopelo azul que compró para sus hijas.

—Eso he oído. —A Lila siempre le chocaba la voz grave de barítono de Jim, saliendo como salía de un cuerpo tan menudo como el suyo. La expresión afable de Jim se endurecía cuando hablaba—. Te diré una cosa. Esos padres no van a volver a ver a sus hijas, ni vivas ni muertas. Yo diría que a estas alturas esas niñas están fuera del país, y toda esa historia del rescate no es más que una maniobra de distracción.

—Jim, ya sé que es un disparate, pero unos minutos antes de vender esos vestidos a Margaret Frawley, atendí a una señora que iba buscando unos conjuntos a juego para unos niños de tres años, y no parecía saber muy bien qué talla coger.

—¿Y?

Lila se aventuró a revelar sus conjeturas.

—¿No sería extraordinario que esa mujer estuviera relacionada con el secuestro y estuviera comprando ropa en previsión de lo que podrían necesitar? Las gemelas de los Frawley iban en pijama cuando se las llevaron. A esa edad los niños se manchan a la primera de cambio. No pueden pasarse cinco días con la misma ropa.

—Lila, estás dejándote llevar por tu imaginación —le dijo Jim Gilbert con indulgencia—. ¿Sabes cuántos datos como ese estarán recibiendo la policía de Ridgefield y el FBI?

—La mujer firmó con el nombre de señora de Clint Downes y vive en el número 100 de Orchard Street, aquí mismo, en Danbury —insistió Lila—. Me dan ganas de pasarme por allí y llamar a su puerta con la excusa de que uno de los polos que compró venía en una remesa defectuosa, solo para satisfacer mi curiosidad.

—Lila, tú dedícate a lo tuyo, que es la ropa. Conozco personalmente a Clint Downes. Es el guarda que vive en la casa del club; el número 100 de Orchard Street es la dirección del club. ¿La mujer era delgada e iba con una especie de cola de caballo mal hecha?

—Sí.

—Esa es Angie, la novia de Clint. Puede que firme como señora de Downes, pero desde luego no lo es. Anda siempre haciendo de canguro. Ya los puedes tachar de tu lista de sospechosos, Lila. Ninguno de esos dos tiene ni por asomo las luces que hacen falta para llevar a cabo un secuestro como este.

23

Lucas sabía que Charley Fox, un mecánico nuevo del aeropuerto, lo observaba mientras él subía a la avioneta con aquella voluminosa caja a cuestas. Seguro que se pregunta qué hago llevando una caja como esta, y luego se imaginará que voy a tirarla a alguna parte, se dijo Lucas para sus adentros. Seguro que piensa que es algo malo de lo que quiero deshacerme, o tal vez que me dedico al tráfico de drogas. Así que la próxima vez que un poli venga por aquí y pregunte si hay alguien por el aeropuerto con pinta de sospechoso, seguro que le habla de mí.

Aun así, librarse de todo aquello que pudiera relacionar a las gemelas con la casa del club era una buena idea, reconoció Lucas mientras dejaba caer la pesada caja en el asiento del copiloto. Esta noche, cuando dejemos a las crías, ayudaré a Clint a desmontar la cuna y esparciremos las piezas por alguna parte. Debía de haber ADN de las niñas por todo el colchón.

Mientras realizaba las comprobaciones pertinentes antes de despegar, Lucas se permitió una agria sonrisa. Había leído en alguna parte que los gemelos idénticos tenían el mismo ADN. O sea, que solo pueden demostrar que secuestramos a una de ellas, pensó. ¡Genial!

El viento seguía soplando fuerte. No era el mejor día para volar en una avioneta ligera, pero la sensación de peligro siempre le resultaba reconfortante. Con ello mitigaría de algún modo la inquietud creciente que sentía por lo que le esperaba aquella noche. Olvídate del dinero en metálico, repetía sin cesar una voz en su cabeza. Dile al Flautista que nos dé el millón del dinero de la transferencia. Deja a las crías en cualquier sitio donde puedan encontrarlas. Así evitarás que puedan perseguiros y pillaros.

Pero el Flautista no lo aceptará, pensó Lucas con pesar mientras notaba que las ruedas de la avioneta comenzaban a elevarse. O recogemos el dinero esta noche o nos veremos sin un centavo y con una acusación de secuestro si nos cogen.

El vuelo duró poco, lo justo para alcanzar la costa, situada a unos kilómetros del aeropuerto, sujetar con firmeza el timón de control con las rodillas, reducir la velocidad, agarrar la caja no sin dificultad, colocársela en el regazo, abrir la portezuela con cuidado y lanzar la caja al vacío. Lucas observó su caída. El mar estaba picado y se veía gris. La caja desapareció entre las olas, formando una cascada de espuma en el aire. Lucas cerró la portezuela y apoyó la mano en el timón. Y ahora, manos a la obra, pensó.

Cuando aterrizó en el aeropuerto no vio a Charley Fox por ninguna parte, lo cual ya le iba bien. Así no sabrá si he vuelto con la caja o no, pensó.

Eran casi las cuatro. El viento empezaba a amainar, pero las nubes se cernían amenazadoras en el cielo. ¿Les favorecería que lloviera, o les supondría un problema? Lucas enfiló hacia el aparcamiento y se metió en su coche. Permaneció allí sentado unos minutos, tratando de determinar si sería mejor que lloviera o no. El tiempo lo dirá, concluyó. Por el momento lo que tenía que hacer era sacar la limusina del garaje y llevarla al túnel de lavado para que el señor Bailey la viera reluciente. Si daba la casualidad de que los federales estaban en casa de Bailey, sería una manera de mostrarles que era un conductor de limusinas concienzudo, ni más ni menos.

Además, así tendría con qué entretenerse. Si se quedaba en el apartamento sin hacer nada se volvería loco. Una vez tomada la decisión, Lucas giró la llave de contacto.

Dos horas más tarde, recién duchado, afeitado y vestido con su impecable uniforme de chófer, Lucas entró con su limusina impoluta en la propiedad de Franklin Bailey.

24

—Margaret, tenemos la más absoluta certeza de que no tiene usted nada que ver con la desaparición de las gemelas —dijo el agente Carlson—. Los resultados de la segunda prueba del detector de mentiras a la que la sometimos no son concluyentes, mucho menos incluso que los de la primera. La explicación puede ser su estado emocional. En contra de lo que uno lee en las novelas o ve en la tele, las pruebas realizadas con un detector de mentiras no siempre son precisas, por eso no se admiten como prueba ante un tribunal.

—Pero ¿de qué me habla? —preguntó Margaret, con un tono de voz que rozaba la indiferencia. ¿Qué importará eso?, pensaba para sus adentros—. Cuando me hicieron esas pruebas apenas entendía las preguntas. Para mí no eran más que palabras.

Una hora antes, Steve insistió en que Margaret se tomara un sedante que le había recetado el médico. Era el primero que se tomaba en todo el día, aunque en teoría debía tomarse uno cada cuatro horas. A Margaret no le gustaba la sensación de aturdimiento que le provocaba. Le costaba concentrarse en lo que le estaba diciendo el agente del FBI.

—En ambas pruebas le preguntamos si conocía a la persona responsable del secuestro —prosiguió Walter Carlson en voz baja—. Cuando contestó usted que no, la segunda prueba registró su respuesta como una mentira. —Carlson levantó la mano ante la mueca de protesta que vio dibujarse en el rostro de Margaret—. Escúcheme bien, Margaret. Sabemos que no miente. Pero es posible que en su subconsciente sospeche de alguien que puede estar relacionado con el secuestro, y eso afecte a los resultados de la prueba aunque usted no sea consciente de ello.

Está oscureciendo, pensó Margaret. Son las siete. En cuestión de una hora Franklin Bailey estará a la salida del edificio Time Warner a la espera de que alguien se ponga en contacto con él. Si consigue entregar el dinero, puede que tenga a mis niñas de vuelta en casa esta misma noche.

—Margaret, presta atención —la instó Steve.

Margaret oyó que el hervidor de agua comenzaba a silbar. Rena Chapman les había llevado una cazuela de macarrones al horno con queso y lonchas de jamón de York. Qué vecinos tan buenos tenemos, pensó Margaret. Apenas he tenido la oportunidad de conocerlos. Cuando las niñas estén de vuelta en casa, los invitaré a todos para darles las gracias.

—Margaret, quiero que revise de nuevo los expedientes de algunas de las personas a las que ha defendido a lo largo de su carrera como abogado —le dijo Carlson—. Hemos reducido la búsqueda a tres o cuatro personas, las cuales tras recibir su condena la culparon a usted de perder sus casos.

Margaret hizo un esfuerzo por concentrarse en los nombres de los acusados.

—Les ofrecí la mejor defensa que pude. Las pruebas contra ellos eran muy sólidas —aseguró Margaret—. Todos ellos eran culpables, y yo negocié con la fiscalía acuerdos de reducción de los cargos muy favorables para ellos, pero no los aceptaron. Y luego, cuando el tribunal los declaró culpables y los condenaron a penas mucho más largas que si hubieran aceptado el acuerdo de reducción de condena, la culpa era mía. Eso les pasa mucho a los defensores de oficio.

—Tras recibir su condena, Donny Mars se ahorcó en su celda —insistió Carlson—. En su funeral su madre gritó: «Ya se enterará Frawley algún día de lo que es perder un hijo».

—Eso fue hace cuatro años, mucho antes de que nacieran las niñas. Esa mujer estaba histérica —repuso Margaret.

—Puede que estuviera histérica, pero desde entonces parece que se la ha tragado la tierra, y a su otro hijo también. ¿Cree que es posible que usted sospechara de ella sin llegar a ser consciente de ello?

—Esa mujer estaba histérica —repitió Margaret con calma, preguntándose si parecería tan flemática como pretendía—. Donny era bipolar. Supliqué al juez que lo internaran en un hospital. Debería haber estado al cuidado de un médico. Su hermano me escribió una nota pidiéndome disculpas por lo que había dicho su madre. Según él, no hablaba en serio. —Margaret cerró los ojos y volvió a abrirlos poco a poco—. Esa es la otra cosa que intentaba recordar —dijo de repente.

Carlson y Steve se quedaron mirándola. Está en su mundo, pensó Carlson. El sedante comenzaba a hacerle efecto y estaba medio grogui. Margaret iba bajando cada vez más el timbre de su voz y Carlson tuvo que inclinarse hacia delante para oír lo que decía.

—Debería llamar a la doctora Harris —susurró Margaret—. Kathy está enferma. Cuando Kelly y ella estén de vuelta, quiero que la doctora Harris se ocupe personalmente de Kathy.

Carlson miró a Steve.

—¿La doctora Harris es la pediatra?

—Sí. Trabaja en Manhattan, en el Hospital Presbiteriano de Nueva York, y tiene una extensa bibliografía sobre las pautas de conducta de los gemelos. Cuando supimos que íbamos a tener gemelas, Margaret la llamó. Desde entonces ha sido la pediatra de las niñas.

—Cuando sepamos dónde encontrar a las niñas las llevaremos de inmediato al hospital más cercano para que les hagan un reconocimiento —les explicó Carlson—. Puede que la doctora Harris pueda reunirse allí con nosotros.

Estamos hablando como si fuera un hecho consumado que van a devolvernos a las niñas, pensó Steve. Me pregunto si aún irán en pijama.

Steve volvió la cabeza al oír que la lluvia comenzaba a golpear las ventanas y luego miró a Carlson. Creyó intuir lo que pensaba Carlson en aquel momento. La lluvia dificultaría la vigilancia de los secuestradores.

Sin embargo, el agente Carlson no estaba pensando en el tiempo precisamente. Estaba concentrado en lo que Margaret acababa de decir. «Esa es la otra cosa que intentaba recordar.» ¿Qué más hay, Margaret?, pensó. Puede que usted tenga la clave. Recuerde esa otra cosa antes de que sea demasiado tarde.

25

El trayecto de Ridgefield a Manhattan duró una hora y quince minutos. A las siete y cuarto de la tarde Franklin Bailey estaba medio encorvado en el asiento trasero de la limusina que Lucas había aparcado en la zona de Central Park Sur, a media manzana del edificio Time Warner.

Había empezado a llover en serio. De camino a la ciudad Bailey, hecho un manojo de nervios, le había explicado a Lucas la razón por la que había insistido en que fuera él quien lo llevara a Manhattan.

—El FBI me dirá que salga del coche en el que he venido hasta aquí. Saben que los secuestradores sospecharán que me ha traído un agente. Si en algún momento han tenido la oportunidad de vernos en casa y ahora me ven llegar con el chófer y la limusina de siempre, puede que los secuestradores entiendan que lo único que queremos es recuperar a las niñas sanas y salvas.

—Me hago cargo, señor Bailey —dijo Lucas.

—Sé que hay un montón de agentes pululando por el Time Warner y también en taxis y coches particulares, todos ellos preparados para seguirme cuando reciba instrucciones —explicó Bailey, con un temblor nervioso en la voz.

Lucas miró por el espejo retrovisor. Lo ve tan poco claro como yo, pensó acongojado. Clint y yo estamos metidos en una ratonera, y el FBI está al acecho, esperando el momento oportuno para lanzarse sobre nosotros. ¿Quién me dice que ahora mismo no estarán esposando a Angie?

—Lucas, ¿lleva el móvil encima? —le preguntó Bailey por enésima vez.

—Sí, señor.

—Lo llamaré en cuanto se haya realizado la entrega del dinero. ¿Estará aparcado por aquí cerca?

—Sí, señor, y listo para ir a recogerlo adonde usted me diga.

—Me consta que uno de los agentes vendrá con nosotros. Me han dicho que querrán hacerme preguntas sobre las impresiones que pueda causarme la persona de contacto de los secuestradores. Entiendo que eso es necesario, pero les he dicho que deseaba quedarme en mi coche. —Bailey esbozó una sonrisa—. En su coche, quería decir, que mío no es.

—Es suyo siempre que usted quiera, señor Bailey. —Lucas notó un frío húmedo en las manos y se las frotó. Pasemos a la acción de una vez, pensó. Basta ya de tanto esperar.

Cuando faltaban dos minutos para las ocho en punto Lucas aparcó frente al edificio Time Warner. Pulsó el botón del maletero, salió de la limusina a toda prisa y le abrió la puerta a Bailey. Al sacar las dos maletas del maletero se quedó absorto mirándolas.

El agente del FBI que había estado en casa de Bailey había metido en el maletero un carrito portaequipajes, además de las maletas.

—Cuando deje al señor Bailey cargue las maletas en el carrito —le había dicho a Lucas—. Pesan demasiado para que las lleve en la mano.

Con unas manos que se morían por coger las maletas y echar a correr, Lucas las apiló en el carrito y las sujetó bien al asa.

La lluvia se había convertido en un aguacero constante y Bailey se subió el cuello del abrigo. Se había tapado la cabeza con una gorra, pero no con la suficiente rapidez como para impedir que le cayeran por la frente unos mechones mojados de pelo cano. Bailey se sacó del bolsillo el móvil del agente Carlson del FBI y se lo acercó con inquietud a la oreja.

—Será mejor que me marche, señor Bailey —dijo Lucas—. Buena suerte, señor. Estaré esperando su llamada.

—Gracias. Gracias, Lucas.

Lucas se montó en la limusina y echó un rápido vistazo a su alrededor. Bailey estaba en el bordillo. El tráfico circulaba con lentitud en torno a Columbus Circle. En todas las esquinas había gente que intentaba en vano conseguir un taxi. Lucas arrancó y volvió a bajar poco a poco por Central Park Sur. Como ya esperaba, no vio un sitio libre donde aparcar. Giró a la derecha por la Séptima Avenida y a la derecha una vez más por la calle Cincuenta y cinco. Finalmente estacionó entre la Octava y la Novena Avenida frente a una boca de incendios y permaneció dentro de la limusina a la espera de que lo llamara el Flautista.

26

Las niñas llevaban durmiendo buena parte de la tarde. Cuando despertaron Angie notó que Kathy estaba colorada, signo casi inequívoco de que volvía a tener fiebre. No debería haberla dejado con el pijama mojado, se dijo, tocando la prenda. Todavía está húmedo. Aun así esperó hasta que Clint se marchó a las cinco de la tarde para cambiar a Kathy y ponerle uno de los conjuntos de peto y polo del que no se había deshecho.

—Yo también quiero quitarme el pijama —protestó Kelly. Sin embargo, en cuanto vio la mirada llena de ira de Angie volvió la vista hacia la tele y siguió viendo el canal Nickelodeon.

A las siete en punto, Clint telefoneó para decirle que había comprado un coche nuevo, un Toyota negro, en Nueva Jersey, queriendo decir que había robado un vehículo y que le había cambiado las matrículas por unas de Nueva Jersey. Antes de colgar le dijo:

—No te preocupes, Angie. Esta noche lo celebraremos.

Ya lo creo, dijo Angie para sus adentros.

A las ocho en punto Angie volvió a meter a las gemelas en la cuna. Kathy respiraba con dificultad y seguía caliente. Angie le dio una aspirina y luego vio cómo se acurrucaba y se metía el pulgar en la boca. Ahora mismo Clint y Lucas estarán en contacto con quienquiera que lleve el dinero, pensó Angie con los nervios a flor de piel.

Kelly estaba incorporada en la cuna, con un brazo echado por encima de su hermana. El pijama con un osito de felpa azul que llevaba puesto desde la noche anterior estaba arrugado y se había desabrochado por el cuello. Kathy iba de azul oscuro, con el polo a cuadros blancos y azules.

—*Tengo una muñeca vestida de azul* —comenzó a cantar Angie—, *con su camisita y su canesú.*

Kelly alzó la vista, clavando su mirada severa en Angie mientras esta entonaba la segunda estrofa de la canción:

—*La saqué a paseo, se me constipó, la tengo en la cama con mucho dolor.*

Angie apagó la luz, cerró la puerta de la habitación y se encaminó hacia el salón. Esto está más limpio que una patena, pensó con sarcasmo. Como no lo había visto hacía mucho tiempo. De todos modos, no debería haberme deshecho del vaporizador. La culpa ha sido de Lucas.

Angie consultó la hora en su reloj. Eran las ocho y diez. Lo único que sabía Clint sobre el pago del rescate era que él tenía que estar a las ocho en punto en un coche robado aparcado a un par de manzanas de Columbus Circle. A esas horas el Flautista ya habría puesto la maquinaria en marcha.

A Clint no le habían dicho que llevara un arma, pero Angie lo había convencido para que así lo hiciera.

—Míralo de este modo —le había dicho Angie—. Imagínate que huyes con el dinero y te persiguen. A ti se te dan bien las armas. Si te ves acorralado de verdad, apunta a la pierna del poli o a las ruedas del coche.

Clint llevaba ahora una pistola sin registrar en el bolsillo.

Angie preparó una cafetera, se sentó en el sofá y puso el canal de noticias. Con una taza de café solo ardiendo en una mano y un cigarrillo en la otra, Angie miraba la tele con atención mientras el presentador especulaba sobre la posibilidad de que estuviera llevándose a cabo la transacción del pago del rescate entre los secuestradores y la familia Frawley.

—Nuestra página web se ha visto inundada de mensajes de nuestros espectadores que rezan para que las dos niñas vestidas de azul vuelvan a estar muy pronto en brazos de sus padres y acabe así su sufrimiento.

Angie se echó a reír.

—Lo tienes claro, colega —dijo, sonriendo con satisfacción al rostro adusto del presentador.

27

En un artículo de revista publicado no hacía mucho la describían como «una mujer de sesenta y tres años, ojos castaños de mirada sabia y compasiva, una densa cabellera de pelo gris con suaves ondas y un cuerpo de formas redondeadas que ofrece un cómodo regazo a bebés y niños de corta edad». La doctora Sylvia Harris era la directora de servicios pediátricos del Hospital Infantil Presbiteriano de Nueva York, situado en Manhattan. Cuando se hizo pública la noticia del secuestro, la doctora Harris trató de comunicarse por teléfono con Steve y Margaret Frawley, pero solo pudo dejarles un mensaje en el contestador. Llena de congoja, llamó a la oficina de Steve y dejó el recado a su secretaria de que le dijese que había pedido a todo aquel que la conocía que rezara para que devolviesen a las gemelas sanas y salvas.

En los cinco días transcurridos desde la desaparición de las niñas, la doctora Harris había seguido atendiendo las citas de la consulta y haciendo la ronda de visitas habitual sin dejar de tener presentes en su mente a las gemelas ni por un instante.

Como si hubiera una cinta de vídeo reproduciéndose constantemente en su cabeza, la doctora Harris recordaba aquel día de finales de otoño de hacía tres años y medio cuando Margaret Frawley llamó a su consulta para pedir hora.

—¿Qué tiempo tiene el bebé? —le preguntó la doctora.

—Salgo de cuentas el veinticuatro de marzo —respondió

Margaret, con una voz llena de entusiasmo y alegría—. Me han dicho que espero gemelas, y he leído algunos de sus artículos sobre gemelos. Por eso quiero que sea usted la pediatra de mis hijas cuando nazcan.

Los Frawley acudieron a la consulta de la doctora Harris para una visita preliminar y enseguida congeniaron con ella. Incluso antes de que nacieran las gemelas la relación de la pareja con la doctora llegó a convertirse en una afectuosa amistad. La facultativa les ofreció libros que hablaban de los vínculos especiales existentes entre los gemelos, y cuando daba conferencias sobre la materia los Frawley se encontraban a menudo entre el público. Les fascinaban los ejemplos que daba la doctora sobre gemelos idénticos que sentían el dolor físico y recibían mensajes telepáticos del otro, aunque estuvieran en continentes distintos.

Cuando Kathy y Kelly nacieron, sanas y hermosas, Steve y Margaret estaban eufóricos. Y yo también, en todos los aspectos, tanto a nivel profesional como personal, pensó Sylvia mientras cerraba su escritorio y se disponía a volver a casa. Su caso me brindaba la oportunidad de estudiar a unas gemelas idénticas desde su nacimiento, además de corroborar mediante la experiencia vital de las niñas todo lo que se había escrito hasta entonces sobre el vínculo que une a los gemelos. Sylvia recordó aquella ocasión en la que los Frawley llevaron de urgencias a Kathy a su consulta para que la examinara, ya que el resfriado que tenía había derivado en bronquitis. Steve se quedó en la sala de espera con Kelly. En el instante mismo en que le puse una inyección a Kathy estando en la sala de reconocimiento médico, recordó Sylvia, Kelly comenzó a llorar como una magdalena. Ese fue solo uno de los numerosos episodios similares que han protagonizado las gemelas. Durante los últimos tres años Margaret escribió un diario donde anotaba cualquier incidencia de este tipo, con lo que me ha ayudado enormemente en mi labor. ¿Cuántas veces les habré comentado a ella y a Steve lo que habría dado Josh por ser partícipe de la atención médica y el estudio de las niñas?

Sylvia les había hablado a Steve y Margaret de su difunto marido, comentándoles que su relación le recordaba la que tenían Josh y ella cuando se casaron. Los Frawley se habían conocido en la facultad de Derecho. Josh y ella habían estudiado medicina juntos en la Universidad de Columbia. La diferencia radicaba en que los Frawley tenían a las gemelas, mientras que Josh y ella nunca tuvieron la fortuna de tener hijos. Al acabar la residencia montaron una consulta pediátrica. Más tarde, cuando tenía tan solo cuarenta y dos años, Josh le confesó que llevaba tiempo sufriendo un cansancio terrible. Las pruebas mostraron que tenía un cáncer de pulmón en fase terminal, una ironía que Sylvia fue capaz de encajar sin amargura gracias a su enorme fe.

—La única vez que lo vi enfadarse con un paciente fue cuando una madre entró en la consulta con la ropa apestando a humo —relató Sylvia en una ocasión a Steve y Margaret—. Josh le preguntó con voz severa: «¿Fuma cerca del bebé? Pero ¿no entiende el peligro que eso comporta para la salud de su hija? Tiene que dejar de fumar ahora mismo».

Margaret había dicho por la televisión que temía que Kathy estuviera resfriada. Posteriormente, el secuestrador difundió una grabación con las voces de las gemelas en la que se oía a una de ellas tosiendo. Kathy tenía facilidad para coger pulmonías, pensó Sylvia. No era muy probable que su secuestrador la llevara al médico. Quizá debería llamar a la comisaría de Ridgefield y explicarles que soy la pediatra de las gemelas para ver si pueden hacer que las cadenas de televisión emitan un comunicado para los secuestradores con las medidas que pueden tomar en caso de que Kathy tenga fiebre.

El teléfono de la doctora sonó. Por un momento pensó en dejar que su asistente lo cogiera, pero de repente sintió el impulso de descolgar el auricular. Era Margaret, una Margaret con una voz casi catatónica.

—Sylvia, te llamo porque el pago del rescate está a punto de llevarse a cabo, y creemos que nos devolverán a las niñas en las próximas horas. ¿Podrías venir a casa para estar con nosotros? Sé que es mucho pedir, pero no sabemos en qué estado se encontrarán. Lo que sí sé es que Kathy tiene una tos muy fuerte.

—Ahora mismo voy para allá —dijo Sylvia Harris—. Pásame a alguien que pueda darme indicaciones de cómo llegar hasta vuestra casa.

28

El móvil que Franklin Bailey sostenía en la mano comenzó a sonar. Bailey lo abrió con manos temblorosas y se lo pegó a la oreja.

—Franklin Bailey al habla —dijo, con la boca seca.

—Señor Bailey, es usted de una puntualidad admirable. Le felicito. —La voz sonaba como un susurro ronco—. Ahora comience a bajar de inmediato por la Octava Avenida hasta la calle Cincuenta y siete. Gire a la derecha por la Cincuenta y siete y diríjase al oeste hasta la Novena Avenida. Espere en la esquina noroeste. Le advierto que está vigilado en todo momento. Volveré a llamarle exactamente dentro de cinco minutos.

El agente Angus Sommers del FBI, vestido con los andrajos sucios de un vagabundo, estaba acurrucado en la acera, apoyado en una curiosidad arquitectónica que en su día albergó el Museo Huntington Hartford. A su lado había un carro desvencijado, tapado con un plástico y repleto de ropa vieja y periódicos, que le servía de parapeto ante un posible observador. Al igual que el resto de las decenas de agentes que pululaban por las inmediaciones, Sommers llevaba encima un móvil programado para captar la llamada que Franklin Bailey recibiría del Flautista. Sommers vio que Bailey echaba a andar por la calle con el carrito de las maletas a rastras. Incluso desde lejos Sommers advirtió el esfuerzo que le suponía tirar de ellas y la rapidez con la que acabó empapado bajo el chaparrón.

Sommers entrecerró los ojos para escudriñar la circunferencia de Columbus Circle. ¿Se encontraría el secuestrador y sus secuaces mezclados entre la multitud que corría bajo los paraguas de camino a sus destinos? ¿O sería una sola persona la que haría ir a Bailey con la lengua fuera por toda Nueva York en su intento por identificar y librarse de cualquiera que tratara de seguirlo?

Cuando perdió de vista a Bailey, Sommers se levantó poco a poco, empujó el carrito de supermercado hasta la esquina y esperó a que el semáforo se pusiera en verde. Sabía que las cámaras de vigilancia conectadas en el edificio Time Warner y en la rotonda estarían registrando toda la escena.

Sommers cruzó la calle Cincuenta y ocho y giró a la izquierda. En aquel punto un agente subalterno, vestido también con los andrajos de un vagabundo, se hizo cargo del carrito. Sommers se metió en uno de los vehículos del FBI estacionado junto a la acera; dos minutos más tarde iba con un abrigo Burberry y un sombrero a juego cuando el coche lo dejó en el Holiday Inn de la calle Cincuenta y siete, a media manzana de la Novena Avenida.

—Bert, soy el Flautista. Dame tu posición.

—Estoy en la calle Cincuenta y cinco, entre la Octava y la Novena Avenida. Delante de una boca de incendios. No puedo quedarme aquí mucho rato. Le advierto una cosa. Según Bailey, esta zona está plagada de federales.

—No esperaba menos de ellos. Quiero que te dirijas a la Décima Avenida y que gires al este por la calle Cincuenta y seis. Súbete al bordillo en cuanto puedas y espera a recibir más instrucciones.

Un instante después sonó el móvil de Clint. Estaba aparcado en la calle Sesenta y uno Oeste, con el coche que había robado. El Flautista le dio las mismas instrucciones.

Franklin Bailey esperaba en la esquina noroeste de la Novena Avenida con la calle Cincuenta y siete. Para entonces ya estaba calado hasta los huesos y sin aliento de tirar de las pesadas maletas. Ni siquiera la certeza de saber que los agentes del FBI habían seguido todos y cada uno de sus pasos le servía para aliviar la tensión que le provocaba andar jugando al gato y al ratón con los secuestradores. Cuando el móvil volvió a sonar la mano le temblaba tanto que se le cayó al suelo. Rezando para que siguiera funcionando, Bailey abrió la tapa de golpe y dijo:

—Aquí estoy.

—Ya lo veo. Ahora vaya hasta la Cincuenta y nueve con la Décima. Entre en el Duane Reade que hay en la esquina noroeste. Compre un móvil de prepago con saldo para varias horas y un rollo de bolsas de basura. Lo llamaré dentro de diez minutos.

Le va a mandar que se deshaga de nuestro móvil, pensó el agente Sommers mientras escuchaba la llamada apostado en la entrada del Holiday Inn. Si puede observar todos los movimientos de Bailey, puede que se encuentre en uno de esos edificios de apartamentos que hay por aquí. Sommers vio que un taxi se detenía al otro lado de la calle y que de él bajaba una pareja. Sabía que había varios agentes conduciendo taxis que llevaban a otros tantos agentes en el asiento trasero. El plan consistía en dejar a los supuestos pasajeros cerca del lugar donde Bailey estuviera esperando para no levantar sospechas en caso de que le mandaran parar un taxi y al cabo de un instante apareciera uno libre. Pero el Flautista estaba tratando de asegurarse de poner al descubierto a cualquiera que pudiera estar siguiendo a Bailey.

La preocupación asaltó a Sommers cuando este vio que, después de recorrer cuatro manzanas más bajo la lluvia tirando de aquellas maletas, Bailey enfilaba hacia el norte, siguiendo las instrucciones del Flautista. Solo espero que no le dé un colapso antes de que llegue a entregar el dinero.

Un coche con matrícula de la Comisión de Taxis y Limusinas de Nueva York se subió al bordillo. Sommers echó a correr para cogerlo.

—Da la vuelta a Columbus Circle —indicó al agente que iba al volante—, y aparca en la Décima a la altura de la calle Sesenta.

Franklin Bailey tardó diez minutos en llegar a la esquina del Duane Reade y entrar en la tienda. A la salida llevaba un pequeño paquete en una mano y un teléfono en la otra, pero los agentes ya no podían oír lo que le decía el Flautista. Sommers observaba la escena mientras Bailey subía a un coche y se perdía entre el tráfico.

En el interior del Duane Reade, Mike Benzara, un estudiante de la Universidad de Fordham/Lincoln Center que trabajaba media jornada como empleado de almacén, pasó junto a una de las cajas registradoras. El joven se detuvo al ver un móvil entre los expositores de chicles y golosinas que había encima del mostrador. Qué móvil más chulo, pensó al entregárselo a la cajera.

—Qué lástima que aquí no valga eso de que quien se lo encuentra se lo queda —bromeó.

—Pues hoy ya van dos —dijo la cajera mientras le quitaba el móvil de la mano y lo dejaba en el cajón situado bajo la caja registradora—. Apuesto lo que quieras a que este es de ese viejo que iba tirando de unas maletas. En cuanto ha pagado las bolsas de basura y el teléfono que ha comprado le ha sonado el móvil que llevaba en el bolsillo. Me ha pedido que le diera el número del nuevo a la persona que le había llamado. Me ha dicho que llevaba las gafas demasiado empañadas para verlo.

—A lo mejor tiene una amiguita y no quiere que su mujer vea el número cuando revise las facturas.

—No. Hablaba con un hombre. Seguro que era su corredor de apuestas.

—Ahí fuera tiene un sedán esperándolo —había indicado el Flautista a Bailey—. En la ventanilla del asiento trasero verá su nombre. No tema subirse a él. Es el 142 de Excel, una empresa de alquiler de vehículos con conductor. La reserva está a su nombre y se ha pagado por adelantado. Quite las maletas del carrito y dígale al conductor que las coloque a su lado en el asiento trasero.

El conductor de Excel, Ángel Rosario, se detuvo en la esquina de la calle Cincuenta y nueve con la Décima Avenida y aparcó en doble fila. Aquel anciano que iba tirando de un carrito portaequipajes y asomándose a las ventanillas de los automóviles aparcados en el bordillo debía de ser su pasajero. Ángel se apresuró a salir del coche.

—¿Señor Bailey?

—Sí, sí.

Ángel alargó la mano para coger el carrito.

—Lo meteré en el maletero, señor.

—No, tengo que sacar una cosa de las maletas. Póngalas en el asiento de atrás.

—Es que están mojadas —objetó Ángel.

—Pues póngalas en el suelo —espetó Bailey—. Haga lo que le digo. Vamos.

—Vale, hombre, está bien. No se ponga así, que le va a dar un infarto. —En los veinte años que llevaba trabajando de conductor para Excel, Ángel había llevado a muchos chiflados, pero aquel viejo era un caso grave. Parecía que fuera a darle un infarto en cualquier momento, y Ángel no quería provocárselo por una discusión sin importancia. Además, era posible que le cayera una buena propina si era amable con él. Aunque Bailey iba empapado, Ángel vio que la ropa que llevaba era cara y que por su tono de voz era un hombre con clase, no como la última pasajera que había llevado, una mujer que había puesto el grito en el cielo al ver que Ángel le cobraba el tiempo de espera. Armó tal escándalo que parecía una motosierra en acción.

Ángel abrió la puerta trasera del sedán, pero Bailey no entró hasta que las maletas no pasaron del carrito al suelo del interior del vehículo. Tendría que ponerle el carrito en el regazo, pensó Ángel mientras lo plegaba y lo lanzaba al asiento del copiloto. Luego cerró la puerta y bordeó el coche hasta el asiento del conductor para ponerse al volante.

—Al Museo de Brooklyn, ¿no es así, señor?

—Eso es lo que le han dicho. —Era tanto una pregunta como una respuesta.

—Sí. Vamos a recoger a su amigo y luego los dejaré a los dos en el hotel Pierre. Le advierto que tardaremos un buen rato. Hay mucho tráfico y con esta lluvia se conduce fatal.

—Me hago cargo.

Justo en el momento en que el vehículo arrancaba el nuevo móvil de Franklin Bailey comenzó a sonar.

—¿Ya ha dado con su conductor? —le preguntó el Flautista.

—Sí. Ya estoy dentro del coche.

—Bien. Ahora empiece a pasar el dinero de las maletas a dos bolsas de basura. Cierre una de ellas con la corbata azul que lleva puesta y la otra con la roja que dije que llevara. Volveré a llamar dentro de poco.

Eran las nueve menos veinte.

29

A las nueve y cuarto sonó el teléfono de la casa del guarda, con un sonido estridente que sobresaltó a Angie. Acababa de abrir la puerta del dormitorio para ver si las niñas dormían. Al oír el teléfono se apresuró a cerrar la puerta y corrió a cogerlo. Sabía que no podía ser Clint, porque él siempre la llamaba al móvil. Angie descolgó el auricular.

—Diga.

—Angie, estoy ofendido, muy ofendido. Creía que mi amigo del alma iba a llamarme anoche para que fuéramos a tomar unas cervezas juntos.

Oh, no, pensó Angie. Era aquel imbécil de Gus, y por el ruido que Angie oía de fondo dedujo que estaría en el pub de Danbury. Ya se ve que sabes cuándo dejar de beber, pensó Angie al notar que a Gus le costaba vocalizar. Aun así debía ir con cuidado, pues recordó aquella ocasión en la que Gus se había presentado en casa de improviso en busca de compañía.

—Hola, Gus —le dijo, tratando de parecer amable—. ¿Clint no te llamó? Le dije que lo hiciera. Anoche no se encontraba muy bien y se fue a la cama pronto.

En ese momento Angie oyó que Kathy empezaba a llorar con un llanto afligido que llenaba toda la casa y cayó en la cuenta de que con las prisas por coger el teléfono no había cerrado del todo la puerta del dormitorio. Angie intentó tapar el micrófono con la mano pero ya era demasiado tarde.

—¿Ese es el niño que estás cuidando? Lo oigo llorar.

—Sí, ese es el niño que estoy cuidando, y tengo que ir a ver qué le pasa. Clint ha ido a ver un coche que vende un tipo de Yonkers. Le diré que quede contigo para ir al pub mañana por la noche sin falta.

—Ya podríais compraros un coche nuevo y deshaceros de esa tartana con la que vais por ahí.

—Ni que lo digas. Oye, Gus, ya ves cómo llora el niño. Clint te llamará mañana sin falta, ¿vale?

Angie comenzó a colgar pero antes de depositar el auricular en su sitio Kelly, ahora despierta, empezó a gritar:

—¡Mami! ¡Mami!

¿Se habrá dado cuenta Gus de que lo que ha oído eran dos criaturas, o estará ya demasiado borracho para advertir la diferencia?, se preguntó Angie con preocupación. Sería muy propio de él que volviera a llamar. Estaba claro que tenía ganas de hablar con alguien. Angie entró en el dormitorio. Las dos niñas estaban de pie, agarradas a los barrotes de la cuna y llamando a su madre a gritos. Bueno, al menos una de vosotras tiene solución, pensó Angie mientras sacaba un calcetín del cajón y se acercaba a Kelly para atárselo a la boca.

30

El agente Angus Sommers tenía el móvil pegado a la oreja y al igual que el agente Ben Taglione, que iba al volante, estaba concentrado en no perder de vista el coche que tenían delante, el sedán en el que viajaba Franklin Bailey. En cuanto Sommers vio el logotipo de Excel se apresuró a ponerse en contacto con el departamento de transportistas de la empresa. El coche 142 había sido contratado a nombre de Bailey y el pago del servicio se había cargado a su tarjeta de crédito de American Express. El destino del trayecto era el Museo de Brooklyn, donde había que recoger a un pasajero, y de allí había que llevarlos al hotel Pierre, en la calle Sesenta y uno con la Quinta Avenida. Demasiado calculado, pensó Sommers, una opinión que compartía el resto del equipo encargado del seguimiento del secuestro. Aun así varios agentes del FBI ya estaban de camino al museo y otros tantos procedieron a vigilar la entrada del Pierre.

¿Cómo habrá conseguido el Flautista el número de la tarjeta de American Express de Bailey?, se preguntó. La tesis de que la persona que había detrás del secuestro era alguien del entorno de la familia cobraba cada vez más fundamento a juicio de Sommers. Sin embargo, eso no era lo que más le importaba en aquel momento. Primero tenían que rescatar a las niñas. Ya se centrarían después en los secuestradores.

Había otros cinco vehículos con agentes a bordo siguiendo el coche de Bailey. En la autopista del West Side el tráfico estaba prácticamente paralizado. Quienquiera que fuera la persona de contacto que estuviera esperando a Bailey en el lugar de encuentro previsto para la entrega del dinero podría acabar impacientándose, pensó Sommers con inquietud. Sabía que todos ellos temían lo mismo. Era esencial que la entrega del dinero se efectuara antes de que al secuestrador o secuestradores les entrara el pánico. Si eso ocurría, a saber lo que harían con las gemelas.

La causa del embotellamiento se hizo visible en un punto que había sido en su día la salida de la autopista del West Side al World Trade Center. Una colisión leve había obstruido dos carriles. Cuando por fin rebasaron los vehículos accidentados la velocidad del tráfico se incrementó de forma espectacular. Sommers se inclinó hacia delante, entornando los ojos para asegurarse de que no perdían de vista el sedán negro, uno de los numerosos vehículos de color oscuro que se confundían en la lluvia.

Dejando tres coches de distancia entre ellos y el sedán de Excel, los agentes lo siguieron en su recorrido por el extremo sur de Manhattan, recorrido que acabó con un giro al norte por la autopista FDR. El puente de Brooklyn, cuyas luces se veían atenuadas por la fuerte lluvia azotada por el viento, apareció frente a ellos. De repente, en la calle Sur el coche de Excel dio un giro brusco a la izquierda y desapareció por la salida de la autopista. El agente Taglione masculló un improperio mientras trataba de pasar al carril de la izquierda, una maniobra imposible de realizar a menos que chocara con un cuatro por cuatro que circulaba paralelo a ellos.

Sommers apretó los puños al tiempo que sonaba su móvil.

—Seguimos detrás de ellos —le informó el agente Buddy Winters—. Van de nuevo en dirección norte.

Eran las nueve y media de la noche.

31

La doctora Sylvia Harris estrechó entre sus brazos a una Margaret Frawley presa del llanto. Las palabras no solo resultan insuficientes en un momento como este, pensó. De hecho, no sirven de nada. Por encima del hombro de Margaret, la doctora se encontró con la mirada de Steve. Por su rostro pálido y demacrado parecía vulnerable y más joven que los treinta años que tenía. La doctora vio que Steve hacía todo lo posible por contener las lágrimas.

—Seguro que esta noche nos las devuelven —susurró Margaret con la voz quebrada—. De esta noche no pasa. ¡Estoy convencida!

—Te necesitamos, Sylvia. —La voz de Steve se entrecortó por la emoción. Tras una breve pausa hizo un esfuerzo evidente por añadir—: Aunque quienquiera que tenga a las niñas las haya tratado bien, seguro que están alteradas y asustadas. Y sabemos que Kathy tiene una tos muy fuerte.

—Margaret me lo ha dicho por teléfono —dijo Sylvia en voz baja.

Walter Carlson vio la preocupación en el rostro de la doctora y creyó poder leer su mente. Si la doctora Harris ya había tratado otras veces a Kathy cuando esta había cogido una pulmonía, debía de estar pensando que una tos fuerte sin tratamiento podía resultar sumamente peligrosa para su pequeña paciente.

—He encendido la chimenea del estudio —dijo Steve—. Allí dentro se estará mejor. El problema de una casa antigua como esta es que con la calefacción de aire forzado o te mueres de calor o te pelas de frío, según como intentes regular el termostato.

Carlson sabía que Steve estaba intentando alejar los pensamientos de Margaret de la tensa y ominiosa espera, que afectaba cada vez más a su comportamiento. Desde el instante en que había telefoneado a la doctora Harris para suplicarle que fuera a casa, Margaret había manifestado su convicción de que Kathy estaba muy enferma. En un momento dado, mientras miraban por la ventana, había comentado:

—Si, una vez pagado el rescate, los secuestradores dejan a las niñas en un lugar expuesto a la lluvia, puede que Kathy acabe cogiendo una pulmonía.

Dicho esto, Margaret había pedido a Steve que fuese a su dormitorio a por el diario que escribía sobre las niñas desde que habían nacido.

—Esta semana no he escrito nada —le explicó a Carlson con una voz que sonaba casi catatónica—. Lo digo porque cuando estén de vuelta será tal la alegría y el alivio que sentiré que a lo mejor me da por intentar borrarlo todo de mi mente. Por eso ahora quiero escribir sobre lo que uno siente cuando espera. —Tras una pausa Margaret añadió, casi divagando—: Mi abuela tenía una expresión que me decía mucho cuando yo era niña y me moría de ganas de que llegara mi cumpleaños o Navidad. Decía: «La espera no parece tan larga cuando llega a su fin».

Cuando Steve le trajo el diario encuadernado en piel, Margaret leyó en alto unos cuantos extractos. Uno de los primeros por orden cronológico relataba que, incluso cuando dormían, Kathy y Kelly abrían y cerraban las manos a la vez. Otro de los fragmentos que Margaret leyó contaba lo sucedido un día del año anterior en que Kathy tropezó y se golpeó la rodilla contra el tocador del dormitorio. Kelly, que estaba en la cocina, se agarró la rodilla en aquel preciso instante sin razón aparente.

—Fue la doctora Harris quien me aconsejó que escribiera este diario —explicó Margaret.

Carlson los dejó en el estudio y regresó al comedor, donde posó la mirada en el teléfono pinchado que estaba encima de la mesa. Algo en su interior le decía que el Flautista tal vez decidiera volver a ponerse en contacto directo con los Frawley.

Eran las diez menos cuarto; habían transcurrido casi dos horas desde que Bailey comenzara a seguir las instrucciones del Flautista para llevar a cabo la entrega del rescate.

32

—Bert, dentro de dos minutos recibirás una llamada de Franklin Bailey en la que te dirá que lo esperes en la calle Cincuenta y seis, en el pasaje que une la Cincuenta y seis y la Cincuenta y siete, al este de la Sexta Avenida —le explicó el Flautista a Lucas—. Harry ya estará allí con el coche aparcado. Cuando sepa que ambos os encontráis en el lugar indicado, le ordenaré a Bailey que deje las bolsas de basura con el dinero en la acera, justo enfrente de la óptica Cohen Fashion que hay en la calle Cincuenta y siete. Le diré que las ponga encima del montón de bolsas que se dejan allí para que los basureros las recojan. Las que nos interesan a nosotros irán atadas con una corbata cada una. Harry y tú iréis corriendo a la otra punta del pasaje, cogeréis las bolsas, volveréis corriendo por el pasaje, las meteréis en el maletero del coche de Harry y él se marchará. Tiene que desaparecer antes de que los agentes puedan verlo.

—¿Pretende que vayamos corriendo de una punta a la otra de lo que sería una manzana entera con las bolsas de basura a cuestas? Eso no tiene sentido —protestó Lucas.

—Tiene mucho sentido. Aunque el FBI haya logrado seguir al coche de Bailey, estarán lo bastante lejos como para que os dé tiempo a coger las bolsas y que Harry desaparezca. Tú te quedarás allí, y cuando Bailey y los federales aparezcan, les dirás con toda sinceridad que el señor Bailey te ha dado instrucciones para que fueras a recogerlo allí. Ningún agente se arriesgaría a seguirte por el pasaje tan de cerca como para que tú pudieras descubrirlo. Cuando lleguen al lugar donde tú estás esperando, les servirás de testigo y les dirás que has visto a dos hombres que metían unas bolsas en un coche que había aparcado cerca del tuyo. Entonces les proporcionarás una descripción parcial y engañosa del vehículo en cuestión. —Dicho esto, el Flautista puso fin a la comunicación.

Faltaban seis minutos para las diez de la noche.

Franklin Bailey había tenido que explicar a Ángel Rosario el motivo por el que andaban cambiando de dirección a cada momento. Desde el espejo retrovisor Rosario había visto el dinero que pasaba de las maletas a las bolsas de basura y le había amenazado con llevarlo a la comisaría más cercana. Presa de la desesperación, Bailey le había contado que aquel dinero era para pagar el rescate de las gemelas Frawley y había apelado a su colaboración.

—Pediré que sea debidamente recompensado por ello —había añadido Bailey.

—Yo también tengo dos hijos —había respondido el conductor—. Lo llevaré a donde ese tipo diga que hay que ir.

Tras desviarse por la salida de la calle Sur habían recibido instrucciones de subir por la Primera Avenida, girar al oeste por la calle Cincuenta y cinco y buscar un sitio lo más cercano posible a la Décima Avenida. Transcurrieron quince minutos antes de que el Flautista llamara de nuevo.

—Señor Bailey, estamos en la recta final de nuestra colaboración. Ahora debe llamar a su chófer personal y decirle que lo espere en la calle Cincuenta y seis Oeste, en el pasaje que une la Cincuenta y seis con la Cincuenta y siete. Dígale que está solo a un cuarto de manzana al este de la Sexta Avenida. Haga la llamada. Dentro de un rato volveré a contactar con usted.

Diez minutos más tarde el Flautista lo telefoneó de nuevo.

—¿Ha conseguido hablar con su chófer?

—Sí. No está muy lejos. Enseguida llegará al punto indicado.

—En vista de una noche tan lluviosa seré considerado con usted, señor Bailey. Dígale al conductor que siga hasta la Cincuenta y siete y gire a la derecha en dirección este. Después de cruzar la Sexta Avenida que aminore la marcha y se pegue al bordillo.

—Habla muy rápido —protestó Bailey.

—Escúcheme con atención si quiere que los Frawley vuelvan a ver a sus hijas. Delante de la óptica Cohen Fashion verá un montón de bolsas de basura amontonadas en la acera. Abra la puerta del sedán, saque las bolsas de basura con el dinero y colóquelas encima de la pila de bolsas. Asegúrese de que las corbatas con las que las ha atado queden a la vista. Luego regrese al coche de inmediato e indíquele al conductor que siga en dirección este. Volveré a llamarlo dentro de un rato.

Eran las 22.06 horas.

—Bert, soy el Flautista. Dirígete de inmediato al otro extremo del pasaje. Están a punto de dejar las bolsas de basura.

Lucas se había quitado la gorra de chófer para ponerse un chubasquero con capucha y unas gafas oscuras que le tapaban media cara. Se apresuró a salir de la limusina, abrió su enorme paraguas y siguió a Clint, que iba vestido igual que él y también llevaba un paraguas. La lluvia seguía siendo tan fuerte mientras ambos avanzaban a toda prisa por el pasaje que Lucas estaba convencido de que los pocos transeúntes con los que se cruzaban no reparaban en ellos.

Parapetado tras el paraguas que le protegía el rostro de la lluvia, Lucas vio a Franklin Bailey subir a un coche. Lucas se quedó atrás mientras Clint cogía las bolsas de basura atadas con las corbatas y cruzaba la acera de vuelta al pasaje. Lucas esperó a que el sedán de Bailey arrancara y se alejara lo suficiente como para no ser visto antes de ayudar a Clint cogiendo una de las bolsas que llevaba.

Al cabo de unos segundos ya estaban de vuelta en la calle Cincuenta y seis. Clint pulsó el botón del maletero del Toyota robado pero este no se abrió. Jurando entre dientes tiró de la puerta trasera más cercana al bordillo, pero también se hallaba cerrada.

Consciente de que solo les quedaban unos segundos, Lucas abrió de golpe el maletero de la limusina.

—Mételas ahí dentro —espetó mientras miraba desesperado hacia el pasaje y a ambos lados de la calle. Las personas con las que se habían cruzado en el pasaje ya casi no se veían.

Lucas ya estaba sentado al volante, con el chubasquero hecho un rebujo bajo el asiento delantero y con la gorra puesta, cuando vio a unos hombres que a su juicio no podían ser sino agentes del FBI acercarse por el pasaje y desde ambos extremos de la manzana. Con los nervios acelerados pero una actitud serena, Lucas respondió al golpe súbito que oyó en su ventanilla.

—¿Ocurre algo? —preguntó.

—¿Ha visto a un hombre por este pasaje con unas bolsas de basura no hace ni un minuto? —inquirió el agente Sommers.

—Sí. Estaban aparcados aquí mismo. —Lucas señaló el lugar que Clint acababa de dejar libre.

—¿Estaban? ¿Quiere decir que había más de uno?

—Sí. Eran dos, uno achaparrado y otro alto y delgado. No les he visto la cara.

Sommers no había podido ver a Bailey depositar el dinero porque el coche en el que viajaba se había quedado atrás, atrapado en el semáforo de la Sexta Avenida. Llegaron al lugar justo cuando el sedán de Excel bajaba del bordillo situado enfrente de la óptica. Al no ver rastro alguno de las maletas sobre el montón de basura decidieron seguir al coche hasta la Quinta Avenida.

Alertados por la llamada de otro agente sobre su errada decisión, Sommers y su compañero aparcaron en cuanto pudieron y volvieron corriendo al lugar. Un peatón que se había parado en medio de la acera para contestar al móvil les dijo que había visto a un hombre achaparrado arrastrando por el pasaje dos bolsas de basura que acababan de dejar en el montón. Lo único que encontraron al llegar a la otra punta del pasaje fue la limusina de Bailey y a su chófer particular esperándolo.

—Describa el coche que ha visto —le ordenó Sommers a Lucas.

—Era azul oscuro o negro. Un Lexus de cuatro puertas, último modelo.

—¿Y han subido los dos al coche?

—Sí, señor.

Con un sudor frío en las manos, Lucas consiguió responder a las preguntas con aquella voz servil que ponía para dirigirse a Franklin Bailey. En los minutos que siguieron a aquel breve interrogatorio Lucas observó, aún nervioso pero disfrutando en secreto, cómo se llenaba la calle de agentes. Seguro que han movilizado a todos los polis de Nueva York para que vayan en busca de ese Lexus, pensó. El coche que había robado Clint era un viejo Toyota negro.

Al cabo de unos minutos el vehículo de Excel en el que viajaba Franklin Bailey se detuvo detrás de Lucas. Bailey, al borde ya del colapso, tuvo que ser ayudado a subir a la limusina. Acompañado por dos agentes, y escoltado por varios más, Lucas condujo hasta Ridgefield, prestando atención a las preguntas que le hacían a Bailey sobre las instrucciones que había recibido del Flautista. Le complació oír a Bailey explicar:

—Me dio instrucciones de que Lucas no se alejara mucho de Columbus Circle. A eso de las diez me pidió que le dijera que me esperara en aquel punto de la calle Cincuenta y seis. La última instrucción que recibí cuando nos dirigíamos al este después de dejar las bolsas de basura fue que me reuniera con mi chófer en aquel lugar. El Flautista dijo que no quería que me mojara.

A las doce y cuarto de la noche Lucas se detenía frente a la propiedad de su cliente. Uno de los agentes ayudó a Bailey a entrar en casa. El otro se quedó atrás para dar las gracias a Lucas y decirle que había sido de gran ayuda. Con el dinero del rescate aún en el maletero Lucas condujo hasta su garaje, pasó el dinero de la limusina a su viejo coche y se dirigió a la casa del club de campo donde un jubiloso Clint y una Angie sumida en una extraña tranquilidad lo aguardaban.

33

La entrega del rescate se había efectuado, pero los agentes habían perdido a las personas que habían cogido el dinero. Ahora solo les quedaba esperar. Steve, Margaret y la doctora Harris permanecían sentados en silencio, rezando para que sonara el teléfono, para que alguien, otro vecino quizá, se presentara de repente diciendo: «Me acaban de llamar para decirme dónde se encuentran las gemelas».

Pero en casa de los Frawley solo había silencio.

¿Dónde las dejarán?, se preguntaba Margaret angustiada. A lo mejor buscan una casa vacía para dejarlas dentro. A un lugar abierto al público, como una estación de autobuses o de trenes, no podrían ir sin que los vieran. Todo el mundo se fija en las gemelas cuando voy por la calle con ellas. Mis dos niñas vestidas de azul. Así las llama la prensa.

Con sus vestiditos de terciopelo azul...

¿Y si no volvemos a saber nada más de los secuestradores? El dinero ya lo tienen. ¿Y si han huido?

La espera no parece tan larga cuando llega a su fin.

Con sus vestiditos de terciopelo azul...

34

—*Dos y dos son cuatro, cuatro y dos son seis...* —cantaba Clint, alegre—. No puedo creer que volvieras con el dinero y los del FBI en el coche.

Los billetes, la mayoría de cincuenta dólares y el resto de veinte, se hallaban apilados en el suelo del salón de la casa del club de campo. Tal y como se había ordenado, se trataba de billetes usados, y bastó un rápido vistazo por encima para comprobar que los números de serie no eran correlativos.

—Pues créelo —dijo bruscamente Lucas—. Venga, ve metiendo tu mitad en una de las bolsas. Yo meteré la mía en la otra.

Aunque tenía el dinero delante, Lucas seguía convencido de que algo saldría mal. A aquel cabeza hueca de Clint no se le había ocurrido comprobar si el maletero del coche que había robado se abría bien. Si yo no hubiera estado allí con la limusina lo habrían pillado con las manos en la masa, pensó Lucas. Y ahora tenían que esperar a que el Flautista los llamara para que les dijera dónde debían dejar a las niñas.

Fuera donde fuera seguro que a Angie se le ocurriría parar para comprarles un helado. A Lucas le consoló pensar que de madrugada no habría ninguna heladería abierta. De repente, sintió como si se le formara un nudo en el estómago. ¿Por qué no habría llamado ya el Flautista?

A las 3.05 de la madrugada el agudo chasquido del teléfono los sobresaltó a todos. Angie, que estaba tumbada en el suelo, se levantó de un respingo y corrió a cogerlo, mascullando:

—Más vale que no sea ese asqueroso de Gus.

Era el Flautista.

—Pásame a Bert —le ordenó.

—Es él —anunció Angie con voz nerviosa y entrecortada.

Lucas se puso de pie y, tomándose su tiempo para atravesar la estancia, le cogió el teléfono.

—Me preguntaba cuándo tendría un momento para llamarnos —le espetó.

—No pareces un hombre que tenga delante un millón de dólares. A ver, presta atención. Tienes que ir con el coche prestado hasta el aparcamiento de La Cantina, un restaurante que hay en la carretera del aserradero en dirección norte, a la altura de Elmsford. El restaurante se halla cerca del monumento a la Gran Hambruna del V. E. Macy Park. Lleva años cerrado.

—Ya sé dónde está.

—Entonces sabrás también que el aparcamiento se encuentra detrás del edificio, y que no se ve desde la carretera. Que Harry y Mona te sigan en la furgoneta de Harry, con las gemelas, y al llegar las dejen en el coche prestado con las puertas cerradas. Luego regresad los tres a la casa en la furgoneta. Ya os daré entonces las últimas órdenes. Después ninguno de vosotros volveréis a tener noticias mías nunca más.

A las tres y cuarto se pusieron en marcha. Sentado al volante del coche robado, Lucas observaba a Angie y Clint mientras estos sacaban de casa a las gemelas dormidas. Y si a esa tartana se le pincha una rueda por el camino, y si nos encontramos con un control de carretera, y si un borracho se estampa contra uno de nosotros… Todas aquellas posibilidades propicias al desastre le asaltaron mientras Lucas arrancaba. Fue entonces cuando advirtió con inquietud que el depósito de gasolina estaba a menos de un cuarto de su capacidad.

Hay suficiente, se dijo a sí mismo en un intento de tranquilizarse.

Seguía lloviendo, aunque no con la misma intensidad que horas antes. Lucas trató de tomar aquello como una buena señal. Mientras conducía por Danbury en dirección oeste hizo memoria pensando en el restaurante La Cantina. Hacía unos años se había parado allí para cenar después de dar un golpe espectacular en Larchmont con unos resultados más que satisfactorios. La familia que vivía en la casa estaba fuera, en la piscina, y él se había colado por la puerta lateral, que estaba con el pestillo sin echar, y de ahí fue directo al dormitorio principal. ¡Ese día sí que tuvo suerte! La dueña de la mansión se había dejado la puerta de la caja fuerte abierta, no solo cerrada sin llave sino abierta del todo. ¡Fue increíble! Vendí las joyas y me pasé tres semanas en Las Vegas, recordó Lucas. Perdí casi todo el dinero, pero me lo pasé en grande.

Con aquel medio millón tendría más cuidado. No se lo puliría jugando. La suerte se acaba, pensó. Y no quiero pasarme el resto de mi vida en una celda. Esa era otra de sus preocupaciones. No le extrañaría que Angie se hubiera dejado ver otra vez yendo de compras.

Estaba a punto de coger la carretera del aserradero. En diez minutos llegaría a su destino. No había mucho tráfico. De repente, se le heló la sangre al ver un coche de la policía del estado a lo lejos. Miró el indicador de velocidad; iba a cien por una zona donde el límite de velocidad establecido era noventa. Circulaba dentro de lo permitido, y por el carril de la derecha, sin dar bandazos en ningún momento. Clint lo seguía a una distancia lo suficientemente prudencial como para que nadie pensara siquiera que iba siguiéndolo.

El coche de la policía tomó la salida siguiente. De momento todo iba bien, pensó Lucas. Se humedeció los labios con la punta de la lengua. Quedan menos de cinco minutos. Cuatro minutos… tres minutos… dos minutos.

A su derecha apareció la construcción abandonada que había sido en su día el restaurante La Cantina. No se veía ningún vehículo a ningún lado del aserradero. Lucas apagó los faros dando un rápido golpecito al interruptor del salpicadero, torció a la derecha por la carretera que pasaba frente al restaurante y siguió hasta el aparcamiento situado detrás. Apagó el motor y aguardó sentado hasta que el sonido de un vehículo que se aproximaba le hizo intuir que la fase final del plan estaba a punto de concluir.

35

—Se tarda un buen rato en contar un millón de dólares uno a uno —dijo Walter Carlson, confiando en que su comentario resultara tranquilizador.

—El dinero fue entregado poco después de las diez —repuso Steve—. De eso hace ya cinco horas. —Steve miró hacia abajo, pero Margaret no abrió los ojos.

Estaba acurrucada en el sofá, con la cabeza apoyada en el regazo de su marido. Ya solo por su respiración Steve notaba que el sueño la vencía por momentos, pero al cabo de unos segundos soltaba de repente un grito ahogado y volvía a abrir los ojos de golpe.

La doctora Harris estaba sentada en el sillón de orejas, erguida y con las manos entrelazadas sobre su regazo. Ni su postura ni su expresión revelaban señal alguna de cansancio. A Carlson se le ocurrió pensar que aquella debía de ser la apariencia que adoptaba cuando se veía frente a un paciente gravemente enfermo. Una presencia tranquila y tranquilizante. Justamente lo que requerían las circunstancias.

Pese a tratar de emplear un tono esperanzador, Carlson sabía que cada minuto que transcurría daba a entender que no volverían a saber nada de los secuestradores. El Flautista me dijo que en algún momento después de medianoche recibiríamos una llamada en la que nos dirían dónde ir a recoger a las gemelas. Steve tiene razón. Hace horas que tienen el dinero. A estas alturas las niñas podrían estar muertas.

Franklin Bailey oyó sus voces el martes, pensó Carlson. Eso significa que hace un día y medio estaban vivas, porque sabemos que comentaron que habían visto a sus padres en la tele; siempre que demos crédito a la historia de Bailey, claro está.

Con el transcurso de las horas un presentimiento fue tomando forma en la mente de Carlson, un presentimiento fruto de aquel instinto suyo que tan útil le había sido en sus veinte años de experiencia al servicio del FBI. Aquel presentimiento apuntaba hacia Lucas Wohl, el chófer omnipresente que estaba tan convenientemente aparcado en un punto desde donde pudo ver a los secuestradores llevándose el dinero para luego dar una descripción del coche en el que se suponía que habían huido.

Carlson reconoció que tal vez fuera como Bailey había explicado, es decir, que mientras él iba dando vueltas en el coche de Excel había recibido instrucciones del Flautista de reunirse en aquel punto con Lucas, instrucciones que había transmitido a su vez a Lucas. Pero el pensamiento que no dejaba de repetirse en su cabeza era que quizá Bailey los había engañado.

Angus Sommers, el agente del FBI responsable del equipo de Nueva York, había acompañado a Bailey en su limusina y estaba convencido de que Bailey y el chófer eran de fiar. Aun así Carlson decidió que haría una llamada a su superior directo, Connor Ryan, un agente especial al frente de la oficina de New Haven. En aquel momento Ryan se encontraba en su despacho con sus hombres, preparados para pasar a la acción en el caso de recibir la noticia de que habían dejado a las gemelas en la zona norte de Connecticut. Ryan podría ponerse sobre la pista de Lucas de inmediato.

Margaret se fue incorporando poco a poco. Se pasó una mano por el pelo con un gesto de cansancio tal que a Carlson le dio la sensación de que levantar el brazo debía de suponerle un esfuerzo casi sobrehumano.

—Cuando habló usted con el Flautista ¿no le dijo él que llamaría a medianoche? —preguntó Margaret.

No le podía dar más respuesta que la verdad.

—Sí, así es.

36

Clint sabía que estaban cerca de La Cantina y temía pasarse de largo. Entrecerrando los ojos escudriñó con inquietud el lado derecho de la carretera. Al ver el coche patrulla de la policía del estado se había quedado atrás para que no sospecharan que estaba siguiendo a Lucas. Y ahora lo había perdido de vista.

Angie iba sentada a su lado, meciendo a la gemela enferma en sus brazos. Llevaba cantando la canción de la muñeca vestida de azul una y otra vez desde que se habían montado en la furgoneta.

—*La tengo en la cama... con mucho... dolor* —cantaba ahora con voz suave, alargando la letra del último verso.

¿Sería aquel de delante el coche de Lucas?, se preguntó Clint. No, no lo era.

—*Tengo una muñeca vestida de azul* —comenzó Angie de nuevo.

—¿¡Es que no vas a parar nunca con esa maldita canción!? —espetó Clint.

—A Kathy le gusta que se la cante —replicó Angie con voz severa.

Clint la miró, nervioso. Había algo extraño en Angie aquella noche. Notó en ella aquel comportamiento de loca que tenía a veces. Al entrar en el dormitorio para recoger a las niñas, Clint había visto que una de ellas estaba durmiendo con un calcetín atado en la boca. Cuando se dispuso a quitárselo Angie le agarró la mano para impedírselo.

—No quiero que se ponga a berrear en la furgoneta.

Luego se empeñó en que Clint dejara a la niña en el suelo del asiento trasero del vehículo y la tapara con un periódico abierto. Cuando Clint objetó que podría ahogarse Angie se encendió.

—No va a ahogarse, y si por casualidad nos paran en un control por el camino, no nos conviene que la poli vea a dos gemelas idénticas.

La otra niña, la que Angie llevaba en brazos, estaba inquieta y quejumbrosa. Menos mal que no tardaría en estar de vuelta con sus padres. No hacía falta ser médico para ver que estaba muy enferma.

Aquel edificio debía de ser el restaurante, pensó Clint al mirar al frente con detenimiento. Mientras pasaba al carril de la derecha notó que el sudor comenzaba a correrle por todo el cuerpo. Siempre le ocurría lo mismo en los momentos críticos. Pasó de largo el restaurante y giró a la derecha por el camino lateral para torcer de nuevo a la derecha y acceder al aparcamiento situado detrás. Al ver que Lucas había aparcado cerca del edificio avanzó hasta detenerse justo detrás de él.

—*Tengo una muñeca…* —comenzó de nuevo Angie, subiendo de repente el tono de voz.

Kathy se removió entre sus brazos y rompió a llorar. Desde el suelo del asiento trasero el quejido apagado de Kelly se hizo eco de la protesta cansada de su hermana ante el brusco despertar.

—¿Quieres callarte? —le suplicó Clint—. Si Lucas abre la puerta y te oye haciendo ruido, a saber lo que te hará.

Angie dejó de cantar de golpe.

—No le tengo miedo. Toma, cógela. —Con un rápido movimiento le plantó a Kathy en los brazos, abrió la puerta, corrió hasta la puerta del conductor del coche robado y dio unos golpes en la ventanilla.

Clint observó la escena mientras Lucas bajaba la ventanilla y Angie se asomaba dentro del coche. Un instante después un estallido que solo podía deberse a un disparo resonó en el aparcamiento desierto.

Angie volvió corriendo a la furgoneta, abrió la puerta trasera y cogió a Kelly.

Demasiado estupefacto aún para moverse o hablar, Clint vio cómo Angie dejaba a Kelly en el asiento trasero del coche robado y subía después al asiento del copiloto. A su regreso a la furgoneta llevaba los dos móviles de Lucas y un juego de llaves.

—Cuando llame el Flautista tendremos que contestar —le explicó a Clint, con un tono de voz afectuoso y animado.

—¡Has matado a Lucas! —dijo Clint como atontado, con Kathy, cuyo llanto había pasado a convertirse de nuevo en un ataque de tos, aún en brazos.

Angie le arrebató a Kathy.

—Ha dejado una nota, escrita con la misma máquina de escribir que la nota de rescate. En ella dice que no pretendía matar a Kathy. La niña lloraba tanto que le tapó la boca con la mano y cuando se dio cuenta de que estaba muerta la metió en una caja y la tiró al mar desde una avioneta. ¿No te parece una buena idea? He tenido que hacerlo como si pareciera un suicidio. Ahora tenemos el millón de dólares para nosotros dos y yo tengo a mi niña. Venga, larguémonos de aquí.

Presa de un pánico repentino, Clint puso en marcha el motor y pisó a fondo el acelerador.

—¿Dónde vas tan deprisa, pedazo de imbécil? —espetó Angie, ya sin un ápice de afectuosidad en su tono de voz—. Lleva a tu familia a casa despacito y sin prisas.

Mientras Clint volvía a coger la carretera de regreso a casa Angie se puso a cantar de nuevo, esta vez en voz baja:

—*Tengo una muñeca vestida de azul... la tengo en la cama con mucho dolor.*

37

Las luces llevaban encendidas toda la noche en las oficinas ejecutivas de la sede de C. F. G. & Y. en Park Avenue. Algunos de los miembros de la junta directiva se habían mantenido en vela en su deseo de ser partícipes del regreso triunfal de las gemelas Frawley a los brazos de sus padres.

Todo el mundo estaba informado de que el Flautista había prometido llamar alrededor de la medianoche una vez que se hubiera hecho efectiva la entrega del dinero. A medida que transcurrían las horas pasada la medianoche la expectativa por parte de la junta directiva de que la noticia reportara una amplia cobertura informativa y un importante espaldarazo publicitario para la empresa pasó a convertirse en un sentimiento de preocupación e incertidumbre.

Robinson Geisler sabía que muchos periódicos habían argumentado en sus editoriales que el pago del rescate suponía ponerse en manos de los secuestradores, lo que convertía a todo el mundo en víctimas potenciales de un secuestro similar.

Rapto, la película protagonizada por Glenn Ford en la que el padre de la historia sale sentado en un estudio de televisión frente a una mesa cubierta con montones de billetes y advierte a los secuestrados que en lugar de pagar el rescate utilizará el dinero para encontrarlos, estaba siendo emitida en aquel momento en varios canales de televisión. Se trataba de un filme con final feliz, ya que el pequeño era liberado sano y salvo. ¿Tendría la historia de los Frawley un final feliz?

A las cinco de la madrugada, Geisler se dirigió al baño privado de su oficina para darse una ducha, afeitarse y cambiarse de ropa. Recordó que el difunto editor Bennett Cerf, al que tanto le gustaba ver en sus apariciones en televisión, siempre iba de punta en blanco, con aquellas pajaritas que solía llevar. ¿Quedará demasiado pomposo que lleve pajarita cuando me filmen con las gemelas?, se preguntó.

Por supuesto que quedaría pomposo. En cambio, una corbata roja siempre era señal de optimismo, incluso de victoria. Así pues eligió una corbata roja de entre las que tenía en su armario.

Geisler regresó a su despacho y frente a la mesa de trabajo ensayó en alto el discurso triunfal que pronunciaría ante los medios.

—Puede que haya quien vea el pago del rescate como una forma de cooperar con los secuestradores. Si hablan con los agentes del FBI les dirán que su máxima preocupación es conseguir la liberación de la víctima. Solo entonces pueden centrarse en la persecución implacable de los delincuentes. La lectura que se extraerá del caso de estos secuestradores no es que recibieran el dinero del rescate, sino que nunca tuvieron oportunidad de gastarlo.

Y llegado este punto cedo la palabra a Gregg Stanford, pensó esbozando una sonrisa.

38

—Lo primero que tenemos que hacer es deshacernos de su coche —dijo Angie con toda naturalidad mientras entraban en Danbury—. Primero sacamos su parte del dinero del maletero de su coche y luego tú te lo llevas a su casa y lo aparcas enfrente. Yo te seguiré.

—No saldremos de esta, Angie. No puedes tener escondida a la niña toda la vida.

—Sí que puedo.

—Puede que acaben relacionando a Lucas con nosotros. Cuando tengan sus huellas verán que el verdadero Lucas Wohl lleva muerto veinte años, que el tipo se llamaba en realidad Jimmy Nelson y que ha estado en la cárcel. Y que yo era su compañero de celda.

—Y que tu verdadero nombre no es Clint Downes. Pero ¿quién más sabe eso? La única vez que Lucas y tú estuvisteis juntos fue cuando coincidisteis en un trabajo. Las únicas veces que ha venido a casa ha sido estas últimas semanas y siempre de noche.

—Vino ayer por la tarde para llevarse todas las cosas.

—Aunque hubieran visto su coche desviándose por el acceso al club de campo, ¿tú crees que alguien pensaría: «Mira, ahí va Lucas con su viejo Ford marrón como tantos otros que se ven pasar por la carretera»? Otra cosa sería si hubiera venido con la limusina. Sabemos que nunca te ha llamado desde el móvil especial, y ahora lo tengo yo.

—Sigo pensando…

—Sigo pensando que tenemos un millón de dólares, que yo tengo a la niña que quería y que ese cerdo que nos trataba siempre como si fuéramos escoria está fuera de circulación con los sesos esparcidos por el volante, así que cierra el pico.

A las cinco y cinco de la madrugada el móvil especial que el Flautista había dado a Lucas comenzó a sonar. Acababan de aparcar en la entrada de la casa del club de campo. Clint miró el teléfono.

—¿Qué vas a decirle?

—No vamos a contestar —respondió Angie con una sonrisita de suficiencia—. Que piense que aún estamos en carretera, hablando quizá con un poli. —Angie le lanzó un juego de llaves—. Ahí las tienes. Vamos a deshacernos del coche.

A las cinco y veinte Clint aparcó el coche de Lucas frente a la ferretería. En el primer piso un tenue resplandor iluminaba la ventana con la cortina echada. Lucas había dejado una luz encendida para cuando regresara.

Clint salió del coche y volvió a toda prisa a la furgoneta. Con gotas de sudor cayendo por su rostro angelical, Clint subió al asiento del conductor. El móvil especial estaba sonando de nuevo.

—Debe de estar cagado de miedo —exclamó Angie, riendo de satisfacción—. Venga, vamos a casa. Mi niña ya vuelve a despertarse.

—Mami, mami… —Kathy se revolvió en los brazos de Angie y alargó una mano.

—Mira, está intentando tocar a su hermana —dijo Angie—. ¿A que es mona? —Angie trató de entrelazar sus dedos con los de Kathy, pero la niña se soltó.

—Kelly, quiero mi Kelly —exclamó Kathy, con voz ronca pero nítida—. No quiero Mona. Quiero Kelly.

Mientras giraba la llave de contacto Clint miró nervioso a Angie. Sabía que no llevaba bien el rechazo; de hecho, no lo soportaba. Estaba convencido de que Angie se hartaría de la niña antes de que acabara la semana. ¿Y entonces qué?, se preguntó. Angie estaba a punto de perder los estribos. Clint ya conocía su veta violenta. Aquella noche la había visto aflorar de nuevo. Tengo que largarme de aquí, pensó, de este pueblo, de Connecticut.

La calle estaba silenciosa. Tratando de no dejar ver el pánico que se había apoderado de él, Clint avanzó con los faros apagados hasta que llegaron a la carretera 7. No fue hasta que atravesaron la entrada de servicio del club de campo cuando respiró hondo.

—Cuando me dejes en casa mete la furgoneta en el garaje —le ordenó Angie—. Así parecerá que no estás aquí, por si acaso a ese borracho de Gus se le ocurre pasarse por aquí mañana.

—Gus nunca se pasa por aquí —repuso Clint, sabiendo que protestar no serviría de nada.

—Llamó anoche, ¿no? ¿No ves que se muere de ganas de ver a su viejo amigo? —Angie se abstuvo de añadir que por muy borracho que estuviera Gus cuando llamó puede que hubiera oído a las niñas.

Kathy estaba llorando de nuevo:

—Kelly... Kelly.

Clint se detuvo frente a la puerta principal de la casa y se apresuró a abrirla. Angie entró con Kathy en brazos, fue directa al dormitorio y dejó a la niña en la cuna.

—Ya se te pasará, muñequita —dijo antes de dar media vuelta y dirigirse de nuevo al salón.

Clint seguía apostado en la puerta de la calle.

—Te he dicho que quites la furgoneta de en medio —le ordenó Angie.

Antes de que Clint pudiera obedecer sonó el móvil especial. Esta vez Angie lo cogió.

—Hola, señor Flautista —saludó antes de prestar atención a su interlocutor—. Ya sabemos que Lucas no ha contestado a sus llamadas. Ha habido un accidente en la carretera y estaba todo lleno de policías. Ya sabe que hay una ley que prohíbe hablar por teléfono cuando uno va al volante. Todo ha ido bien. Lucas ha

135

tenido el presentimiento de que los del FBI tal vez quisieran volver a hablar con él y no quería llevar este móvil encima. Sí, sí. Todo ha ido como la seda. Ya puede decirle a quien sea dónde encontrar a las dos niñas vestidas de azul. Espero que no volvamos a hablar nunca más. Buena suerte.

39

A las seis menos cuarto de la mañana del jueves el servicio de mensajes de la iglesia católica de St. Mary de Ridgefield recibió una llamada.

—Estoy desesperado. Necesito hablar con un cura —dijo una voz ronca.

Rita Schless, la telefonista que atendió la llamada, estaba segura de que fuera quien fuese trataba de disimular la voz. Ya estamos otra vez con esas tonterías, pensó. El año anterior un adolescente que iba de listillo telefoneó y le suplicó que le pasara con un cura, asegurándole que tenía una urgencia extrema en casa. Rita despertó a monseñor Romney a las cuatro de la madrugada y cuando el párroco se puso al teléfono el muchacho, con un coro de risas de fondo, dijo:

—Vamos a morir, padre. Nos hemos quedado sin cerveza.

Aquella llamada tampoco le olía bien.

—¿Acaso está herido o enfermo? —inquirió Rita en tono seco.

—Póngame con un cura de inmediato. Es cuestión de vida o muerte.

—Un momento, señor —dijo Rita. No creo una sola palabra de lo que dice, pensó, pero no puedo arriesgarme. Muy a su pesar avisó al anciano monseñor Romney de setenta y cinco años, quien le había dicho que le pasara a él todas las llamadas nocturnas.

—No se preocupe, Rita, tengo insomnio —le había explicado—. Llámeme a mí primero.

—No creo que este vaya en serio —le comentó Rita entonces—. Juraría que intenta disimular la voz.

—No tardaremos en averiguarlo —repuso con ironía el reverendo monseñor Joseph Romney mientras se sentaba derecho con las piernas colgando por el borde de la cama. Con gesto inconsciente, se frotó la rodilla derecha que siempre le dolía cuando cambiaba de posición. Al alargar la mano para coger las gafas oyó el clic que indicaba que ya tenía la llamada.

—Monseñor Romney al habla —anunció—. ¿En qué puedo ayudarle?

—Monseñor, ¿ha oído hablar de las gemelas que han secuestrado?

—Por supuesto que sí. Los Frawley son miembros nuevos de nuestra parroquia. Desde la desaparición de las niñas hemos ofrecido una misa diaria para que sean liberadas sanas y salvas.
—Rita tiene razón, reconoció monseñor Romney. Sea quien sea, intenta disimular la voz.

—Kathy y Kelly están a salvo. Se encuentran en el interior de un coche aparcado detrás del viejo restaurante La Cantina, situado en el lado norte de la carretera del aserradero, a la altura de Elmsford.

Joseph Romney sintió que el corazón se le aceleraba.

—¿Es una broma? —inquirió.

—No es ninguna broma, monseñor Romney. Soy el Flautista. El pago del rescate se ha hecho efectivo y lo he elegido a usted para que lleve un mensaje de júbilo a los Frawley. Recuerde, el lado norte del aserradero, detrás del viejo restaurante La Cantina, a la altura de Elmsford. ¿Se ha quedado con todo?

—Sí, sí.

—Pues entonces le aconsejo que se apresure a informar a las autoridades. Hace una noche desapacible. Las niñas llevan varias horas en el coche, y Kathy está muy acatarrada.

40

Al amanecer, incapaz de seguir siendo testigo del sufrimiento cada vez mayor instalado en los rostros de Margaret y Steve Frawley, Walter Carlson se sentó a la mesa del comedor situada junto al teléfono. Cuando este sonó a las seis menos cinco Carlson se armó de valor para recibir malas noticias mientras cogía el auricular.

Era Marty Martinson desde la comisaría.

—Walt, monseñor Romney, de la iglesia de St. Mary, ha recibido una llamada de alguien que afirmaba ser el Flautista. Le ha dicho que las gemelas están en el interior de un coche aparcado detrás de un viejo restaurante situado en la carretera del aserradero. Ya hemos llamado a la policía del estado. Estarán allí en menos de cinco minutos.

Carlson oyó los pasos de los Frawley y la doctora Harris acudiendo a toda prisa al comedor. No cabía duda de que habían oído el teléfono. Carlson se volvió y alzó la vista hacia ellos. La expresión de esperanza de sus rostros resultaba casi tan sobrecogedora como el sufrimiento que traslucían hacía apenas unos instantes.

—Un momento, Marty —dijo al comisario Martinson. No podía ofrecer a aquellos padres y a la doctora Harris nada más que la pura verdad—. Dentro de unos minutos sabremos si la llamada que ha recibido monseñor Romney en la rectoría es un engaño o no —les comunicó con serenidad.

—¿Era el Flautista? —preguntó Margaret con un hilo de voz.

—¿Ha dicho dónde estaban las niñas? —inquirió Steve.

Carlson no les respondió.

—Marty —dijo, hablando por el auricular—, ¿los estatales han quedado en llamarte?

—Sí. Te volveré a llamar en cuanto sepa algo de ellos.

—Si esto va en serio, nuestros hombres tendrán que inspeccionar el coche.

—Ya lo saben —contestó Martinson—. Llamarán a vuestra oficina de Westchester.

Carlson colgó el teléfono.

—Díganos lo que ocurre —insistió Steve—. Tenemos derecho a saberlo.

—Dentro de unos minutos podremos determinar la veracidad o no de la llamada que ha recibido monseñor Romney. Si se confirma la información que tenemos, las gemelas se encontrarían ilesas en el interior de un coche aparcado junto a la carretera del aserradero a la altura de Elmsford —les explicó Carlson—. La policía del estado va de camino al lugar.

—El Flautista ha cumplido su palabra —exclamó Margaret—. Mis niñas van a volver a casa. ¡Mis niñas van a volver a casa! —Margaret echó los brazos al cuello de Steve—. ¡Vuelven a casa, Steve!

—Margaret, puede ser un engaño —le advirtió la doctora Harris al tiempo que se venía abajo su fachada de tranquilidad y comenzaba a juntar y separar las manos.

—Dios no nos haría eso —repuso Margaret en tono enérgico mientras Steve, incapaz de hablar, hundía su rostro en los cabellos de su mujer.

Después de que transcurrieran quince minutos sin que volviera a sonar el teléfono Carlson estaba convencido de que había sucedido algo terrible. Si se hubiera tratado de una broma ya nos lo habrían comunicado, pensó. Por eso, cuando el timbre de la puerta sonó, tuvo la certeza de que serían malas noticias. Aunque las gemelas estuvieran sanas y salvas, habrían tardado cuarenta minutos como mínimo en traerlas desde Elmsford.

Carlson estaba seguro de que Steve, Margaret y la doctora pensaban lo mismo que él mientras lo seguían al vestíbulo. Carlson abrió la puerta; monseñor Romney y Marty Martinson estaban en el porche.

El cura se dirigió a Margaret y Steve y, con una voz temblorosa cargada de compasión, les dijo:

—Dios os ha devuelto a una de vuestras hijas. Kelly está a salvo. A Kathy se la ha llevado el Señor.

41

La noticia de que una de las gemelas estaba muerta provocó un alud de muestras de pésame en todo el país. En las pocas fotografías que los medios pudieron sacar de Kelly en el momento en que sus padres destrozados se la llevaban del hospital de Elmsford donde fue trasladada para ser sometida a un examen médico se observaba con claridad la diferencia de su aspecto con respecto al que mostraba en la instantánea que le habían hecho hacía tan solo una semana en su cumpleaños. Su mirada se veía ahora desorbitada y llena de miedo, y parecía tener un moretón en el rostro. En todas las fotos salía agarrada con un brazo al cuello de su madre, mientras que el otro lo llevaba estirado y no dejaba de mover los dedos, como si quisiera coger otra mano.

El primer policía del estado en llegar al restaurante La Cantina describió la escena de la siguiente manera:

—Las puertas del coche estaban cerradas por dentro. Vi al hombre desplomado sobre el volante. Dentro del coche solo había una niña. Estaba acurrucada en el suelo del asiento trasero. En el interior del vehículo hacía frío. La pequeña solo llevaba puesto un pijama, y estaba temblando. Entonces vi que llevaba una mordaza. Le apretaba tanto que me sorprende que no se haya asfixiado. Cuando le desaté la mordaza comenzó a gimotear como un cachorro herido. Me quité el abrigo para arroparla con él y me la llevé al coche patrulla para que entrara en calor.

Justo cuando llegaron los otros agentes y el FBI encontré la nota de suicidio en el asiento de delante.

Los Frawley declinaron hacer entrevistas. En su lugar monseñor Romney se encargó de leer una declaración del matrimonio ante la prensa:

—Margaret y Steve desean expresar su eterna gratitud por todos los mensajes de solidaridad que han recibido. En estos momentos necesitan intimidad para consolar a Kelly, que echa de menos a su hermana, y para hacer frente al profundo dolor que sienten por la pérdida de Kathy.

Walter Carlson se dirigió a las cámaras con un mensaje muy distinto:

—El hombre conocido como Lucas Wohl está muerto, pero su socio o socios están vivos. Iremos tras ellos, los encontraremos y los llevaremos ante la justicia.

En la sede de C. F. G. & Y., Robinson Geisler no llegó a difundir el mensaje de triunfo que pensaba dar. En lugar de ello expresó con voz entrecortada su profundo pesar por la pérdida de una de las gemelas, pero mostró su convicción de que la cooperación de su empresa en el pago del rescate había propiciado la liberación de la otra pequeña sana y salva.

En una entrevista aparte, el miembro de la junta directiva Gregg Stanford se desmarcó de las declaraciones del presidente de la compañía:

—Es posible que hayan oído decir que el voto a favor del pago del rescate fue unánime —manifestó—. Sin embargo, fue una decisión a la que se opuso con firmeza una facción minoritaria encabezada por quien les habla. Hay un refrán que no por vulgar deja de ser acertado: «El que se acuesta con perros amanece con pulgas». Estoy firmemente convencido de que si la exigencia del pago del rescate se hubiera rechazado de plano, los secuestradores se habrían visto obligados a tomar una dura decisión. Causar daño a las niñas solo les habría servido para agravar más si cabe su grado de culpabilidad. La pena de muerte sigue vigente en Connecticut. Por otra parte, si liberaban a Kathy y Kelly, aunque al final los hubieran cogido, podían esperar cierta indulgencia. En C. F. G. & Y. tomamos una decisión que considero del todo equivocada, tanto desde el punto de vista moral como lógico. Como miembro de la junta directiva de C. F. G. & Y. quiero dejar bien clara una cosa a quienquiera que piense que nuestra empresa estará dispuesta a volver a negociar con delincuentes, y es que eso no va a ocurrir nunca más.

42

—Mire, señor Flautista, Lucas está muerto. Puede que se suicidara, o puede que no. ¿Qué más le da? De hecho, debería estar agradecido. Él lo conocía a usted. Nosotros no. Para su información, sepa que lo estaba grabando con su móvil. Tenía las cintas en la guantera de su Ford. Seguro que pensaba presionarlo para que le diera más dinero.

—¿Y la otra niña está muerta?

—No está muerta. Está durmiendo —contestó Angie—. De hecho, ahora mismo la tengo en brazos. Así que no vuelva a llamar. No quiero que la despierte. —Angie colgó el teléfono y besó la mejilla de Kathy—. ¿No te parece que podría conformarse con siete millones de dólares? —le preguntó a Clint.

Eran las once de la mañana. Clint estaba viendo la tele. No había una sola cadena donde no estuvieran hablando del final del secuestro de los Frawley. Una de las niñas, Kelly, había aparecido amordazada pero con vida. Se creía que la otra, Kathy, habría acabado asfixiándose en caso de que la hubieran amordazado tan fuerte como a su hermana. La información según la cual Lucas Wohl cogió su avioneta el miércoles por la tarde en el aeropuerto de Danbury, llevando consigo una caja pesada, y regresó poco después sin ella, se había visto confirmada.

—Se cree que dicha caja contenía el cuerpo sin vida de la pequeña Kathy Frawley —conjeturaba el comentarista—. Según la nota de suicidio, Lucas Wohl arrojó a Kathy al mar.

—¿Qué vamos a hacer con ella? —preguntó Clint. El agotamiento de la noche sin dormir y la impresión que le había causado ver a Angie disparar a Lucas se hacían sentir en su aspecto. Su cuerpo pesado estaba desplomado en la silla y sus ojos, siempre hundidos en su cara redonda, se veían rodeados por unas enormes ojeras moradas.

—Vamos a llevárnosla a Florida; compraremos un barco y recorreremos el Caribe. Eso es lo que vamos a hacer. Pero de momento tengo que ir a la farmacia. No debería haber metido el vaporizador en la caja que se llevó Lucas. Ahora tendré que comprar otro. Vuelve a tener problemas para respirar.

—Angie, está enferma. Necesita medicamentos; tiene que verla un médico. Si se nos muere y nos cogen...

—No se va a morir, y deja de temer que nos relacionen con Lucas —le interrumpió Angie—. Lo hemos hecho todo bien. Y ahora, mientras yo estoy fuera, quiero que te lleves a Kathy al baño y dejes correr el grifo del agua caliente de la ducha hasta que se llene todo de vapor. No tardaré en volver. Habrás dejado algo de dinero fuera, como te dije, ¿verdad?

Clint había bajado la escalera de mano que conducía al desván desde el interior del armario del dormitorio y había arrastrado las bolsas de dinero hasta allí arriba. Había sacado quinientos dólares en billetes de veinte usados para disponer de dinero en efectivo.

—Si empiezas a pagar con un fajo de billetes de veinte o de cincuenta, puede que empiecen a hacer preguntas.

—Pero ¿no ves que todos los cajeros automáticos del país no dan más que billetes de veinte dólares? —le espetó Angie—. Lo raro es llevar otra cosa —dijo, antes de endosarle a la adormilada Kathy—. Haz lo que te he dicho. Abre el grifo de la ducha y no le quites la manta. Y si llaman por teléfono, ¡no contestes! Le dije a tu amigo de juergas que ya lo verías esta noche en el bar. Si quieres lo llamas más tarde, pero no quiero que meta las narices por aquí para ver a qué criatura estoy cuidando.

Los ojos de Angie se veían encendidos por la ira y Clint sabía que en aquellas circunstancias no se podía razonar con ella. La cara de esta niña ha salido en la primera página de todos los periódicos del país, pensó. Se parece tanto a Angie o a mí como yo a Elvis Presley. En cuanto salgamos con ella por ahí nos reconocerán. La poli habrá averiguado a estas alturas que Lucas es en realidad Jimmy Nelson y que estuvo un tiempo a la sombra en Attica. Luego comenzarán a hacer preguntas sobre quién podría ser su compinche en la cárcel. Al final darán con el nombre de Ralphie Hudson, y tarde o temprano seguirán la pista hasta esta puerta, y después de eso nadie volverá a llamarme Clint.

Fue una locura traer aquí a Angie después del tiempo que estuvo ingresada en el hospital psiquiátrico, pensó Clint mientras llevaba a Kathy al baño y abría el grifo del agua caliente de la ducha. Estuvo a punto de matar a la madre que intentó recoger al niño que estaba cuidando. Debería haberme imaginado que no le convendría volver a estar cerca de una criatura.

Bajó la tapa del inodoro y se sentó encima. Con dedos torpes desabrochó el botón superior del polo que llevaba Kathy y le dio la vuelta para que pudiera respirar el vaho que estaba llenando con rapidez el pequeño baño.

Kathy empezó a balbucear; no se entendía nada de lo que decía. ¿Sería aquello una muestra del lenguaje de gemelos al que se refería Angie?, se preguntó Clint.

—Soy el único que te escucha, pequeña —le dijo—. Así que si tienes algo que decir, dilo claro.

43

La doctora Sylvia Harris sabía que Margaret y Steve pospondrían hasta cierto punto el momento de afrontar el terrible pesar por la pérdida de Kathy. De momento su atención se centraba en Kelly. La pequeña no había dicho una sola palabra desde que sus padres se habían reunido con ella en el hospital de Elmsford. El reconocimiento físico no había revelado signos de abuso sexual, pero la fuerte mordaza que había llevado en la boca le había producido magulladuras a un lado de la cara. Los moretones negros y azules que presentaba en brazos y piernas indicaban que le habían pellizcado con ensañamiento.

Cuando Kelly vio aparecer a sus padres por la puerta de la habitación del hospital, les clavó los ojos antes de apartarles la mirada.

—En estos momentos está enfadada con vosotros —les explicó la doctora Harris con delicadeza—. Mañana ya no querrá perderos de vista.

Llegaron a casa a las once de la mañana, apresurándose a entrar para huir del enjambre de fotógrafos que se peleaban por fotografiar a Kelly. Margaret llevó a Kelly al dormitorio de las gemelas y le puso su pijama de Cenicienta mientras trataba de no pensar en el otro pijama idéntico que seguía cuidadosamente doblado en el cajón. Preocupada por la absoluta falta de reacción de Kelly, la doctora Harris le administró un sedante suave.

—Necesita dormir —susurró a Steve y Margaret.

Steve la dejó en la cama, le puso su osito de peluche en el pecho y colocó el otro sobre la almohada vacía que tenía al lado. Kelly abrió los ojos de golpe. En un gesto espontáneo alargó el brazo, cogió el osito de peluche de Kathy y estrechó ambos entre sus brazos, meciéndose en silencio. Solo entonces rompieron a llorar Steve y Margaret, sentados a ambos lados de la cama de Kelly, con un llanto silencioso que a Sylvia le partió el alma.

La doctora se dirigió al piso de abajo, donde encontró al agente Carlson, que se disponía a marcharse. Al ver los efectos del cansancio en su rostro demacrado le dijo:

—Supongo que irá a descansar un rato.

—Así es. Me voy a casa, a dormir ocho horas seguidas. De lo contrario no seré de ninguna utilidad. Pero luego retomaré el caso, y le prometo que no descansaré hasta que el Flautista y quienquiera que haya trabajado con él en esto estén entre rejas.

—¿Puedo hacer una observación?

—Por supuesto.

—Aparte del peligro potencial de la mordaza, la única lesión física que ha sufrido Kelly han sido las magulladuras causadas probablemente por pellizcos. Como puede imaginar, en mi labor de voluntaria en ocasiones veo niños maltratados. Los pellizcos suelen ser un recurso propio de mujeres, no de hombres.

—Estoy de acuerdo con usted. Por un testigo ocular sabemos que fueron dos hombres quienes se llevaron las bolsas de basura con el dinero del rescate. Tendría sentido que hubiera habido una mujer encargada de cuidar a las gemelas mientras los hombres iban a recoger el dinero.

—¿Cree que Lucas Wohl era el Flautista?

—Algo me dice que no, aunque es solo algo instintivo. —Carlson se abstuvo de añadir que, en espera aún del informe de la autopsia, seguía habiendo una pregunta clave sobre el ángulo de la bala que había matado a Lucas. La mayoría de las personas que se suicidan con un arma no la sostienen en el aire apuntando el cañón hacia abajo. Se la apoyan directamente en la frente o en la sien, o se la meten en la boca y aprietan el gatillo—. Doctora Harris, ¿cuánto tiempo va a quedarse aquí?

—Por lo menos unos días más. En teoría tenía que dar una charla en Rhode Island este fin de semana, pero la he cancelado. Después del secuestro, del trato tan duro que ha recibido y ahora la pérdida de su hermana gemela, Kelly se encuentra en un estado de extrema fragilidad emocional. Creo que mi presencia puede ser de ayuda tanto para ella como para Steve y Margaret.

—¿Qué hay de sus respectivas familias?

—La madre y la tía de Margaret vendrán la semana que viene, creo. Margaret les pidió que esperaran un poco. Su madre se pasa el día llorando y apenas puede hablar. La madre de Steve no puede viajar y su padre no la puede dejar sola. Francamente, creo que lo mejor es que estén solos con Kelly el mayor tiempo que les sea posible. La pequeña va a sufrir mucho por la pérdida de su hermana.

Carlson asintió.

—Lo irónico del asunto es que no creo que Lucas pretendiera matarla. El pijama de Kelly desprendía un ligero olor a Vick's. Sabiendo que Kelly no está enferma, eso significa que lo más probable es que quienquiera que estuviera al cuidado de las niñas intentó tratar el resfriado de Kathy. Pero a nadie se le ocurre amordazar a una criatura que tiene la nariz taponada y esperar que respire. Naturalmente, lo primero que hemos hecho ha sido verificar la información. Es cierto que Lucas Wohl dio una vuelta en avioneta el miércoles por la tarde. Cuando despegó llevaba consigo una caja pesada y a su regreso iba sin ella.

—¿Se ha encontrado alguna vez con un caso como este?

Carlson cogió su maletín.

—Una vez. El secuestrador enterró viva a la niña, aunque con el aire suficiente para que pudiera respirar hasta que logramos que nos dijera su paradero. El problema fue que la niña hiperventiló y murió. El tipo se está pudriendo en la cárcel con una pena de veinte años y allí se quedará hasta que lo saquen para llevarlo al cementerio, pero eso no sirve de consuelo a la familia de la niña. —Carlson negó con la cabeza con un gesto de cansancio y frustración—. Doctora, por lo que veo, Kelly es una niña muy despierta para tener tres años.

—Sí, así es.

—En algún momento necesitaremos hablar con ella o hacer que un psiquiatra infantil la interrogue. Pero por el momento, si empieza a hablar, ¿será usted tan amable de anotar cualquier cosa que diga que pueda estar relacionada con sus vivencias de estos últimos días?

—Faltaría más. —La expresión de sentido dolor que transmitía el rostro del agente llevó a Sylvia Harris a añadir—: Me consta que Margaret y Steve creen que usted y sus compañeros han hecho todo lo posible por salvar a las niñas.

—Hemos hecho todo lo que hemos podido, pero no ha sido suficiente.

Ambos se volvieron al oír unos pasos apresurados bajando por la escalera. Era Steve.

—Kelly ha empezado a hablar en sueños —les comunicó—. Ha dicho dos nombres: «Mona» y «Harry».

—¿Conoce usted o Margaret a alguien que se llame «Mona» o «Harry»? —inquirió Carlson, olvidándose del cansancio.

—No. Esos nombres no me suenan de nada. ¿Cree que estaría refiriéndose a los secuestradores?

—Sí, eso creo. ¿Eso es todo lo que ha dicho?

Los ojos de Steve se llenaron de lágrimas.

—Luego se ha puesto a hablar como hacen los gemelos entre ellos. Está intentando hablar con Kathy.

44

El minucioso plan de seguir la limusina de Franklin Bailey a una distancia prudencial no había servido de nada. Pese al despliegue masivo de agentes por toda la ciudad ordenado a fin de seguir cualquier vehículo que el secuestrador empleara tras la recogida del rescate, su vigilancia se había visto burlada. Angus Sommers, responsable de la operación desarrollada en Nueva York, veía ahora que mientras regresaba a Connecticut con Franklin Bailey en la limusina, el dinero del rescate bien podría haber estado a solo unos palmos de él, en el maletero.

Lucas Wohl fue quien nos dijo que había visto a dos hombres marcharse en un Lexus nuevo, pensó Sommers con pesar. Ahora sabían que solo fue un hombre el que se marchó en coche o a pie del lugar. Lucas era el segundo hombre. Las manchas de suciedad y agua halladas en el suelo del maletero de la limusina, un espacio por lo demás impoluto, indicaban que en su interior había habido varios objetos mojados y sucios. Objetos como bolsas de basura llenas de dinero, pensó Sommers con resquemor.

¿Sería Lucas el Flautista? Sommers no lo creía. Si hubiera sido así, habría sabido que Kathy estaba muerta. Según la nota de suicidio, Lucas había arrojado el cuerpo de la pequeña al mar desde una avioneta. Si hubiera pensado en suicidarse, ¿por qué se habría molestado en recoger el dinero del rescate? No tenía sentido.

¿Sería posible que el Flautista, quienquiera que fuera, no supiera que Kathy estaba muerta cuando llamó a monseñor Romney para decirle dónde podrían encontrar a las niñas? Según el párroco, el Flautista le había dicho que podría dar a los Frawley la buena nueva de que sus hijas estaban ilesas. ¿Se trataría de una broma macabra fruto de una mente sádica, o sería posible que el Flautista no estuviera informado de la muerte de Kathy?

¿Y sería verdad que el Flautista había estado dando instrucciones a Franklin Bailey como este aseguraba? Sommers se planteaba todos aquellos interrogantes en voz alta mientras se dirigía con Tony Realto a casa de Bailey a última hora de la tarde del jueves.

Realto no podía aceptar ninguno de aquellos cuestionamientos.

—Bailey pertenece a una de las familias más antiguas de Connecticut. Yo diría que es una de las personas relacionadas con este asunto que queda fuera de toda sospecha.

—Quizá sea así —dijo Sommers, llamando al timbre de Bailey. El ama de llaves de Bailey, Sophie, una mujer achaparrada que rondaba los sesenta años, examinó sus placas y los dejó pasar frunciendo el ceño con gesto de preocupación—. ¿El señor Bailey los esperaba? —les preguntó vacilante.

—No —respondió Realto—. Pero es preciso que lo veamos.

—No sé si el señor Bailey estará en disposición de reunirse con ustedes. Cuando se ha enterado de que Lucas Wohl estaba relacionado con el secuestro y de que se había suicidado, ha empezado a sentir de nuevo fuertes dolores en el pecho. Le he rogado que fuera al médico, pero ha preferido tomarse un sedante y acostarse. No hace ni unos minutos que le he oído andar por su cuarto.

—Lo esperaremos —dijo Realto con firmeza—. Dígale al señor Bailey que es absolutamente imprescindible que hablemos con él.

Cuando Bailey bajó a la biblioteca casi veinte minutos más tarde a Angus Sommers le sorprendió el cambio tan acusado que vio en su apariencia. El día anterior Bailey parecía estar a punto de desplomarse de agotamiento, mientras que ahora estaba blanco como el papel y tenía los ojos vidriosos.

Sophie lo seguía con una taza de té en la mano. Bailey tomó asiento y le cogió la taza, con manos visiblemente temblorosas. Solo entonces se dirigió a Sommers y Realto.

—Sencillamente no puedo creer que Lucas estuviera implicado en este espantoso asunto —comenzó a decir.

—Pues créalo, señor Bailey —repuso Realto con tono seco—. Naturalmente, ese hecho nos obliga a examinar de nuevo todo el caso. Según nos contó, usted se introdujo en el secuestro de los Frawley ofreciéndose a actuar como mediador entre los secuestradores y la familia, pues había trabado cierta amistad con Margaret Frawley.

Franklin Bailey se enderezó en la silla y dejó a un lado la taza de té.

—Agente Realto, decir que yo «me introduje» en este caso podría dar a entender que forcé mi presencia en el asunto, o que obré de manera inapropiada. Ninguno de tales supuestos es el caso.

Realto lo miró sin responder.

—Como ya le dije al señor Carlson, el día que conocí a Margaret ella estaba en la cola de la oficina de correos. Yo vi que una de las gemelas, Kelly, iba derecha a la puerta mientras Margaret estaba hablando con el empleado de la estafeta, así que la detuve antes de que saliera disparada a la calle llena de coches y se la llevé a su madre, que se mostró muy agradecida conmigo. Margaret y Steve suelen ir a misa de diez a la iglesia de St. Mary, de la que soy feligrés. Al domingo siguiente Margaret me presentó a su marido. Desde entonces hemos conversado unas cuantas veces después de la misa. Yo sabía que no tenían cerca a ningún familiar. He sido alcalde de este pueblo durante veinte años, y conozco muy bien a todos los miembros de la comunidad. Curiosamente había leído no hacía mucho una historia sobre el secuestro de Lindbergh, y tenía fresco en mi memoria el hecho de que un catedrático de la Universidad de Fordham había ofrecido sus servicios como intermediario en el caso, y al final fue él quien contactó con el secuestrador.

En aquel momento sonó el móvil de Realto. El agente lo abrió, miró el número de la llamada y salió al vestíbulo. A su regreso se apreció una diferencia perceptible en su actitud hacia Franklin Bailey.

—Señor Bailey —le dijo con brusquedad—, ¿no es cierto que perdió usted una importante suma de dinero en un caso de estafa hará unos diez años?

—Sí, es cierto.

—¿Cuánto perdió exactamente?

—Siete millones de dólares.

—¿Cómo se llama el hombre que lo estafó?

—Richard Mason, el embaucador más escurridizo que he tenido la mala suerte de conocer en toda mi vida.

—¿Sabía que Mason era el hermanastro de Steve Frawley?

Bailey se quedó mirándolo fijamente.

—No, no lo sabía. ¿Cómo iba a saberlo?

—Señor Bailey, Richard Mason se marchó de casa de su madre el martes por la mañana. Era maletero del aeropuerto de Newark y en teoría debería haber ido a trabajar el miércoles, pero no apareció en todo el día, ni tampoco ha pasado por su casa. ¿Está seguro de que no ha estado en contacto con él?

45

—Nadie diría que es ella. ¡Si parece un niño! —exclamó Angie alegre mientras contemplaba el resultado del cambio de imagen obrado en Kathy. El color rubio oscuro de su cabello se veía ahora castaño oscuro, el mismo tono que el de Angie. Y ya no le llegaba por los hombros; ahora apenas le tapaba las orejas.

Realmente parece otra, reconoció Clint para sus adentros. Al menos si alguien la veía pensaría que Angie estaba cuidando un niño.

—Y tengo un nombre ideal para ella —añadió Angie—. La llamaremos «Stephen». Como su padre, ¿lo pillas? ¿Te gusta tu nuevo nombre? ¿Eh, Stevie?

—Angie, esto es una locura. Tenemos que hacer las maletas y largarnos de aquí.

—De eso nada. Eso sería lo peor que podríamos hacer. Lo que tienes que hacer es escribir una carta al nuevo director del club, quienquiera que sea, para decirle que te han ofrecido un trabajo para todo el año en Florida, y que les avisas con antelación. Si desapareces sin más comenzarán a hacerse preguntas.

—Angie, sé muy bien cómo funcionan los federales. En estos momentos estarán intentando dar con cualquiera que haya estado en contacto con Lucas. Puede que tuviera este número en su agenda de teléfonos.

—No me vengas con esas. Pero si nunca te llamó ni dejó que le llamaras cuando hablabais de hacer uno de vuestros «negocios» a menos que ambos usarais móviles de tarjeta.

—Angie, si cualquiera de nosotros ha dejado una sola huella en ese coche podría salir en la base de datos del FBI.

—Tú llevabas guantes cuando robaste ese coche y cuando dejaste el de Lucas en su casa. De todos modos, aunque encuentren huellas nuestras, los dos constamos como desaparecidos. A ti hace ya quince años que te conocen como Clint Downes. Así que déjalo ya, ¿vale? ¡Déjalo ya!

Kathy se había quedado casi dormida. Cuando Angie subió el tono de voz, Kathy se resbaló de su regazo y se quedó de pie, mirando a ambos.

En un cambio de humor repentino, Angie dijo:

—Te juro que empiezo a ver a Stevie clavadito a mí. Pues parece que has hecho un buen trabajo con el vaho, Clint. Ya no se le nota tan taponada. De todos modos, le dejaré el vaporizador encendido toda la noche. Y ha comido cereales y todo… supongo que eso le hará efecto.

—Angie, necesita medicinas de verdad.

—Ya me ocuparé de eso si llega el momento. —Lo que Angie no había dicho a Clint era que buscando en el botiquín del cuarto de baño había encontrado un par de comprimidos de penicilina y un medicamento para la tos de cuando Clint tuvo un ataque de bronquitis muy fuerte el año anterior. Angie había empezado a medicar a Kathy con el antitusígeno. Si eso no funciona, abriré los comprimidos y se los daré diluidos, pensó. La penicilina lo cura todo.

—¿Por qué tuviste que decirle a Gus que lo vería esta noche? Estoy hecho polvo. No tengo ganas de salir.

—Pues tienes que ir, porque el pelmazo de Gus necesita darle la vara a alguien hasta matarlo de aburrimiento. Así te lo quitas de encima de una vez. Hasta puedes contarle que vas a coger otro trabajo. Eso sí, no te tomes dos cervezas y empieces a llorar por tu amigo Lucas.

Kathy dio media vuelta y se encaminó hacia el dormitorio.

Angie se levantó para ir tras ella y vio cómo Kathy cogía la manta de la cuna, se arropaba con ella y se tumbaba en el suelo.

—Si tienes sueño te acuestas en la cuna, que para eso está —le espetó Angie antes de cogerla en brazos y acunarla, sin que la pequeña opusiera resistencia—. ¿A que Stevie quiere a la mami? A que sí, ¿eh?

Kathy cerró los ojos y apartó la cabeza. Angie comenzó a zarandearla.

—Con lo buena que soy contigo, estoy empezando a hartarme del trato que me das... y ni se te ocurra comenzar otra vez con esos balbuceos tuyos.

El repentino sonido estridente del timbre de la puerta hizo que Angie se quedara rígida. Puede que Clint tuviera razón. Puede que los federales hubieran seguido su pista a través de Lucas, pensó Angie, paralizada de miedo.

Por el resquicio de la puerta entornada Angie oyó a Clint moverse por el salón con paso lento y pesado después de que se abriera la puerta de la calle.

—¿Qué tal, colega? He pensado en venir a recogerte para que no tengas que conducir. Eh, Clint, dile a Angie que esta noche será tranquila, dos cervezas y a casa, lo prometo. —Era la voz retumbante de Gus, el fontanero.

Este se huele algo, pensó Angie con ira. Seguro que oyó llorar a dos críos y ahora viene a ver qué hacemos. Tomando una rápida decisión, Angie arropó a Kathy con la manta, dejando que se le viera solo la nuca con el pelo corto teñido, y salió al salón.

—Hola, Gus —saludó.

—Hola, Angie. ¿Ese es el crío que estás cuidando?

—Sí. Se llama Stevie. Es el niño al que oíste llorar anoche. Sus padres están en el funeral de un familiar en Wisconsin. Volverán mañana. Me encanta este pequeñín, pero ahora tiene que dormir. —Angie sostenía a Kathy con firmeza bajo la manta para impedir que girara la cabeza y Gus le viera la cara.

—Hasta luego, Angie —dijo Clint, llevando a Gus hacia la puerta.

Angie vio que Gus había aparcado la furgoneta delante de la casa. Eso significa que ha entrado por la puerta de atrás, utilizando el código. Lo que significa que en cualquier momento se le puede ocurrir volver a pasar por aquí y hacer lo propio, pensó.

—Adiós, que os lo paséis bien —dijo mientras la puerta se cerraba tras ellos.

Angie se asomó a la ventana y los observó hasta que la furgoneta desapareció por el camino. Luego acarició el cabello de Kathy.

—Bueno, muñequita, tú, yo y nuestro dinero vamos a irnos de aquí ahora mismo —dijo—. Por una vez papá Clint tiene razón. Aquí corremos peligro. No podemos quedarnos ni un minuto más.

46

A las siete de la tarde monseñor Romney llamó al timbre de la casa de los Frawley. Steve y Margaret acudieron juntos a abrir la puerta.

—Gracias por venir, monseñor —le dijo Margaret.

—Me alegro de que hayáis querido que viniera, Margaret.

—El sacerdote los siguió hasta el estudio. La pareja se sentó en el sofá, el uno al lado del otro. Monseñor Romney se sentó en la silla más cercana a ellos—. ¿Cómo está Kelly? —preguntó.

—La doctora Harris le ha dado un sedante, así que lleva durmiendo casi todo el día —respondió Steve—. Ahora está con ella.

—Cuando está despierta intenta hablar con Kathy —añadió Margaret—. No puede aceptar que Kathy no vaya a volver a casa nunca más. Ni yo tampoco.

—No hay mayor pesar que la pérdida de un hijo —afirmó monseñor Romney con voz calmada—. En un enlace matrimonial rezamos para que los recién casados lleguen a ver a los hijos de sus hijos. Ya sea un recién nacido con apenas un hálito de vida, un niño pequeño, un joven o, para unos padres ya mayores, un hijo ya hecho y derecho, no hay dolor que se pueda comparar.

—Mi problema —dijo Margaret con voz pausada— es que no puedo creer que Kathy ya no esté. No puedo aceptar que no vaya a aparecer en cualquier momento, un paso por detrás de

Kelly. De las dos, Kelly es la jefa, la que manda. Kathy es un poco más tímida, más apocada.

Margaret miró a Steve y acto seguido a monseñor Romney.

—Cuando tenía quince años me rompí el tobillo patinando sobre hielo. Fue una rotura grave que requirió una intervención quirúrgica seria. Recuerdo que cuando desperté solo sentía un dolor adormecido, y pensé que la recuperación de la operación sería pan comido. Luego, horas más tarde, el efecto de la anestesia comenzó a desaparecer, y me morí de dolor. Creo que es eso lo que va a ocurrir en mi caso. De momento sigo anestesiada.

Monseñor Romney aguardó, intuyendo que Margaret estaba a punto de hacerle una petición. Se la ve tan joven, tan vulnerable, pensó. La madre sonriente y segura de sí misma que le había contado que había dejado aparcada su carrera de abogacía para poder disfrutar de sus gemelas, era ahora una burda sombra de sí misma, con aquella expresión de angustia y sufrimiento en sus ojos azul oscuro. A su lado Steve, con el pelo alborotado y los ojos ojerosos del agotamiento, movía la cabeza de un lado a otro, como si negara lo que había ocurrido.

—Sé que tenemos que hacer una misa a la que pueda acudir la gente que lo desee —dijo Margaret—. Mi madre y mi hermana van a venir la semana que viene. El padre de Steve va a contratar a una enfermera que cuide de su madre para poder venir también. Hemos recibido un montón de correos electrónicos de amigos que quieren estar con nosotros. Pero antes de preparar una misa para el resto de la gente, me preguntaba si mañana a primera hora podría celebrar una ceremonia privada en memoria de Kathy, solo para Steve, Kelly, la doctora Harris y para mí. ¿Sería posible?

—Por supuesto que sí. Podríamos celebrarla mañana por la mañana, antes o después de las misas programadas. Es decir, antes de las siete o después de las nueve.

—¿No le llaman misa de los ángeles cuando el difunto es un niño? —preguntó Margaret.

—Esa es la expresión laica que se emplea cuando se ofrece una misa por una persona joven. Buscaré unas lecturas apropiadas.

—Vamos a hacerla después de las nueve, cariño —sugirió Steve—. No nos vendría mal tomarnos una pastilla para dormir esta noche.

—Para dormir, no para soñar —puntualizó Margaret con voz cansada.

Monseñor Romney se puso de pie y se acercó a ella. Posando su mano sobre la cabeza de Margaret la bendijo para luego volverse hacia Steve y bendecirlo a él también.

—A las diez en la iglesia —dijo. Mirando sus rostros apesadumbrados le vinieron a la mente unas palabras de *De profundis*. «De lo hondo a ti clamo, Señor; Señor, escucha mi voz. Estén tus oídos atentos a la voz de mi súplica.»

47

A Norman Bond no le sorprendió que dos agentes del FBI se presentaran en su oficina el viernes por la mañana. Sabía que estaban informados de que había saltado a tres empleados de C. F. G. & Y. bien preparados para contratar a Steve Frawley. Asimismo, supuso que habrían imaginado que hacía falta tener unos conocimientos financieros altamente desarrollados para saber que ciertos bancos extranjeros admitían, a cambio de una comisión, el ingreso de dinero obtenido de forma ilegal.

Antes de decir a su secretaria que los dejara pasar, Bond corrió al baño privado que tenía en la oficina y se miró con detenimiento en el espejo de cuerpo entero que había colgado detrás de la puerta. El primer salario que había ganado tras conseguir el trabajo de C. F. G. & Y. hacía veinticinco años lo había invertido en un costoso tratamiento con láser para eliminar las cicatrices del acné que había hecho de su adolescencia una tortura interminable. Tenía aquellas marcas grabadas en su mente, al igual que aquellas gafas de sabiondo que había tenido que llevar como remedio a un ojo vago. Ahora las lentes de contacto le permitían mejorar la visión de sus ojos azul claro. Daba gracias por tener una buena mata de pelo, pero se preguntaba si no habría hecho mal en no teñírselo. Las canas prematuras que había heredado de su familia por parte de su madre habían ido ganando terreno hasta hacer que a sus cuarenta y ocho años presentara una cabellera, no ya entrecana, sino totalmente blanca.

Los trajes de corte clásico de Paul Stuart habían pasado a sustituir la ropa de segunda mano de su infancia, pero necesitaba darse un vistazo en el espejo para asegurarse de que no le hubiera aparecido de repente una mancha en el cuello o en la corbata. Nunca olvidaría aquel día que en presencia del presidente durante una cena de empresa, celebrada al poco tiempo de estar trabajando él en C.F.G.&Y., utilizó un tenedor para pinchar una ostra. El molusco se resbaló de los dientes del tenedor y se le cayó por la americana, dejando a su paso un reguero de salsa. Abochornado por su torpeza, Bond se compró aquella misma noche un manual de protocolo y una cubertería completa, y durante días estuvo practicando con la correcta disposición de una mesa de gala y el uso indicado de cada cubierto.

La imagen que veía ahora en el espejo le decía que su aspecto estaba bien: rasgos aceptables, buen corte de pelo, camisa blanca recién planchada, corbata azul y nada de joyas. A su memoria acudió por un instante el recuerdo fugaz del anillo de boda que arrojó un día a las vías justo antes de que pasara el tren que lo llevaba de casa al trabajo. Después de todos aquellos años no sabía si lo había hecho por ira o por tristeza. Se dijo a sí mismo que ya no importaba.

Bond regresó a su mesa de trabajo y comunicó a su secretaria que hiciera pasar a los agentes del FBI. Al primero de ellos, Angus Sommers, lo había conocido el miércoles. Sommers procedió a presentarle a su acompañante, la agente Ruthanne Scaturro, una mujer esbelta de unos treinta años. Bond sabía que el edificio estaba lleno de agentes que andaban haciendo preguntas por todas partes.

Norman Bond saludó con la cabeza a sus visitantes. Como gesto de cortesía hizo amago de levantarse, pero enseguida volvió a acomodarse en su asiento con rostro impasible.

—Señor Bond —comenzó Sommers—, ayer su director financiero, Gregg Stanford, hizo una declaración bastante contundente ante los medios. ¿Comparte usted su opinión?

Bond arqueó una ceja, un gesto que había tardado mucho tiempo en perfeccionar.

—Como usted sabe, la junta directiva votó unánimemente para pagar el rescate. A diferencia de mi distinguido compañero, yo creía firmemente en dicha acción. Es una tragedia terrible que una de las gemelas haya muerto, pero puede que el hecho de que la otra haya sido liberada con vida se deba al pago que hicimos. ¿No decía la nota de suicidio que dejó el conductor de la limusina que no era su intención matar a la otra niña?

—Sí, así es. Entonces, ¿no comparte usted la postura del señor Stanford?

—Yo nunca he compartido la postura de Gregg Stanford. O si se me permite lo expresaré de otro modo: Stanford es director financiero de esta empresa porque la familia de su mujer posee el diez por ciento de las acciones con derecho a voto. Le consta que todos lo consideramos una figura de poco peso. Stanford tiene la idea absurda de que oponiéndose al punto de vista de nuestro presidente, Robinson Geisler, atraerá adeptos. De hecho, aspira a ocupar su puesto, aunque más bien se podría decir que lo codicia. Con el asunto del pago del rescate ha aprovechado la oportunidad para adoptar el papel de sabio después de la tragedia.

—¿Y usted, señor Bond, aspira a ocupar la presidencia de la empresa? —inquirió la agente Scaturro.

—A su debido tiempo, espero que se me tenga en cuenta para ello. Por el momento, tras el desagradable revés del año pasado y la elevada multa que la empresa ha tenido que pagar, considero que lo mejor que puede hacer la junta actual es presentarse como un frente unido ante nuestros accionistas. Creo que Stanford no ha hecho ningún favor a la empresa con su ataque público al señor Geisler.

—Hablemos de otro asunto, señor Bond —sugirió Angus Sommers—. ¿Por qué contrató usted a Steve Frawley?

—Me parece que ya tratamos ese tema hace dos días, señor Sommers —repuso Bond, dejando que su voz trasluciera un deje de fastidio.

—Hablemos de ello otra vez. Ahora mismo hay tres hombres resentidos en la empresa que tienen la sensación de que usted no tenía ni la necesidad ni el derecho a buscar fuera un candidato para el puesto que concedió a Steve Frawley. A nivel profesional dicho puesto supone para él un salto enorme, ¿no es así?

—Déjeme explicarle algo sobre política empresarial. Los tres hombres a los que se refiere quieren mi puesto. Todos ellos son protegidos del anterior presidente, al que le eran y le son leales. Tengo buen ojo para juzgar a las personas, y Steve Frawley es inteligente, muy inteligente. Además de un máster en gestión de empresas y la carrera de derecho, tiene cerebro y personalidad, por lo que encaja perfectamente en el mundo empresarial. Mantuvimos una larga conversación sobre esta compañía, sobre los problemas que tuvimos el año pasado y sobre el futuro, y me gustó lo que oí. Asimismo, me parece una persona íntegra desde el punto de vista ético, algo fuera de lo común en estos tiempos que corren. Por último, sé que podría contar siempre con su lealtad, y eso para mí es esencial.

Norman Bond se reclinó en su asiento y juntó las manos, señalando con los dedos hacia arriba.

—Y ahora, si me disculpan, tengo una reunión arriba.

Ni Sommers ni Scaturro hicieron el menor movimiento para levantarse.

—Solo unas cuantas preguntas más, señor Bond —repuso Sommers—. El otro día no nos dijo usted que durante un tiempo vivió en Ridgefield, Connecticut.

—He vivido en muchos sitios desde que empecé a trabajar en esta empresa. En Ridgefield estuve hace veinte años, cuando me casé.

—¿Su esposa no dio a luz a dos gemelos varones que murieron en el parto?

—Sí, así es. —La mirada de Bond se volvió inexpresiva.

—Usted estaba muy enamorado de su mujer, pero al poco tiempo ella lo abandonó, ¿no es así?

—Se fue a California. Quería empezar de nuevo. El dolor une a unas personas y separa a otras.

—Tras su marcha usted sufrió una especie de crisis nerviosa, ¿no es así, señor Bond?

—El dolor también causa depresión, señor Sommers. Yo sabía que necesitaba ayuda, así que me apunté a un centro. Hoy en día los grupos de apoyo psicológico son algo normal, pero hace veinte años no.

—¿Mantuvo el contacto con su ex mujer?

—Se volvió a casar al cabo de muy poco tiempo. Lo mejor para ambos era cerrar ese capítulo de nuestra vida.

—Pero por desgracia su capítulo no está cerrado, ¿me equivoco? Su ex mujer desapareció años después de que volviera a casarse.

—Lo sé.

—¿Le interrogaron acerca de su desaparición?

—Como a sus padres, hermanos y amigos, me preguntaron si sabía adónde podría haber ido. Por supuesto, yo no tenía ni idea. De hecho, decidí contribuir a la recompensa que se ofreció para obtener cualquier información sobre su paradero.

—Dicha recompensa no ha llegado nunca a ser cobrada, ¿no es así?

—Así es.

—Señor Bond, cuando conoció a Steve Frawley, ¿se vio usted reflejado en él: un hombre joven, inteligente y ambicioso, con una mujer atractiva e inteligente y unas hijas preciosas?

—Señor Sommers, este interrogatorio ha llegado a lo irracional. Si lo he entendido bien, y creo que así es, insinúa usted que he tenido algo que ver con la desaparición de mi difunta esposa, así como con el secuestro de las hijas de los Frawley. ¿Cómo se atreve a insultarme de esa manera? Haga el favor de salir de mi despacho.

—¿Su difunta esposa? ¿Cómo sabe que está muerta, señor Bond?

48

—Siempre he sido una persona muy previsora, muñequita —comentó Angie, dirigiéndose más a sí misma que a Kathy, quien yacía en la cama del motel, apoyada en cojines y tapada con una manta—. Me paso el día pensando en lo que pueda pasar. Esa es la diferencia entre Clint y yo.

Eran las diez de la mañana del viernes, y Angie se sentía satisfecha consigo misma. La noche anterior, una hora después de que Clint y Gus se marcharan a la taberna, Angie tenía todo el equipaje en la furgoneta y estaba ya en carretera con Kathy. Guardó el dinero del rescate en varias maletas, junto con la ropa metida a toda prisa y los móviles de tarjeta que el Flautista había enviado a Lucas y Clint. En su último viaje de la casa a la furgoneta se acordó de coger las cintas que Lucas había grabado de sus conversaciones telefónicas con el Flautista, así como el permiso de conducir de una mujer a cuya hija había cuidado el año anterior.

En el último momento se le ocurrió escribir una nota para Clint: «No te preocupes. Te llamo mañana por la mañana. Me he ido a hacer otro canguro».

Angie condujo tres horas y media seguidas hasta Cabo Cod y el motel Hyannis, donde había pasado un fin de semana con un tipo hacía unos años. La zona del cabo le gustó tanto que consiguió un trabajo de verano en el puerto deportivo de Harwich.

—Siempre he tenido en mente un plan de fuga, por si acaso cogían a Clint en uno de esos trabajos que hacía con Lucas —explicó a Kathy con una risita. Pero al ver que Kathy se había vuelto a quedar dormida, frunció el ceño y se acercó a la cama para darle un golpecito en el hombro—. Escúchame cuando te hablo. Puede que aprendas algo.

Kathy siguió con los ojos cerrados.

—A lo mejor se me ha ido la mano con el medicamento para la tos —conjeturó Angie—. Si le daba sueño a Clint cuando se lo tomaba el año pasado, supongo que a ti podría dejarte noqueada.

Angie se acercó a la encimera donde estaba la cafetera con un poco de café que había sobrado del que había preparado hacía un rato. Tengo hambre, pensó. Podría ir a desayunar como Dios manda, pero no puedo pasearme por ahí con la cría a cuestas, medio dormida y sin nada de abrigo. Lo que puedo hacer es dejarla encerrada en la habitación, ir a por algo de comer y luego buscar una tienda y comprarle algo de ropa. Dejaré las maletas debajo de la cama y pondré el letrero de «no molestar» en la puerta. A lo mejor conviene que le dé un poco más de medicina para la tos, así sí que dormirá de verdad.

Angie sintió que su buen humor se desvanecía por momentos y reconoció que cuando tenía hambre siempre se ponía tensa e impaciente. Habían llegado al motel poco después de medianoche. Angie tuvo que hacer verdaderos esfuerzos para mantener los ojos abiertos en la recepción, y una vez en la habitación metió a la niña en la cama y se desplomó a su lado. Se quedó dormida al instante pero la tos y el llanto de la pequeña la despertaron antes de que amaneciera.

Ya no he vuelto a pegar ojo, pensó Angie. Como mucho me he dormido un rato, por eso ahora no estoy tan despierta, aunque he estado lo bastante despierta como para acordarme de coger aquel carnet de conducir que tenía guardado, así que ahora me llamaré oficialmente «Linda Hagen».

El año anterior había hecho algún canguro para Linda Hagen; un día Linda volvió a casa preocupada porque creía haberse dejado el monedero en el restaurante. La siguiente vez que Angie cuidó a la niña de los Hagen tuvo que coger el coche familiar para llevar a la pequeña a una fiesta de cumpleaños. Fue entonces cuando vio que el monedero se había caído entre los asientos de delante. Tras recuperarlo Angie encontró dentro doscientos dólares en metálico y, lo que era más importante, un permiso de conducir. Naturalmente, la señora Hagen había cancelado las tarjetas de crédito, pero aquel carnet fue todo un hallazgo.

Ambas tenemos la cara delgada y el pelo castaño oscuro, pensó Angie. La señora Hagen llevaba unas gafas de montura gruesa en la foto y, si alguna vez me paran, me pondré unas gafas oscuras. Tendrían que observar con detenimiento la foto para darse cuenta de que no soy ella de verdad. De todos modos, he registrado la habitación a nombre de Linda Hagen, y a menos que a los federales les dé por seguir la pista de la furgoneta si es que trincan a Clint, de momento estoy a salvo. Y si decido irme en avión a otra parte, con el carnet de Linda no tendré problemas.

Angie suponía que si los federales cogían a Clint, lo más probable era que él les contara que ella estaría de camino a Florida, pues eso pensaría él. Pero Angie también era consciente de que tenía que deshacerse de la furgoneta y emplear parte del dinero en efectivo para comprar un coche de segunda mano.

Así podré ir a donde quiera sin que nadie lo sepa, pensó. Abandonaré la furgoneta en algún vertedero. Sin las matrículas no podrán seguirle la pista.

Llamaré a Clint y si veo que tiene los ánimos calmados puede que le diga dónde estoy para que se reúna conmigo, o puede que no. Pero de momento no le diré nada. Lo malo es que le he dicho que lo llamaría esta mañana, así que será mejor que lo haga.

Angie cogió uno de los móviles de tarjeta y marcó el número de Clint. Este contestó antes de que el teléfono sonara una segunda vez.

—¿Dónde estás? —inquirió.

—Clint, cariño, he tenido que salir pitando, era lo mejor. Tengo el dinero, no te preocupes. Si por casualidad los federales van a buscarte, imagínate qué habría pasado si llegan a verme ahí, con la cría y el dinero. Ahora escúchame bien: ¡deshazte de la cuna! ¿Le has contado a Gus que ibas a avisar al club?

—Sí, sí. Le he contado que me han ofrecido un trabajo en Orlando.

—Bien. Avísales hoy mismo. Si el fisgón de Gus vuelve a pasarse por ahí, dile que la madre del crío que estaba cuidando me ha pedido que se lo llevara a Wisconsin. Dile que su padre ha muerto y que ella tiene que quedarse allí para echar una mano a su madre. Dime que nos veremos en Florida.

—No juegues conmigo, Angie.

—No juego contigo. Los federales van a ir a hablar contigo, y tú estás limpio, así que no tienes por qué preocuparte. A Gus le dije que el miércoles por la noche fuiste a buscar un coche nuevo a Yonkers. Dile que has vendido la furgoneta y luego alquila un coche para estos días.

—Pero si no me has dejado ni un centavo —espetó Clint—. Ni siquiera están los quinientos pavos que te dejé en el tocador.

—Imagínate que tienen registrados algunos números de serie. Solo he pensado en protegerte. Paga con la tarjeta de crédito. No importa. Dentro de dos semanas o así habremos desaparecido de la faz de la tierra. Me muero de hambre. Tengo que irme. Adiós.

Angie cerró de golpe el móvil y se acercó a la cama para echar un vistazo a Kathy. ¿Estará durmiendo o haciéndose la dormida?, se preguntó. Está comenzando a ponerse tan desagradable como la otra, pensó. Por muy amable que sea con ella pasa también de mí.

El medicamento para la tos estaba junto a la cama. Angie desenroscó el tapón y llenó una cuchara con el líquido que contenía. Luego se agachó sobre Kathy y, separándole los labios, le acercó la cuchara a la boca hasta que logró metérsela.

—Venga, traga —le ordenó.

En un acto reflejo la adormecida Kathy se tragó casi todo el jarabe. Unas cuantas gotas se le metieron por la tráquea y comenzó a toser y llorar. Angie la empujó de espaldas contra el cojín.

—Cállate ya, por Dios —exclamó, apretando los dientes.

Kathy cerró los ojos y se tapó la cara con la manta mientras se volvía hacia un lado, intentando no llorar. En su mente veía a Kelly sentada en la iglesia, junto a mamá y papá. No se atrevía a hablar en voz alta, pero movió los labios en silencio mientras notaba que Angie comenzaba a atarla a la cama.

En la primera fila de bancos de la iglesia de St. Mary de Ridgefield, Margaret y Steve se pusieron de rodillas durante la misa, cogidos de las manos de Kelly. Junto a ellos la doctora Sylvia Harris trataba de contener las lágrimas mientras escuchaba la oración con la que monseñor Romney dio comienzo a la ceremonia:

> *Señor, ante ti los hombres nuncan ocultan su tristeza,*
> *conoces el peso del dolor*
> *que sentimos por la pérdida de esta criatura.*
> *Mientras lloramos su marcha de esta vida*
> *nos consuela saber*
> *que Kathryn Ann vive ahora al calor de tu abrazo.*

Kelly tiró de repente de la mano de Margaret.

—Mami —dijo en voz alta y clara por primera vez desde que estaba de vuelta en casa con sus padres—. Kathy tiene mucho miedo de esa señora. Está llorando por ti. Quiere que la lleves a casa. ¡Ahora mismo!

49

El agente especial Chris Smith, jefe de la oficina del FBI en Carolina del Norte, telefoneó a los padres de Steve Frawley para solicitar un breve encuentro con ellos en Winston-Salem.

A Tom, el padre de Frawley, capitán del cuerpo de bomberos de Nueva York jubilado con honores, no le hizo ninguna gracia recibir su llamada.

—Ayer nos enteramos de que una de nuestras nietas está muerta. Y por si no tuviéramos bastante con ese golpe terrible, a mi mujer la operaron de la cadera hace tres semanas y sigue teniendo unos dolores espantosos. ¿Para qué quiere vernos?

—Necesitamos hablar con el hijo mayor de la señora Frawley, su hijastro, Richie Mason —le dijo Smith.

—Vaya por Dios, tendría que habérmelo imaginado. Pásese por casa sobre las once.

Smith, un afroamericano de cincuenta y dos años, se presentó acompañado de Carla Rogers, una agente de veintiséis años que acababa de incorporarse a su equipo.

A las once en punto Tom Frawley abrió la puerta de su casa y dejó pasar a los agentes. Lo primero que vio Smith al entrar fue un collage de fotos de las gemelas en la pared situada frente a la puerta. Unas niñas preciosas, pensó. Qué lástima que no hayamos podido recuperar a ambas.

Por invitación de Tom Frawley los dos agentes pasaron a la acogedora estancia familiar que constituía una ampliación de la cocina. Grace Frawley estaba sentada en un sillón de cuero con los pies apoyados en una otomana.

Smith se acercó a ella.

—Señora Frawley, siento mucho molestarla. Sé que acaban de perder a una de sus nietas y que a usted la operaron hace poco. Le prometo que no les robaré mucho tiempo. Nuestros compañeros de Connecticut nos han enviado para que les hagamos unas preguntas sobre su hijo, Richard Mason.

—Siéntense, por favor. —Tom Frawley señaló el sofá y acto seguido acercó una silla al asiento de su mujer para sentarse junto a ella—. ¿En qué lío anda metido ahora Richie? —inquirió.

—Yo no he dicho que Richie ande metido en ningún lío. No sé si es así. Queríamos hablar con él, pero el miércoles por la noche no se presentó en su trabajo del aeropuerto de Newark, y sus vecinos dicen que no lo han visto por casa desde la semana pasada.

Grace Frawley tenía los ojos hinchados. Bajo la atenta mirada de los agentes la mujer no dejaba de llevarse a la cara el pequeño pañuelo de hilo que tenía en una mano. Smith vio que trataba de ocultar el temblor de sus labios.

—Nos dijo que tenía que volver al trabajo —explicó Grace Frawley, nerviosa—. A mí me operaron hace tres semanas, por eso vino Richie a vernos el fin de semana pasado. ¿Le habrá ocurrido algo? Si no ha ido a trabajar puede que haya tenido un accidente de camino a casa.

—Grace, sé realista —insistió Tom con delicadeza—. Richie odiaba ese trabajo. Decía que era demasiado listo para pasarse el día llevando maletas de aquí para allá. No me sorprendería que de repente se le hubiera ocurrido irse a Las Vegas o a algún sitio parecido. No sería la primera vez. Seguro que está bien, querida. Bastante tienes ya con lo tuyo como para preocuparte también por él.

Tom Frawley hablaba con un tono tranquilizador, pero Chris Smith captó cierto deje de irritación en las palabras de consuelo que trataba de ofrecer a su esposa y estaba convencido de que Carla Rogers también se había dado cuenta. Por el informe que Smith había leído sobre Richie Mason, daba la sensación de que aquel hijo no había sido más que una fuente de disgustos para su madre. Abandono escolar, antecedentes por delincuencia juvenil y cinco años en la cárcel por una estafa multimillonaria a una docena de inversores, entre los cuales se contaba Franklin Bailey, que había perdido en la operación siete millones de dólares.

Grace Frawley tenía la mirada agotada y exhausta de alguien que soporta un gran sufrimiento, tanto físico como emocional. Era una mujer atractiva de pelo canoso y complexión delgada que debía de rondar los sesenta años, calculó Smith. Tom Frawley, un hombre corpulento y ancho de hombros, tendría unos años más que ella.

—Señora Frawley, a usted la operaron hace tres semanas. ¿Por qué tardó tanto Richie en venir a verla?

—Estuve dos semanas en un centro de rehabilitación.

—Ya. ¿Podría decirme cuándo llegó Richie aquí y cuándo se fue? —preguntó Smith.

—Llegó sobre las tres de la madrugada del pasado sábado. Salió de trabajar del aeropuerto a las tres de la tarde y esperábamos que llegara alrededor de medianoche —contestó Tom Frawley por su mujer—. Pero luego llamó para decir que había mucho tráfico y que nos fuéramos a la cama sin cerrar la puerta con llave. Yo tengo el sueño muy ligero, por eso lo oí llegar. Se marchó el martes a eso de las diez de la mañana, justo después de que viéramos a Steve y Margaret en la tele.

—¿Hacía o recibía muchas llamadas? —preguntó Smith.

—Con nuestro teléfono no. Pero llevaba móvil, y lo utilizó alguna vez, aunque no sabría decirle con qué frecuencia.

—¿Richie solía venir a verlos a menudo, señora Frawley? —preguntó Carla Rogers.

—Vino a vernos cuando fuimos a visitar a Steve, Margaret y las gemelas justo después de que se mudaran a Ridgefield. Antes de eso llevábamos casi un año sin verle —explicó Grace Frawley con voz cansada y triste—. Yo lo llamo a menudo. Él casi nunca contesta, pero yo le dejo un mensaje en el contestador del móvil diciéndole que nos acordamos de él y que lo queremos. Sé que ha estado metido en líos, pero en el fondo es un buen chico. El padre de Richie murió cuando él tenía solo dos años. Yo me casé con Tom al cabo de tres años, y nadie podría haber sido un padre mejor para un niño de lo que fue Tom para Richie. Pero cuando llegó a la adolescencia se juntó con malas compañías y ya no se enmendó.

—¿Cómo se lleva con Steve?

—No muy bien —reconoció Tom Frawley—. Siempre ha tenido celos de Steve. Richie podría haber ido a la universidad. Sus notas siempre iban arriba y abajo, pero la selectividad le fue muy bien. De hecho, comenzó a estudiar en la Universidad Estatal de Nueva York. Richie es listo y mucho, pero dejó los estudios en el primer año de carrera y se marchó a Las Vegas. Fue allí donde conoció a todos esos jugadores y timadores. Como ya sabrá, estuvo un tiempo en prisión por una estafa en la que estuvo involucrado.

—¿Por casualidad le suena de algo el nombre de Franklin Bailey, señor Frawley?

—Es el hombre con el que contactó el secuestrador de mis nietas. Lo vimos en la tele; y también es quien entregó el dinero del rescate a los secuestradores.

—Y también fue una de las víctimas de la estafa en la que participó Richie. Aquella inversión le costó al señor Bailey siete millones de dólares.

—¿Y Bailey sabe quién es Richie, quiero decir, sabe que es hermanastro de Steve? —se apresuró a preguntar Frawley, con un tono de asombro y preocupación a la vez.

—Ahora sí. ¿Sabe usted si Richie vio al señor Bailey cuando fue con ustedes a Ridgefield el mes pasado?

—No tengo la menor idea.

—Señor Frawley, ¿dice usted que Richie se marchó de aquí el martes a las diez de la mañana? —preguntó Smith.

—Así es. Media hora después de que Steve y Margaret salieran en la tele con Bailey.

—Richie siempre sostuvo que no sabía que la empresa para la que captaba inversores fuera un timo. ¿Cree usted eso?

—No, no lo creo —contestó Frawley con rotundidad—. Cuando Richie nos habló de esa empresa sonaba tan bien que quisimos invertir en ella, pero él no nos dejó. ¿Qué conclusión sacaría usted de eso?

—Tom —protestó Grace Frawley.

—Grace, Richie ya pagó su deuda con la sociedad por formar parte de aquella estafa. Fingir que fue un cabeza de turco inocente no es honrado. El día que Richie asuma la culpa de lo que ha hecho será el día que empiece a hacer algo con el resto de su vida.

—Hemos sabido que antes de darse cuenta de que lo habían estafado, Franklin Bailey trabó una estrecha amistad con Richie. ¿Es posible que Bailey creyera la historia de Richie y haya conservado la amistad con él desde que este salió de la cárcel? —inquirió Smith.

—¿Adónde quiere ir a parar con estas preguntas, señor Smith? —preguntó Frawley con calma.

—Dice usted que su hijastro Richie siempre ha tenido unos celos terribles de su hijo Steve. Sabemos que incluso intentó salir con su nuera antes de que ella conociera a Steve. Richie es un experto en finanzas, razón por la cual fue capaz de engañar a tanta gente con aquella inversión falsa. Franklin Bailey ha pasado a formar parte de nuestra investigación, y en el proceso de verificación de unos datos sobre él vimos que había recibido una llamada desde esta casa cuando pasaban aproximadamente diez minutos de las diez de la mañana del martes.

Las arrugas que surcaban el rostro curtido de Tom Frawley se hicieron más profundas.

—Yo desde luego no telefoneé a Franklin Bailey. —Frawley se volvió hacia su mujer—. Grace, no lo llamarías tú, ¿verdad?

—Pues sí que lo hice —respondió Grace Frawley con firmeza—. Dieron su número en la tele, y lo llamé para darle las gracias por ayudar a Steve y Margaret. Al ver que no lo cogía y saltaba el contestador no le dejé ningún mensaje. —La mujer miró al agente Smith, con una expresión de ira que sustituyó el sufrimiento instalado en su mirada—. Señor Smith, sé que usted y su gente tratan de llevar ante la justicia a los responsables del secuestro de mis nietas y la muerte de Kathy, pero preste mucha atención a lo que voy a decirle. No me importa si Richie se presentó o no a trabajar en el aeropuerto de Newark. Creo que usted insinúa que Franklin Bailey y él se llevan algo entre manos que puede tener alguna relación con el secuestro de nuestras nietas. Eso es absolutamente ridículo, así que no pierda más el tiempo ni nos lo haga perder a nosotros siguiendo esa línea de investigación.

Grace Frawley apartó la otomana de un empujón y se puso de pie, apoyándose en los brazos del sillón.

—Mi nieta está muerta. Yo tengo unos dolores que casi no puedo soportar. Uno de mis hijos y mi nuera están destrozados. Mi otro hijo es débil e insensato, un ladrón incluso, pero no es capaz de algo tan despreciable como secuestrar a sus propias sobrinas. Déjelo, señor Smith. Dígale a su gente que lo dejen. ¿Acaso no he tenido ya suficiente?

En un gesto de desesperación absoluta levantó las manos, se desplomó en el sillón y se echó hacia delante hasta tocar las rodillas con la frente.

—¡Márchense! —espetó Tom Frawley, señalando la puerta—. Ya que no han podido salvar a mi nieta, al menos salgan ahí fuera y encuentren a su secuestrador. Se equivocan de persona si lo que intentan es achacar este delito a Richie, así que no pierdan el tiempo pensando siquiera en que pueda estar involucrado.

Smith escuchaba, sin alterar el semblante.

—Señor Frawley, si tienen noticias de Richie, ¿serían tan amables de decirle que tenemos que hablar con él? Le dejo mi tarjeta. —Smith se despidió de Grace Frawley con la cabeza, dio media vuelta y, seguido de la agente Rogers, abandonó la casa de los Frawley.

Ya en el coche introdujo la llave en el contacto antes de preguntar:

—¿Cuál es tu impresión?

Carla sabía a qué se refería.

—Esa llamada a Franklin Bailey… creo que es posible que la madre esté intentando encubrir a su hijo.

—Yo también lo creo. Richie no llegó aquí hasta el sábado de madrugada, lo que significa que podría haber tenido tiempo de sobra para participar en el secuestro. Estuvo en Ridgefield hace un par de meses de visita en casa de su hermanastro, así que conocía la distribución de la vivienda. Puede que decidiera visitar a su madre convaleciente para tener una coartada. Podría haber sido perfectamente uno de los dos hombres que recogió el dinero del rescate.

—Si fuera uno de los secuestradores, tendría que haber ido con máscara. De lo contrario, por poco que las gemelas lo hubieran visto, podrían haberlo reconocido.

—¿Y si fue así? ¿Y si una de ellas lo reconoció, y por eso no podían dejar que volviera a casa? ¿Y si la muerte de Lucas Wohl no fue un suicidio?

Rogers se quedó mirando a su superior.

—No sé si los de las oficinas de Nueva York y Connecticut habrán considerado esa posibilidad.

—Los de las oficinas de Nueva York y Connecticut consideran todas las posibilidades y apuntan en todas direcciones. El caso está en sus manos, y se les ha muerto una niña de tres años en las narices. Alguien que se hace llamar el Flautista sigue en libertad, y tiene las manos manchadas con la sangre de esa niña, él y quienquiera que haya participado en el secuestro. Como acaban de decirnos los Frawley, puede que Richie Mason no sea más que un embaucador, pero no puedo evitar pensar que su madre lo encubre.

50

Tras el arranque que había tenido en la iglesia, Kelly se quedó callada. Al llegar a casa subió a su cuarto y bajó con los dos ositos de peluche estrechados entre sus brazos.

Rena Chapman, la bondadosa vecina que les había preparado cena en varias ocasiones y que había recibido una de las llamadas del Flautista, estaba esperando a que volvieran para irse a casa.

—Tienen que comer —les dijo. Rena había puesto la mesa redonda en el rincón de la cocina donde solían desayunar, y fue allí donde se sentaron, Margaret con Kelly en el regazo y Steve y la doctora Harris enfrente. Rena llevó las fuentes de comida a la mesa y se negó a quedarse—. Ahora ya no les hago ninguna falta —repuso con firmeza.

Unos huevos revueltos bien calientes, unas tostadas con finas lonchas de jamón y un café cargado recién hecho los reconfortó a todos. Cuando iban por la segunda taza de café, Kelly se escurrió del regazo de Margaret.

—Mami, ¿me lees un libro? —le preguntó.

—Ya te lo leo yo, cielo —le contestó Steve—. Ve a por él.

Margaret aguardó a que Kelly saliera de la cocina para hablar. Sabía la reacción que obtendría, pero tenía que decirles lo que sentía.

—Kathy está viva. Kelly y ella están en contacto.

—Margaret, Kelly sigue tratando de comunicarse con Kathy, y al mismo tiempo está empezando a exteriorizar sus propias vivencias. Kelly tenía miedo de la mujer que las cuidaba, quienquiera que fuera. Quería volver a casa —le explicó la doctora Harris con delicadeza.

—Estaba hablando con Kathy —aseveró Margaret con firmeza—. Estoy segura.

—Vamos, cariño —protestó Steve—. No te tortures aferrándote a la vana esperanza de que Kathy está viva.

Margaret rodeó la taza de café con los dedos, recordando que había hecho exactamente lo mismo la noche que desaparecieron las gemelas, tratando de calentarse las manos. Se dio cuenta de que la desesperación de las últimas veinticuatro horas había dado paso a la necesidad apremiante de encontrar a Kathy... de encontrarla antes de que fuera demasiado tarde.

Ten cuidado, se dijo a sí misma. Nadie va a creerte. Si piensan que me estoy volviendo loca por el dolor, puede que decidan sedarme. El somnífero que me tomé anoche me dejó sin sentido durante horas. No puedo dejar que eso vuelva a ocurrir. Tengo que encontrarla.

Kelly regresó con el libro del doctor Seuss que estaban leyéndole antes del secuestro. Steve retiró la silla hacia atrás y la cogió en brazos.

—¿Vamos a sentarnos mejor al sillón de mi despacho?

—A Kathy también le gusta este libro —comentó Kelly.

—Pues entonces haremos como si os lo leyera a las dos.
—Steve logró que aquellas palabras salieran de su boca con voz firme, aunque sus ojos se llenaron de lágrimas.

—Eso es una tontería, papi. Kathy no puede oírnos. Ahora está durmiendo; esa señora la ha dejado sola, atada a la cama.

—Quieres decir que la señora te ató a la cama, ¿no es eso, Kelly? —se apresuró a preguntar Steve.

—No. Mona nos dejaba en la cuna grande, y de ahí no podíamos salir. Ahora Kathy está en la cama —insistió Kelly, antes de darle una palmadita en la mejilla a Steve—. Papi, ¿por qué lloras?

—Margaret, cuanto antes vuelva Kelly a la rutina, más fácil le resultará acostumbrarse a no tener a Kathy a su lado —comentó la doctora Harris más tarde cuando se disponía a marcharse—. Creo que Steve tiene razón. Llevarla a la guardería ha sido lo mejor para ella.

—Siempre y cuando Steve no la deje sola —repuso Margaret con temor.

—Por supuesto. —Sylvia Harris se acercó a Margaret y le dio un breve abrazo—. Tengo que pasar por el hospital para ver a algunos de mis pacientes, pero volveré por la noche, es decir, si creéis que aún puedo seros de ayuda.

—¿Recuerdas cuando Kathy tuvo neumonía y aquella enfermera joven estuvo a punto de darle penicilina? Si no hubieras estado allí, Dios sabe lo que habría pasado —dijo Margaret—. Ve al hospital y cuando hayas visto a tus pacientes vuelve aquí, te lo ruego. Te necesitamos.

—Sí, es cierto. La primera vez que Kathy tomó penicilina vimos que no debería volver a tomarla nunca más —asintió la doctora Harris, antes de añadir—: Margaret, llora su pérdida tanto cuanto necesites, pero no albergues esperanzas fundadas en lo que pueda seguir diciendo Kelly. Créeme, lo que está haciendo es revivir su propia experiencia.

¡No intentes convencerla!, se advirtió Margaret a sí misma. Ella no te cree, ni Steve tampoco. Tengo que hablar con el agente Carlson, concluyó. Tengo que hablar con él ahora mismo.

Sylvia Harris estrechó la mano de Margaret como gesto de despedida final antes de marcharse. Sola en casa por primera vez en una semana, Margaret cerró los ojos y respiró hondo antes de acercarse corriendo al teléfono y marcar el número de Walter Carlson.

El agente contestó al primer timbre.

—¿Qué puedo hacer por usted, Margaret?

—Kathy está viva —le dijo Margaret, y antes de que Carlson pudiera hablar se apresuró a añadir—: Sé que no me creerá, pero está viva. Kelly está comunicándose con ella. Hace una hora Kathy estaba atada a una cama, durmiendo. Kelly me lo ha dicho.

—Margaret…

—No trate de calmarme. Confíe en mí. Solo sabe que Kathy está muerta por la palabra de un hombre muerto, pero no tiene su cuerpo. Sabe que Lucas subió a su avioneta llevando consigo una caja grande, y da por sentado que el cuerpo de Kathy iba dentro. Deje de dar eso por sentado y encuéntrela. ¿Me ha oído? ¡Encuéntrela!

Antes de que Carlson pudiera responder Margaret colgó el auricular de golpe y se desplomó en una silla, hundiendo la cabeza en las manos. *Hay algo que tengo que recordar. Sé que tiene que ver con los vestidos que compré a las gemelas para su cumpleaños*, pensó. *Subiré a ver los vestidos que están en el armario para tratar de recordar.*

51

El viernes a primera hora de la tarde los agentes del FBI Angus Sommers y Ruthanne Scaturro llamaron al timbre del número 415 de Walnut Street de Bronxville, Nueva York, donde residía Amy Lindcroft, la primera mujer de Gregg Stanford. A diferencia de las elegantes mansiones que tenía a su alrededor, Amy Lindcroft vivía en una casa modesta de Cabo Cod, una construcción pintada de blanco con unos postigos de color verde oscuro que refulgían con la luz del sol de aquella tarde radiante.

A Angus Sommers le recordó la casa en la que había crecido, al otro lado del río Hudson, en Closter, Nueva Jersey. De repente le pasó por la cabeza un lamento familiar: debería haber comprado la casa cuando papá y mamá se mudaron a Florida; en los últimos diez años su valor se ha duplicado.

Este terreno vale más que la propia casa, fue lo siguiente que pensó mientras oía el sonido de unos pasos que se acercaban al otro lado de la puerta.

Sommers sabía por experiencia que incluso las personas con la conciencia tranquila pueden experimentar una reacción nerviosa ante una visita del FBI. Sin embargo, en aquel caso había sido Amy Lindcroft quien había llamado para concertar una cita con ellos, argumentando que quería hablar acerca de su ex marido. Lindcroft los recibió esbozando una sonrisa mientras echaba un vistazo a sus placas antes de invitarlos a entrar. La mujer, que llevaba puesta una bata de pintor encima de unos tejanos, debía de rondar los cuarenta y cinco años y era un tanto regordeta, con unos ojos castaños chispeantes y un pelo entrecano que se le rizaba delante de la cara.

Los agentes la siguieron hasta un salón decorado con gusto al estilo colonial americano dominado por una excelente acuarela de los acantilados del río Hudson. Sommers se acercó al cuadro para observarlo con detenimiento. La firma que se veía en una esquina correspondía a Amy Lindcroft.

—Es precioso —dijo con sinceridad.

—Me gano la vida pintando, así que más vale que lo haga bien —contestó Lindcroft con toda naturalidad—. Pero siéntense, por favor. No les entretendré mucho rato, pero creo que merece la pena que oigan lo que tengo que decir.

En el coche, Sommers había dicho a la agente Scaturro que se encargara de dirigir la entrevista, por lo que fue ella quien tomó la palabra.

—Señora Lindcroft, ¿es cierto que tiene usted algo que decirnos que en su opinión guarda relación con el secuestro de Frawley?

—Que podría guardar relación —puntualizó Lindcroft—. Sé que esto les puede parecer el testimonio de una mujer despechada, y puede que lo sea, pero Gregg ha hecho sufrir a mucha gente, y si lo que voy a contarles le hace sufrir a él, que así sea. En mis tiempos de universitaria yo era compañera de habitación de Tina Olsen, la heredera farmacéutica, y siempre me invitaban a visitar las diversas residencias que poseía la familia. Echando la vista atrás me doy cuenta de que Gregg se casó conmigo para colarse en el mundo de Tina, algo que logró de forma admirable. Gregg es listo, y sabe venderse. Cuando nos casamos trabajaba para una pequeña empresa de inversiones. Gregg se ganó la confianza del señor Olsen, quien acabó pidiéndole que trabajara para él. Gregg fue escalando puestos hasta convertirse en el brazo derecho de Olsen. Entonces Tina y él anunciaron que estaban enamorados el uno del otro. Después de diez años de matrimonio yo había conseguido por fin quedarme embarazada. La noticia de que mi marido me engañaba con mi mejor amiga me afectó de tal manera que me provocó un aborto. Para detener la hemorragia tuvieron que hacerme una histerectomía.

Es mucho más que una mujer despechada, pensó Angus Sommers al ver la expresión de tristeza que adquirió de repente la mirada de Amy Lindcroft.

—Y entonces se casó con Tina Olsen —se adelantó Scaturro, mostrando su comprensión.

—Sí. Duraron seis años, hasta que Tina descubrió que Gregg la engañaba con otra y se deshizo de él. Huelga decir que su padre lo despidió. Como ven Gregg es sencillamente incapaz de ser fiel a una mujer.

—¿Qué nos quiere decir con eso, señora Lindcroft? —inquirió Angus Sommers.

—Hace unos seis años y medio, después de que Gregg volviera a casarse, Tina me llamó para pedirme perdón. Me dijo que no esperaba que yo aceptara sus disculpas, pero que aun así tenía que hacerlo. Me contó que no era solo la condición de mujeriego de Gregg lo que le afectaba; el padre de Tina se había enterado de que Gregg había estado exprimiendo la compañía con gastos falsos. El señor Olsen se encargó de cubrir dichos gastos para evitar un escándalo. Tina me dijo que nos quedaba el consuelo de pensar que Gregg tal vez hubiera abarcado más de lo que podía con su nueva esposa, Millicent Alwin Parker Huff. Por lo visto es una mujer implacable, y Tina había oído que le había hecho firmar un contrato prematrimonial según el cual si el matrimonio duraba menos de siete años Gregg no le sacaría nada, ni un solo centavo.

No había un ápice de regocijo en la sonrisa de Amy Lindcroft.

—Tina me llamó de nuevo ayer, después de ver la entrevista de Gregg ante la prensa. Me dijo que era un intento desesperado por impresionar a Millicent. El contrato prematrimonial vence dentro de unas semanas, y Millicent pasa últimamente largas temporadas en Europa, lejos de él. El último marido que Millicent puso de patitas en la calle no supo lo que le esperaba hasta que intentó entrar en su piso de la Quinta Avenida y el portero le comunicó que no tenía permitido el acceso al edificio.

—¿Nos está diciendo que como Gregg tal vez tema que le ocurra lo mismo puede que esté detrás del secuestro porque necesita dinero? Eso es mucho suponer, ¿no le parece, señora Lindcroft?

—Podría ser si no fuera por otro hecho.

Por muy entrenados que estuvieran a mantenerse impasibles, ese otro hecho que Amy Lindcroft les refirió no sin cierta dosis de regodeo consiguió provocar una reacción de asombro en ambos agentes del FBI.

52

Margaret estaba sentada en el borde de la cama del dormitorio de las gemelas, con los vestidos de terciopelo azul que había comprado para el cumpleaños de las niñas extendidos sobre su regazo. Trató de ahuyentar los recuerdos que le asaltaron de hacía una semana, cuando había vestido a sus hijas para la fiesta de cumpleaños. Steve había vuelto de trabajar temprano, ya que después de la celebración tenían que irse a la cena de empresa. Las gemelas estaban tan emocionadas que al final Steve tuvo que sentarse a Kelly en las rodillas para que Margaret pudiera abrocharle a Kathy los botones del vestido.

Las niñas no hacían más que reír y hablar entre ellas, recordaba Margaret, y estaba convencida de que se leían la mente. Por eso sé que Kathy está viva de verdad: le ha dicho a Kelly que quiere volver a casa.

La imagen de Kathy asustada y atada a una cama hizo que Margaret quisiera gritar de furia y temor. ¿Por dónde puedo empezar a buscarla?, se preguntó angustiada. ¿Qué es lo que pasa con estos vestidos? Hay algo que tengo que recordar sobre estos vestidos. Pero ¿qué es? Pasó las manos por el suave tejido de terciopelo, recordando que aunque estuvieran rebajados de precio costaban más de lo que pretendía gastarse. Seguí mirando por los percheros, pensó, pero al final volví a fijarme en ellos. La dependienta me dijo lo que costaban en Bergdorf's, y entonces me comentó que aquella situación le parecía curiosa, ya que acababa de atender a otra mujer que también había comprado ropa para unos gemelos.

Margaret dio un grito ahogado. ¡Eso es lo que intentaba recordar! El lugar donde los compré. La dependienta que me atendió me comentó que acababa de vender unas prendas para unos gemelos de tres años a una mujer que parecía no saber la talla que debía coger.

Margaret se puso de pie, dejando que los vestidos se cayeran al suelo. Cuando vea a la dependienta la reconoceré, pensó. Seguramente será una coincidencia disparatada que otra persona comprara ropa para unos gemelos de tres años en la misma tienda unos días antes de que las niñas fueran secuestradas, pero, por otra parte, es lógico que quien estuviera planeando el secuestro pensara que las gemelas irían en pijama cuando se las llevaran, y que necesitarían una muda. Tengo que hablar con la dependienta de la tienda.

Cuando Margaret bajaba la escalera se encontró con Steve, que acababa de regresar con Kelly de la guardería.

—Todos los amigos de Kelly se han alegrado mucho de volver a ver a nuestra pequeña —le explicó con una voz cargada de una alegría fingida—. Eso está muy bien. ¿Verdad, cielo?

Sin responder, Kelly soltó la mano de su padre y comenzó a quitarse la chaqueta. De repente se puso a cuchichear en voz baja.

Margaret miró a Steve.

—Está hablando con Kathy.

—Está *intentando* hablar con Kathy —rectificó Steve.

Margaret extendió la mano.

—Steve, dame las llaves del coche.

—Margaret...

—Steve, sé lo que hago. Tú quédate con Kelly. No la dejes sola ni un minuto. Y toma nota de todo lo que diga, por favor.

—¿Adónde vas?

—No muy lejos. A la tienda de la carretera 7 donde compré los vestidos de las niñas para la fiesta de cumpleaños. Tengo que hablar con la dependienta que me atendió.

—¿Por qué no la llamas?

Margaret se obligó a respirar hondo para mantener la calma.

—Steve, dame las llaves. Estoy bien. No tardaré mucho.

—Aún hay una unidad móvil al final de la calle. Te seguirán.

—No les daré esa oportunidad. Desapareceré antes de que se den cuenta de que soy yo. Steve, dame las llaves.

En un gesto repentino Kelly comenzó a dar vueltas y se abrazó a la pierna de Steve.

—¡Lo siento! —gimió—. ¡Lo siento! —Steve la cogió y la acunó en sus brazos.

—No pasa nada, Kelly. No pasa nada.

Kelly estaba apretándose el brazo. Margaret le subió la manga del polo y vio que el brazo comenzaba a ponerse rojo en el mismo punto donde tenía la moradura que le habían detectado cuando la pequeña volvió a casa tras ser liberada.

Margaret sintió que se le secaba la boca.

—Esa mujer acaba de pellizcar a Kathy —dijo entre dientes—. Sé que lo ha hecho. Steve, por Dios, ¿no te das cuenta? ¡Dame las llaves!

A regañadientes Steve se sacó del bolsillo las llaves del coche y Margaret se las arrebató de la mano antes de salir disparada por la puerta. Quince minutos más tarde entraba en la tienda de oportunidades de Abby's situada en la carretera 7.

En el establecimiento había una docena de personas, todas ellas mujeres. Margaret recorrió los pasillos de punta a punta en busca de la dependienta que la había atendido, pero no la vio por ninguna parte. Al final, desesperada por obtener respuestas, se acercó a la cajera, que le indicó que hablara con la encargada.

—Ah, se refiere a Lila Jackson —dijo la encargada cuando Margaret le describió a la dependienta en cuestión—. Hoy tiene el día libre, y tengo entendido que pensaba llevar a su madre a Nueva York a cenar y ver un espectáculo. Cualquiera de nuestras dependientas le ayudará con mucho gusto a...

—¿Lila tiene móvil? —la interrumpió Margaret.

—Sí, pero no puedo dárselo. —La encargada, una mujer de unos sesenta años con el cabello teñido de rubio platino, adquirió de repente un tono más formal y menos cordial—. Si tiene usted alguna queja puede hablar directamente conmigo. Me llamo Joan Howell, y soy la encargada de esta tienda.

—No tengo ninguna queja. Lo que ocurre es que cuando estuve aquí la semana pasada Lila Jackson también atendió a otra mujer que compró unos conjuntos para unos gemelos de los que no sabía la talla, y quiero hacerle unas preguntas sobre dicha mujer.

Howell negó con la cabeza.

—No puedo darle el móvil de Lila —afirmó con rotundidad—. Estará aquí mañana a partir de las diez de la mañana. Puede volver entonces. —Con una sonrisa desdeñosa Howell se volvió de espaldas a Margaret.

Margaret cogió del brazo a la encargada en el momento en que esta echaba a andar.

—Usted no lo entiende —insistió en tono suplicante, alzando la voz—. Mi niña ha desaparecido. Está viva, y tengo que encontrarla. Tengo que dar con ella antes de que sea demasiado tarde.

Margaret acabó llamando la atención de las otras clientas que tenía a su alrededor. No hagas una escena, se advirtió a sí misma. Te tomarán por loca.

—Lo siento —dijo con voz entrecortada mientras soltaba la manga de Howell—. ¿A qué hora encontraré aquí mañana a Lila?

—A las diez en punto —respondió Joan Howell con expresión compasiva—. Usted es la señora Frawley, ¿no es así? Lila me contó que usted compró aquí los vestidos de cumpleaños para sus gemelas. Siento mucho lo de Kathy. Y siento no haberla reconocido. Le daré el número de móvil de Lila, pero lo más seguro es que no se lo haya llevado al teatro, o que lo tenga apagado. Por favor, venga conmigo al despacho.

Margaret oyó los cuchicheos de las clientas que la habían oído gritar.

—Esa es Margaret Frawley. La de las gemelas que…

En una ráfaga de dolor que la dejó helada por el ímpetu con el que la invadió, Margaret dio media vuelta y salió corriendo de la tienda. Ya en el coche giró la llave de contacto y pisó a fondo el acelerador. Sin saber adónde se dirigía, comenzó a conducir. Más tarde recordaría que circuló por la I-95 en dirección norte hasta llegar a Providente, Rhode Island. Al ver la primera indicación a Cabo Cod quitó el pie del acelerador, y solo entonces se dio cuenta de lo lejos que había llegado. Giró por la I-95 en dirección sur y condujo hasta ver la señal para coger la carretera 7; una vez en dicha carretera sintió la necesidad de buscar el aeropuerto de Danbury. Cuando por fin dio con el lugar aparcó cerca de la entrada.

Metió su cuerpo en una caja, pensó. Ese fue su ataúd, una caja. La subió a la avioneta y cuando sobrevolaba el mar abrió la portezuela o la ventanilla y arrojó el cuerpo de mi preciosa niña al mar. Debió de ser una larga caída. ¿Se rompería la caja? ¿Se saldría Kathy de la caja antes de caer al agua? Con lo fría que estará el agua ahora.

No pienses en eso, se reprendió a sí misma. Piensa en lo mucho que le gustaba zambullirse en las olas.

Tengo que convencer a Steve para que alquilemos un barco. Si salimos al mar y lanzo unas flores al agua, tal vez entonces tenga la sensación de haberme despedido de ella. Tal vez…

De repente brilló una luz en la ventanilla del conductor y Margaret alzó la vista.

—¿Señora Frawley? —El policía estatal se dirigió a ella en tono suave.

—Sí.

—Hemos venido para acompañarla a casa, señora. Su marido está muy preocupado por usted.

—Solo he salido a hacer un recado.

—Son las once de la noche, señora. Se marchó de la tienda a las cuatro de la tarde.

—¿En serio? Supongo que por eso he perdido la esperanza.

—Sí, señora. Y ahora permítame que la lleve a casa.

53

El viernes a última hora de la tarde los agentes Angus Sommers y Ruthanne Scaturro fueron directamente de casa de Amy Lindcroft a las oficinas de C. F. G. & Y. de Park Avenue y solicitaron una reunión inmediata con Gregg Stanford. Tras una espera de media hora se les permitió pasar a su despacho, cuya decoración reflejaba como cabía esperar su gusto por lo fastuoso.

En lugar de la típica mesa de oficina tenía un escritorio de anticuario. Sommers, que era algo aficionado a las antigüedades, calculó que debía de ser de principios del siglo XVIII y que valdría una pequeña fortuna. Las estanterías habían sido sustituidas por una librería vitrina también del siglo XVIII que, apoyada en la pared de la izquierda, reflejaba los últimos rayos de sol de la tarde que se filtraban por una ventana con vistas a Park Avenue. En vez de la habitual silla de ejecutivo Stanford había optado por un sillón antiguo con un suntuoso tapizado. Por el contrario, los asientos que había delante de su escritorio eran simples sillas de salón tapizadas con una tela lisa, un claro indicio a ojos de Sommers de que Gregg Stanford no consideraba que sus visitantes estuvieran a su mismo nivel social. Un retrato de una hermosa mujer con un traje de fiesta dominaba la pared situada a la derecha del escritorio. Sommers estaba convencido de que aquella mujer de expresión altiva y adusta debía de ser la actual esposa de Stanford, Millicent.

Me pregunto si habrá llegado al punto de prohibir a sus empleados que lo miren directamente a los ojos, pensó Sommers. Menudo farsante. Y este despacho... ¿se lo habrá montado él solo o le habrá echado una mano su mujer? Ella está metida en un par de consejos de museos, así que seguro que entiende del asunto.

Cuando los dos agentes fueron a interrogar a Norman Bond, este hizo ademán de levantarse de la silla cuando los vio entrar por la puerta de su despacho. Stanford no tuvo esa cortesía con ellos; se quedó sentado, con las manos juntas frente a él, hasta que los agentes tomaron asiento sin que se lo ofrecieran.

—¿Han hecho algún progreso en su búsqueda del Flautista? —inquirió con brusquedad.

—Pues sí, así es —se apresuró a contestar Angus Sommers con convicción—. De hecho, nos estamos acercando a él por momentos. No le puedo decir más.

Sommers vio que los labios de Stanford se tensaban. ¿Serán los nervios?, se preguntó. Confió en que así fuera.

—Señor Stanford, acabamos de dar con una información de la que deberíamos hablar con usted.

—No me imagino de qué tendrán que hablar conmigo —repuso Stanford—. He dejado mi posición sobre el pago del rescate sumamente clara. Eso es lo único que puede interesarles de mí.

—No lo crea —replicó Sommers con voz pausada, disfrutando con cada palabra que pronunciaba—. Debió de llevarse una gran sorpresa cuando se enteró de que Lucas Wohl era uno de los secuestradores.

—¿A qué se refiere?

—Habrá visto su foto en los periódicos o en la televisión, ¿no es así?

—Claro que he visto su foto.

—Entonces lo habrá reconocido como el ex presidiario que fue chófer suyo durante varios años.

—No sé de qué me habla.

—Yo creo que sí, señor Stanford. Su segunda esposa, Tina Olsen, colaboraba de forma muy activa con una organización benéfica que promovía la reinserción laboral de ex presidiarios.

A través de ella usted conoció a Jimmy Nelson, quien en un momento dado adoptó el nombre de su difunto primo, Lucas Wohl. Tina Olsen tenía un chófer privado de toda la vida, pero Jimmy, o Lucas o como quiera que usted lo llamara, solía trabajar de conductor para usted durante su matrimonio con ella. Ayer Tina Olsen llamó a su primera esposa, Amy Lindcroft, y le contó que creía que Lucas siguió siendo chófer suyo hasta mucho después del divorcio. ¿Es eso cierto, señor Stanford?

Stanford miró primero a un agente y luego al otro.

—Si hay algo peor que una mujer despechada, son dos mujeres despechadas —dijo—. Durante mi matrimonio con Tina hice uso de un servicio de transporte particular. Para ser sincero, he de decir que nunca establecí ni tuve el deseo de establecer ningún tipo de relación con los distintos conductores que trabajaban para dicho servicio. Si me dice que uno de los secuestradores era uno de aquellos conductores, lo acepto, aunque no deja de sorprenderme, naturalmente. La idea de que con solo ver su foto en el periódico haya tenido que reconocerlo es absurda.

—Entonces, ¿no niega usted que lo conoce? —inquirió Sommers.

—Si viniera usted diciéndome que tal o cual persona trabajó para mí de chófer esporádicamente hace años, yo no podría corroborarlo ni negarlo. Y ahora márchense de aquí.

—Repasaremos los antecedentes de Lucas; se remontan a hace unos cuantos años —dijo Sommers mientras se ponía de pie—. Creo que fue su conductor con mucha más frecuencia de la que usted ha estado dispuesto a reconocer, lo que me lleva a preguntarme qué más tiene usted que ocultar. Lo averiguaremos, señor Stanford. Se lo prometo.

54

—A ver si te enteras —espetó Angie a Kathy a las nueve de la mañana del sábado—. Entre tu llanto y tu tos me he pasado media noche sin pegar ojo y ya estoy harta. No puedo pasarme todo el día encerrada en esta habitación, ni tampoco puedo taparte la boca para que te calles porque con ese resfriado que tienes no podrías respirar, así que voy a llevarte conmigo. Ayer te compré algo de ropa cuando salí, pero los zapatos no son de tu número. Te van pequeños. Así que vamos a volver a Sears, y mientras yo voy a cambiar los zapatos por un número más tú te vas a quedar en el suelo de la furgoneta sin rechistar, ¿entendido?

Kathy asintió con la cabeza. Angie la había vestido con un polo, un peto de pana y una chaqueta con capucha. El pelo corto teñido de oscuro le caía lacio por la frente y las mejillas, húmedo aún por la ducha que le había dado Angie. Comenzaba a quedarse adormilada por efecto de otra cucharada rebosante de jarabe para la tos. Se moría de ganas de hablar con Kelly, pero Angie le tenía prohibido cuchichear. Por eso le había pellizcado tan fuerte el día anterior.

—Mamá, papá —susurró para sus adentros—. Quiero irme a casa. Quiero irme a casa. —Sabía que tenía que intentar no llorar. Y no era su intención, pero cuando se quedó dormida y al extender la mano para coger la de Kelly no la encontró se dio cuenta de que no estaba en su cama y de que mamá no iría a ver si estaban tapadas. Entonces no pudo evitarlo y rompió a llorar.

Los zapatos que Angie le había comprado le iban muy pequeños. Le hacían daño en los dedos de los pies, y no se parecían en nada a las zapatillas de deporte de los lazos de color rosa ni a los zapatos que llevaba con el vestido de su cumpleaños. Tal vez si se portaba muy bien, no lloraba e intentaba no toser ni hablar con su hermana, mamá vendría y la llevaría a casa. Mamá, no Mona. Y a todo esto el verdadero nombre de Mona era Angie, así era como la llamaba a veces Harry. Y él tampoco se llamaba Harry, sino Clint. Así era como lo llamaba a veces Angie.

Quiero irme a casa, pensó Kathy mientras se le llenaban los ojos de lágrimas.

—No empieces a llorar —le advirtió Angie al tiempo que abría la puerta y sacaba a Kathy al aparcamiento tirándole de la mano. Fuera llovía con fuerza y Angie dejó en el suelo la maleta grande que llevaba para ponerle la capucha a Kathy con un gesto brusco.

—Solo falta que te pongas peor de lo que estás —refunfuñó Angie—. Bastante resfriada estás ya.

Angie metió la maleta en la parte trasera del vehículo y luego hizo que Kathy se tumbara sobre un cojín que había en el suelo y la tapó con una manta.

—Esa es otra. Tengo que comprarte una sillita para el coche. —Angie suspiró—. Hay que ver, das más problemas de lo que vales.

Angie cerró la puerta de atrás de un portazo, se montó en el asiento del conductor y giró la llave de contacto.

—Por otra parte, siempre he querido un crío —comentó, hablando más para sí misma que para Kathy—. Por eso me metí en líos la última vez. Creo que yo le gustaba de veras a aquel pequeño y que él quería quedarse conmigo. Casi pierdo la cabeza cuando su madre se lo llevó. Se llamaba Billy. Era monísimo, y se reía mucho conmigo… no como tú, que siempre estás llorando, por Dios.

Kathy sabía que ya no le hacía gracia a Angie. Se acurrucó en el suelo y se metió el pulgar en la boca, una costumbre que tenía de pequeña pero que con el tiempo abandonó. Ahora no podía evitar hacerlo; le ayudaba a no llorar.

Mientras salían del aparcamiento del motel, Angie dijo:

—Para tu información estamos en Cabo Cod, muñequita. Esta calle lleva al puerto, donde se puede coger un barco para ir a Martha's Vineyard y Nantucket. Yo estuve una vez en Martha's Vineyard, con el tipo que me trajo aquí. La verdad es que me gustaba, pero ya no volvimos a vernos. Jo, ojalá pudiera decirle que ahí detrás llevo una maleta con un millón de dólares. Estaría bien, ¿eh?

Kathy notó que el vehículo giraba.

—Acabamos de coger la calle principal de Hyannis —dijo Angie—. No hay tanta gente como dentro de un par de meses, pero para entonces estaremos en Hawai. Es que he pensado que allí correremos menos riesgo que estando en Florida.

Estuvieron circulando un rato más. Angie comenzó a cantar una canción sobre Cabo Cod. Como apenas se sabía la letra la tarareaba casi toda y luego gritaba «¡En el viejo Cabo Cod!», un verso que repetía una y otra vez. Al cabo de un rato el vehículo se detuvo y Angie cantó una vez más:

—Aquí en el viejo Cabo Cod. —Acto seguido, añadió—: Hay que ver qué vozarrón tengo. —Dicho esto, se asomó atrás por encima del asiento y miró a Kathy con expresión perversa—. Bueno, ya hemos llegado —le dijo—. Ahora escúchame bien, ni se te ocurra levantarte de ahí, ¿entendido? Voy a echarte la manta por encima de la cabeza para que no te vean si a alguien le da por mirar. Como salga y vea que te has movido un milímetro ya sabes lo que te espera, ¿verdad?

Kathy asintió, con los ojos llenos de lágrimas.

—Muy bien. Veo que nos entendemos. Volveré en un santiamén y luego iremos al McDonald's o al Burger King. Tú y yo. Mamá y Stevie.

Kathy notó que le echaban la manta por encima de la cabeza, pero no le importó. La sensación de calor y oscuridad le resultaba agradable; de todos modos tenía sueño, y le parecía bien quedarse dormida. Pero la manta tenía mucho pelo y le hacía cosquillas en la nariz. Estaba segura de que comenzaría a toser de un momento a otro, pero logró aguantar sin toser hasta que Angie salió del coche y cerró la puerta con llave.

Entonces comenzó a llorar y a hablar con Kelly.

—No quiero estar en el viejo Cabo Cod. No quiero estar en el viejo Cabo Cod. Quiero irme a casa.

55

—Ahí está —susurró el agente Sean Walsh a su compañero, Damon Philburn. Eran las nueve y media de la mañana del sábado. Walsh señalaba a la figura desgarbada de un hombre vestido con una sudadera con capucha que había aparcado cerca de un complejo residencial de Clifton, Nueva Jersey, y que ahora se dirigía a la puerta principal de una de las casas. El coche que habían estado esperando los agentes se hallaba aparcado al otro lado de la calle. En un rápido movimiento simultáneo ambos agentes se pusieron a la altura del hombre, flanqueándolo por ambos lados, antes de que le diera tiempo a girar la llave en la cerradura de la puerta.

El hermanastro de Steve Frawley, Richard Mason, objeto de la vigilancia de los agentes, no pareció sorprenderse al verlos.

—Pasen —dijo—. Pero están perdiendo el tiempo. No tengo nada que ver con el secuestro de las niñas de mi hermano. Sabiendo cómo se las gastan los del FBI, seguro que pincharon el teléfono de mi madre cuando me llamó después de que fueron a su casa a buscarme.

Ninguno de los dos agentes se molestó en contestar mientras Mason encendía la luz del vestíbulo y entraba en el salón. A Walsh le recordó una habitación de motel: un sofá tapizado con un tejido de tweed marrón, dos sillas de rayas marrones, dos mesas de esquina con lámparas a juego y una mesa de centro sobre una moqueta beis. A los agentes les constaba que Mason llevaba diez meses viviendo allí, pero no había nada en la estancia que indicara que aquella era su casa. En las estanterías empotradas no había ni un solo libro. Tampoco se veían fotos familiares ni objetos personales que pudieran sugerir una afición o cualquier tipo de actividad recreativa. Mason se sentó en una de las sillas, cruzó los brazos y sacó un paquete de tabaco; se encendió un cigarrillo, echó un vistazo a la mesa situada junto a la silla y puso cara de fastidio.

—Me he deshecho de los ceniceros para no tener la tentación de fumar. —Mason se levantó, encogiéndose de hombros, desapareció en la cocina, regresó con un platillo en la mano y volvió a sentarse en la silla.

Intenta mostrarnos lo tranquilo que está, pensó Walsh. Le seguiremos el juego, si eso es lo que quiere. Walsh intercambió una rápida mirada con Philburn y vio que ambos pensaban lo mismo. Los agentes dejaron que el silencio se instalara en el salón.

—Miren, estos últimos días me he pasado muchas horas al volante y necesito dormir. ¿Se puede saber qué quieren de mí? —preguntó Mason en tono insolente.

—¿Cuándo dejó de fumar, señor Mason? —inquirió Walsh.

—Hace una semana, cuando me enteré de que las gemelas de mi hermano habían desaparecido —respondió Mason.

—¿No sería cuando Franklin Bailey y usted decidieron secuestrarlas? —aventuró el agente Philburn con toda naturalidad.

—¡Está usted loco! ¿A las hijas de mi hermano?

Walsh vio que Mason volvía la cabeza hacia Philburn y se fijó en lo colorado que se le puso el cuello y la cara. Walsh había analizado con detenimiento las fotos de Mason de su expediente policial y había reparado en el marcado parecido físico que tenía con su hermanastro. Pero ahí se acaba todo parecido, pensó. Walsh había visto las apariciones de Steve Frawley en televisión, y le había impresionado su capacidad para controlar las emociones, por mucho que se le viera sometido a una enorme tensión. Mason había ido a la cárcel por ser un embaucador que estafaba a la gente. Y ahora intenta embaucarnos a nosotros, pensó Walsh, representando el papel del tío ultrajado.

—Llevo ocho años sin hablar con Franklin Bailey —explicó Mason—. Teniendo en cuenta las circunstancias, dudo mucho que quisiera hablar conmigo.

—¿No es mucha casualidad que él, prácticamente un desconocido, se apresurara a ofrecerse como mediador de los Frawley? —inquirió Walsh.

—Si tuviera que hacer suposiciones, por lo que recuerdo de Bailey, diría que le encanta ser el centro de atención. En la época en la que invirtió en mi empresa era alcalde, y recuerdo que llegó a decirme en broma que iría hasta a la inauguración de un semáforo con tal de salir en los medios. Cuando lo desbancaron del poder en las urnas, lo vivió como una puñalada. Sé que en mi juicio estaba deseando subir al estrado, y debió de llevarse un chasco cuando acepté un acuerdo de declaración de culpabilidad. Con el hatajo de mentirosos a los que los federales habían citado como testigos, tenía todas las de perder si iba a juicio.

—Visitó a su hermano y a su mujer poco después de que se mudaran a Ridgefield, hace unos meses —afirmó Walsh—. ¿No se pasó por casa de Franklin Bailey por los viejos tiempos?

—Qué estupidez de pregunta —respondió Mason sin alterarse—. Me habría echado de su casa a patadas.

—Nunca ha estado muy unido a su hermano, ¿verdad? —preguntó Philburn.

—Hay muchos hermanos que no lo están. Y menos si son hermanastros.

—Usted conoció a Margaret, la mujer de Steve, antes que él. En una boda, creo. Le telefoneó y le pidió una cita, pero Margaret lo rechazó. Luego ella conoció a Steve en la facultad de derecho. ¿Le molestó eso a usted?

—Nunca me ha costado seducir a una mujer atractiva. Mis divorcios de dos mujeres inteligentes y atractivas así lo demuestran. Nunca más volví a pensar en Margaret.

—Estuvo a punto de conseguir llevar a cabo una estafa que le habría hecho ganar millones. Dado que Steve tiene un empleo que apunta a lo más alto, ¿se le ha ocurrido pensar que su hermano le ha vencido una vez más?

—Nunca se me ha pasado eso por la cabeza. Y como ya le he dicho, nunca he engañado a nadie.

—Señor Mason, el trabajo de maletero es agotador. No parece la clase de ocupación que elegiría usted por voluntad propia.

—Es un empleo provisional —contestó Richard Mason con calma.

—¿No teme perderlo? Lleva toda la semana sin aparecer por el aeropuerto.

—Llamé para decir que no me encontraba bien y que necesitaba cogerme la semana libre.

—Qué curioso, a nosotros no nos han contado eso —comentó Philburn.

—Pues no debieron de enterarse bien. Les aseguro que hice esa llamada.

—¿Y adónde ha ido?

—A Las Vegas. Sentía que la suerte me sonreiría.

—¿No se le ocurrió ir a estar con su hermano sabiendo que sus hijas habían desaparecido?

—Él no habría querido. Se avergüenza de mí. ¿Se imaginan al hermano ex convicto pululando por allí con todos los medios alrededor? Usted mismo lo ha dicho, Stevie llegará lejos con C. F. G. & Y. Apuesto que no me puso como referencia en su currículum.

—Usted es un experto en transferencias bancarias directas y en los bancos que las aceptan y que, previo pago de una comisión, destruyen los datos sobre la procedencia del dinero, ¿no es así?

Mason se puso de pie.

—Márchense. Deténganme o márchense de aquí.

Ninguno de los dos agentes hizo amago de moverse.

—¿No es casualidad que el fin de semana pasado fuera usted a Carolina del Norte a visitar a su madre, el mismo fin de semana que secuestraron a las hijas de su hermano? Puede que intentara usted fabricarse una coartada.

—Márchense.

Walsh sacó su libreta.

—¿Podría decirnos dónde se alojó en Las Vegas y el nombre de alguien que pueda corroborar que estuvo usted allí?

—No pienso responder más preguntas hasta que no hable con un abogado. Sé cómo se las gastan ustedes. Están intentando tenderme una trampa.

Walsh y Philburn se levantaron.

—Volveremos —le advirtió Walsh, sin alterar la voz.

Los agentes salieron de la casa pero se detuvieron junto al coche de Mason. Walsh sacó una linterna y alumbró el salpicadero.

—Ochenta y un mil cuatrocientos noventa kilómetros —dijo.

Philburn anotó la cifra.

—Nos está mirando —comentó.

—Es lo que quiero, que nos mire. Él sabe lo que estoy haciendo.

—¿Cuántos kilómetros dijo la madre que había en el cuentakilómetros?

—En la llamada que le hizo después de que nos fuéramos desde el teléfono que pinchamos la madre le recordó que el padrastro había visto que el coche estaba a punto de llegar a los ochenta y un mil kilómetros, y que la garantía le vencería, por eso le insistió en que lo llevara a revisar por si tenía algún problema. Parece que el viejo señor Frawley es muy puntilloso con el mantenimiento del coche.

—Mason ha hecho unos quinientos kilómetros aparte de los ochenta y un mil que tenía el coche. Winston-Salem estará a unos mil kilómetros. A Las Vegas, con este coche, seguro que no ha ido. ¿Dónde crees que ha estado?

—Yo diría que de un estado a otro de la zona, haciendo de canguro —contestó Philburn.

56

El sábado por la mañana, Lila Jackson se moría de ganas de contarle a todas sus compañeras de Abby's lo mucho que le había gustado la obra que había visto con su madre la noche anterior.

—Era una reposición de *Sinfonía de la vida* —explicó Lila a Joan Howell—. Si digo que estuvo genial me quedo corta. ¡Me encantó! Con esa escena final, cuando George se tira encima de la tumba de Emily. Fue increíble. Las lágrimas me corrían por la cara. Resulta que cuando yo tenía doce años representamos esa obra en St. Francis Xavier. Yo hacía el papel de la primera difunta, y decía la siguiente frase: «Está en la misma calle en la que vivimos. Ajá».

Cuando Lila se entusiasmaba con algo, no había manera de pararla. Howell esperó con paciencia a que hiciera una pausa en la narración para decir:

—Pues aquí tuvimos jaleo ayer por la tarde. Margaret Frawley, la madre de las gemelas secuestradas, vino buscándote.

—¿Que qué? —Lila estaba a punto de salir del despacho para dirigirse a la tienda, pero al oír aquello retiró la mano de la puerta—. ¿Por qué?

—No lo sé. Me pidió tu número de móvil y cuando vio que no estaba dispuesta a dárselo dijo algo de que su hija estaba viva y tenía que encontrarla. Creo que la pobre mujer sufre una depresión nerviosa. Y no la culpo, desde luego, después de perder a una de sus gemelas. De hecho, hubo un momento que me agarró del brazo y pensé que tenía delante a una loca. Entonces la reconocí e intenté hablar con ella, pero se echó a llorar y se fue corriendo. Esta mañana he oído en las noticias que ayer la familia dio la voz de alarma ante su desaparición y que la policía la encontró a las once de la noche aparcada cerca del aeropuerto de Danbury. Según decían, parecía aturdida y desorientada.

Lila se olvidó por completo de la obra.

—Ya sé por qué quería hablar conmigo —dijo en voz baja—. La tarde de la semana pasada que la señora Frawley vino a comprar los vestidos de cumpleaños para sus hijas estuvo aquí otra mujer. Ella también buscaba ropa para unos gemelos de tres años, y no parecía tener idea de la talla que debía coger. Se lo comenté a la señora Frawley porque me pareció algo rarísimo. Incluso...

Lila dejó que su voz se apagara. No creyó que a Joan Howell, una persona obsesionada con hacer las cosas ciñéndose a las normas, le gustara saber que Lila había presionado a la contable para telefonear a la empresa de la tarjeta de crédito y averiguar la dirección de aquella mujer que había comprado ropa para unos gemelos sin saber la talla que tenían.

—Si puedo ayudar en algo a la señora Frawley, me gustaría hablar con ella —concluyó Lila.

—No dejó su número. Yo que tú lo dejaría correr. —Joan Howell consultó la hora en su reloj, dando a entender a Lila que pasaban cinco minutos de las diez y que a partir de las diez en punto le pagaban por vender ropa en la tienda de oportunidades de Abby's.

Lila recordó el nombre de la clienta que desconocía la talla de las gemelas de tres años. Downes, recordó mientras se dirigía a su puesto de ventas. Firmó el recibo como señora de Clint Downes, pero cuando le hablé de ella a Jim Gilbert este me dijo que se llamaba Angie, que no estaba casada con Downes y que este era el guarda del club de campo de Danbury y que vivía en una casita situada dentro del recinto del club.

Consciente de que Joan Howell tenía la mirada puesta en ella,

Lila se dirigió a una mujer que estaba cerca de su puesto y que ya llevaba varios conjuntos encima del brazo.

—¿Quiere que se los guarde? —le preguntó.

Ante un gesto de agradecimiento por parte de la clienta, Lila le cogió las prendas y, mientras esperaba, pensó en lo convencida que estaba de que no habría hecho daño a nadie si hubiera mencionado el incidente a la policía. Habían apelado a la colaboración ciudadana por si alguien tenía alguna información que pudiera ayudarlos a dar con los secuestradores.

Jim Gilbert me hizo sentir como una idiota, pensó Lila, refiriéndose a todas las pistas falsas que debía de estar recibiendo la policía. Y como es un policía jubilado le hice caso.

La clienta había encontrado dos conjuntos más y estaba lista para pasar al probador.

—Tiene uno vacío aquí mismo —le dijo Lila.

Podría contárselo ahora a la policía, pensó, pero me despacharían como hizo Jim. Tengo una idea mejor. El club de campo está a solo diez minutos de aquí. Aprovecharé la hora de la comida para ir allí, llamaré a la puerta de la casa del guarda y le diré a la mujer que me he dado cuenta de que los polos que le vendí estaban defectuosos y que he ido a cambiarlos. Si aun así sigo teniendo la sensación de que hay algo raro llamaré a la policía.

A la una en punto Lila le llevó dos polos de la talla 4 a la cajera.

—Kate, méteme estos polos en una bolsa —le pidió—. Ya los marcarás cuando vuelva. Tengo prisa. —Lila se dio cuenta de que por alguna razón tenía una sensación de urgencia imperiosa.

Había comenzado a llover otra vez y en su prisa por salir de la tienda no se había molestado en coger un paraguas. Me mojaré, pensó mientras cruzaba a todo correr el aparcamiento hasta su coche. Doce minutos más tarde estaba en la verja del club de campo de Danbury. Para su disgusto vio que estaba cerrada con candado. Tiene que haber otra entrada, pensó. Bordeó el recinto en coche circulando despacio y vio otra verja cerrada antes de dar con un camino de acceso bloqueado por una barrera, con una cajita donde introducir el código para que la barrera se levantara. A lo lejos, detrás del edificio del club y más a la derecha, vio una pequeña construcción que identificó como la casa del guarda a la que se había referido Jim Gilbert.

La lluvia arreciaba. Ya que he llegado hasta aquí tengo que seguir adelante, concluyó Lila. Al menos he caído en ponerme el impermeable. Lila salió del coche, pasó por debajo de la barrera y, buscando en todo momento el abrigo de los árboles para resguardarse de la lluvia, enfiló hacia la casa, con la bolsa donde llevaba los polos metida bajo la chaqueta.

Lila pasó por delante de un garaje de una plaza situado a la derecha de la casa. La puerta estaba abierta, y vio que el garaje se hallaba vacío. Tal vez no haya nadie en casa, pensó. ¿Y qué hago en tal caso?

Pero a medida que se acercaba a la casa vio que había una luz encendida en la sala que daba a la parte delantera. Vamos, que no tengo nada que perder, pensó mientras subía los dos escalones que conducían al pequeño porche antes de llamar al timbre.

El viernes por la noche, Clint había vuelto a salir con Gus; regresó a casa tarde, durmió hasta el mediodía y ahora estaba con resaca y nervioso. Mientras cenaban en el bar, Gus le había comentado que la noche que lo había llamado a casa y estuvo hablando con Angie, habría jurado que oyó de fondo a dos criaturas llorando.

Intenté hacer broma del asunto, pensó Clint. Le dije que debía de estar borracho para pensar que podíamos tener a dos críos metidos en este cuchitril. Le dije que no me importaba que Angie se sacara un dinero haciendo canguros, pero que si un día aparecía con dos críos a la vez, le diría que cogiera carretera y manta. Creo que se lo tragó, pero no estoy del todo seguro. Gus es un bocazas. ¿Y si le comenta a alguien que oyó llorar a dos niños pequeños que estaban al cuidado de Angie? Además de eso, me dijo que había visto a Angie en la farmacia comprando el vaporizador y aspirinas. A saber si se lo habrá comentado a alguien más.

Tengo que alquilar un coche y deshacerme de esa cuna, pensó Clint mientras preparaba una cafetera. Al menos ya la he quitado de en medio, pero tengo que sacarla de aquí y tirarla en algún rincón del bosque. ¿Por qué se quedaría Angie con una de las crías? ¿Por qué tuvo que matar a Lucas? Si las hubiéramos devuelto a las dos, nos habríamos repartido el dinero con Lucas y nadie se habría enterado de nada. Ahora todo el país está en pie de guerra porque la gente cree que una de las niñas está muerta.

Angie se hartará de cuidarla y la dejará tirada en cualquier sitio. Sé que lo hará. Solo espero que no... Clint no acabó el pensamiento, pero no podía apartar de su mente la imagen de Angie asomándose al coche de Lucas y disparándole a quemarropa. No esperaba eso de ella, y ahora le aterraba pensar en lo que Angie podría llegar a hacer.

Clint estaba encorvado sobre la mesa de la cocina, vestido con una sudadera gruesa y unos tejanos; llevaba el pelo despeinado, y una barba de dos días le ensombrecía el rostro. Frente a él tenía una segunda taza de café que no había tocado. De repente, sonó el timbre de la puerta.

¡La policía! Seguro que es la policía, pensó. Clint comenzó a sudar a chorros. No, puede que sea Gus, confió, agarrándose a un clavo ardiendo. Tenía que abrir la puerta. Si era la policía habrían visto la luz encendida y no se marcharían.

Clint iba descalzo cuando atravesó el salón, donde la moqueta raída silenció los pasos de sus pies gruesos. Puso la mano en el pomo, lo hizo girar y abrió la puerta de golpe.

Lila soltó un grito ahogado. Esperaba ver a la mujer a la que había atendido en la tienda. Sin embargo, se encontró cara a cara con un hombre corpulento y de aspecto desaliñado que la miraba con recelo.

Para Clint el alivio de no encontrarse frente a la policía se vio sustituido por el temor de que se tratara de una trampa. Quizá sea una poli secreta que ha venido a fisgonear, pensó. No te pongas nervioso, se dijo a sí mismo. Si no tuviera nada de lo que preocuparme, sería educado con ella y le preguntaría en qué podría ayudarla.

Clint se obligó a esbozar una sonrisa.

—Hola.

¿Estará enfermo?, fue lo primero que se le ocurrió a Lila. Está chorreando de sudor.

—¿Está en casa la señora Downes, quiero decir, Angie? —preguntó.

—No. Está fuera, haciendo un canguro. Yo soy Clint. ¿Para qué la quiere?

Seguro que va a parecer una estupidez, pensó Lila, pero voy a decirlo de todos modos.

—Me llamo Lila Jackson —explicó—. Trabajo en la tienda de oportunidades de Abby's que hay en la carretera 7. Mi jefa me ha enviado para que entregue una cosa a Angie. Me esperan de vuelta en unos minutos. ¿Le importa que entre?

Mientras le dé la impresión de que la gente sabe dónde estoy todo irá bien, pensó. Lila se dio cuenta de que no podía marcharse hasta no tener la certeza de que Angie se hallaba escondida en algún rincón de la casa.

—En absoluto. Pase, pase. —Clint se apartó y dejó que Lila pasara rozándole. En un rápido vistazo Lila vio que no había nadie más en aquel espacio único que servía de salón, comedor y cocina a la vez, y que la puerta del dormitorio estaba abierta. Al parecer, Clint Downes estaba solo en la casa, y si en algún momento había habido niños allí ya no quedaba ni rastro de ellos. Lila se desabotonó el impermeable, sacó la bolsa con los polos y se la entregó a Clint.

—Cuando la señora Downes, quiero decir, Angie, estuvo en nuestra tienda la semana pasada compró unos polos para unos gemelos —explicó—. Hemos recibido un aviso del fabricante según el cual la remesa entera de la que salieron dos de los polos que le vendí presenta defectos, por eso le he traído unos nuevos.

—Es muy amable de su parte —dijo Clint con voz pausada, tratando de buscar una explicación a aquella compra. Seguro que Angie la cargó a mi tarjeta de crédito, pensó. Es lo bastante necia como para dejar un recibo como pista—. Mi novia se pasa el día haciendo canguros —le explicó a Lila—. Se ha ido a Wisconsin con una familia para ayudarlos a cuidar a los críos. Estará fuera un par de semanas. Compró esa ropa porque la madre la llamó desde allí para decirle que habían olvidado llevarse una de las maletas.

—¿La madre de los gemelos de tres años? —inquirió Lila.

—Sí. En realidad, según me contó Angie, los niños se llevan menos de un año, pero tienen más o menos la misma talla. La madre los viste igual a los dos y los llama los gemelos, pero en realidad no lo son. ¿Por qué no deja aquí los polos? Tengo que enviarle a Angie un paquete; ya los meteré dentro.

Lila no sabía cómo declinar el ofrecimiento. Esto es una tontería, pensó. Este tipo parece inofensivo. Y me consta que hay gente que llama de broma gemelos a los niños que se llevan poca edad. Lila dejó la bolsa en manos de Clint.

—Bueno, me voy ya —dijo Lila—. Preséntele mis disculpas a Angie, o a la persona para la que trabaja.

—Faltaría más. Encantado de conocerla.

De repente, sonó el teléfono.

—Pues nada, adiós —dijo Clint mientras se apresuraba a coger el teléfono—. Diga —respondió con los ojos fijos en Lila, que tenía la mano en el pomo de la puerta.

—¿Por qué no has contestado al teléfono hasta ahora? Te he llamado un montón de veces —gritó una voz airada.

Era el Flautista.

Para no levantar las sospechas de Lila Clint trató de adoptar un tono informal.

—Esta noche no, Gus —dijo—. No tengo ganas de liarme, de verdad.

Lila abrió la puerta poco a poco, confiando en poder oír lo que estaba diciendo Clint. Pero no tenía excusa para prolongar más su presencia allí, y además estaba claro que el motivo de su visita no tenía fundamento. Jim Gilbert le había dicho que Angie trabajaba de canguro, y era razonable que la madre le hubiera pedido que le llevara más ropa. Ahora estoy calada hasta los huesos y debo el dinero de los polos, pensó Lila mientras regresaba al coche a toda prisa.

—¿Quién está contigo? —preguntó el Flautista.

Clint esperó a ver pasar a Lila por delante de la ventana para hablar.

—Angie se ha llevado a la cría. Pensó que este ya no era un sitio seguro. Tiene el móvil que usted le dio a Lucas para que me lo pasara a mí. Angie cargó el importe de la ropa que compró para las gemelas en mi tarjeta de crédito. Ha venido una dependienta de la tienda para cambiar unos polos que no estaban bien. No sé si sabrá algo o no. —Clint se dio cuenta de que estaba subiendo el tono de voz al añadir—: No sé qué hacer. Ni siquiera sé dónde está Angie.

Clint oyó una inhalación brusca y notó que el Flautista también estaba nervioso.

—Cálmate, Clint. ¿Crees que Angie volverá a llamarte?

—Creo que sí. Ella confía en mí. Creo que sabe que me necesita.

—Pero tú no la necesitas a ella. ¿Qué pasaría si le dijeras que ha pasado por ahí un poli preguntando por ella?

—Que le entraría el pánico.

—Pues dile eso. Queda con ella allí donde esté. Y recuerda, lo que le hizo a Lucas podría hacértelo a ti.

—No crea que no pienso en eso.

—Y mientras piensas en eso recuerda también que si la niña sigue viva podría identificarte.

57

—Todo el mundo tiene un límite, Margaret —dijo la doctora Harris con delicadeza. Era la una de la tarde del sábado, y Kelly y ella acababan de despertar a Margaret.

Margaret estaba incorporada en la cama y Kelly se había acurrucado a su lado. Margaret trató de sonreír.

—Pero ¿qué me has dado para dejarme noqueada de esta manera? ¿No ves que llevo doce horas durmiendo?

—¿No ves el sueño que venías arrastrando toda esta semana? —La doctora Harris empleaba un tono desenfadado, pero su mirada se mantenía atenta. Margaret está demacradísima, pensó—. He sentido tener que despertarte ahora, pero es que ha llamado el agente Carlson. Dice que quiere pasarse por aquí. Steve viene de camino y me ha pedido que te despertara.

—Seguro que el FBI está intentando averiguar qué tramaba cuando desaparecí anoche. Me pregunto si pensarán que estoy loca. Ayer, justo después de que tú te fueras, llamé al agente Carlson. Le dije a gritos que Kathy estaba viva y que tenía que encontrarla. —Margaret se llevó a Kelly a sus brazos—. Luego me pasé por la tienda donde compré los vestidos y poco menos que agredí a la encargada, o quien fuera. Supongo que perdí los estribos.

—¿Tienes idea de adónde fuiste cuando te marchaste de la tienda? —le preguntó la doctora Harris—. Anoche decías que te quedaste totalmente en blanco.

—Lo cierto es que no recuerdo nada hasta el momento en que vi una indicación a Cabo Cod. Aquella imagen me hizo salir de mi ensimismamiento y supe que tenía que dar media vuelta. Me siento muy culpable. El pobre Steve ya ha soportado bastantes tensiones como para que ahora yo acabe trastornada.

La doctora Harris pensó en la expresión de desesperación que había visto la noche anterior en el rostro de Steve al volver a la casa de los Frawley a las ocho de la tarde y enterarse de que Margaret había desaparecido.

—Justo después de traerla de la guardería, Kelly se estaba quitando la chaqueta cuando de repente ha soltado un grito y se ha agarrado del brazo en el mismo punto donde tenía el morado —le había explicado Steve en un tono de angustia—. Ha debido de darse un golpe con la pata de la mesa del vestíbulo. ¡Pero Margaret se ha puesto histérica! Estaba convencida de que eso significaba que alguien estaba haciéndole daño a Kathy y que Kelly sentía su dolor. Margaret me ha cogido las llaves del coche y me ha dicho que tenía que hablar con alguien de la tienda en la que compró los vestidos de cumpleaños de las niñas. Al ver que no regresaba, y que yo no recordaba el nombre de la tienda, he decidido llamar a la policía para denunciar su desaparición. No se hará daño, ¿verdad, Sylvia? ¿Crees que podría hacerse daño a sí misma?

Transcurrieron tres horas más de angustia antes de que la policía los llamara para informarles de que habían encontrado a Margaret, sentada al volante de su coche cerca del aeropuerto de Danbury. Cuando por fin la llevaron a casa, Margaret no fue capaz de decirles dónde había estado todas aquellas horas. Le di un fuerte somnífero, pensó la doctora Harris, e hice bien. No puedo aliviar su dolor, pero al menos puedo darle la oportunidad de librarse de él un rato para poder descansar.

La doctora Harris miró cómo Margaret acariciaba con un dedo la mejilla de Kelly.

—Aquí hay alguien muy callado —dijo Margaret en voz baja—. ¿Cómo vamos, Kel?

Kelly alzó la vista con aire de gravedad pero no respondió.

—Nuestra pequeña ha estado bastante callada toda la mañana —observó la doctora Harris—. Anoche dormí contigo, ¿verdad, Kelly?

Kelly asintió en silencio.

—¿Ha dormido bien? —preguntó Margaret.

—Me daba la sensación de que reaccionaba a cualquier cosa. Lloraba en sueños y también tosía un poco. Por eso pensé que lo mejor sería quedarse con ella.

Margaret se mordió el labio y, tratando de mantener un tono de voz estable, dijo:

—Seguro que está cogiendo el resfriado de su hermana. —Margaret besó la coronilla de Kelly—. Ya nos ocuparemos de ver si tienes algo, ¿verdad, Sylvia?

—Claro que sí, pero te puedo asegurar que en el pecho no tiene nada en absoluto. —De hecho, esa tos no tiene razón de ser, pensó la doctora Harris. Kelly no está resfriada. La doctora Harris se levantó—. Margaret, ¿qué te parece si dejamos que te des una ducha y te vistas? Iremos abajo y le leeré a Kelly la historia que ella quiera.

Kelly vaciló.

—Creo que es una idea fantástica —respondió Margaret con firmeza.

Kelly bajó de la cama en silencio y cogió la mano de Sylvia Harris para ir con ella al estudio. Una vez allí escogió un libro y se sentó en las rodillas de la doctora. La estancia estaba un poco fría. Sylvia alargó la mano para coger la manta de punto que estaba doblada sobre el brazo del sofá y arropó con ella a Kelly. Luego se dispuso a abrir el libro pero se detuvo para remangar la manga de Kelly por segunda vez en lo que iba de día.

La moradura que presentaba en el antebrazo se hallaba casi en el mismo sitio que la que estaba desapareciendo. Parece como si le hubieran pellizcado fuerte, pensó la doctora.

—Esto no te lo has hecho golpeándote el brazo con una mesa —afirmó en voz alta, antes de preguntarse si aquello sería posible. ¿Tendrá razón Margaret en que Kelly siente el dolor de Kathy? Sylvia no pudo evitar formular la pregunta que bullía en su cabeza.

—Kelly, ¿sientes a veces lo que siente Kathy? —preguntó.

Kelly la miró y negó con la cabeza, con expresión de miedo.

—Chis —susurró. Luego se hizo un ovillo, se metió el pulgar en la boca y se tapó la cabeza con la manta.

58

El agente especial Connor Ryan había convocado una reunión en su despacho de New Haven para las once de la mañana del sábado. Resueltos a encontrar a los secuestradores, costara lo que costase, los agentes Carlson y Realto, el comisario Jed Gunther de la policía del estado de Connecticut y él estaban sentados en torno a una mesa de juntas, examinando el estado de la investigación.

En calidad de jefe del departamento de Connecticut, Ryan condujo la conversación.

—Wohl, como lo llamaban, podría haberse suicidado. Físicamente es factible, aunque esa forma de dispararse no es la habitual. La mayoría de los suicidas se meten la pistola en la boca o se la ponen en la sien y aprietan el gatillo. Echad un vistazo a estas fotos.

Ryan pasó al resto de los presentes las fotografías de la autopsia de Lucas Wohl.

—Fijándonos en el ángulo de la bala podemos decir que debía de estar sujetando el arma por encima de su cabeza cuando la disparó. Por otra parte, tenemos la nota de suicidio, que también presenta sus peculiaridades —dijo con voz cansina—. En ella se han encontrado las huellas de Wohl, pero no por todo el folio, como cabría esperar si hubiera metido la hoja de papel en la máquina de escribir y luego la hubiera sacado al terminar de escribir su confesión. A menos, claro está, que llevara guantes cuando la escribió.

Ryan pasó la nota a Carlson.

—Reconstruyamos los hechos —prosiguió Ryan—. Sabemos que hay al menos dos personas implicadas. Una era Lucas Wohl. La noche del secuestro la canguro se dirigía al dormitorio de las gemelas porque había oído gritar a una de ellas. Fue entonces cuando la agarraron por detrás en el descansillo del piso de arriba. La chica cree que debía de haber alguien en la habitación con las niñas cuando la agredieron, lo cual tiene sentido, ya que sabemos que el día de la entrega del rescate fueron vistos dos hombres llevándose las bolsas con el dinero.

—¿Crees que uno de ellos sería el Flautista? —preguntó Gunther.

—Creo que el Flautista era otra persona, un tercer hombre, el que habría dirigido el secuestro sin estar presente en él, pero eso solo es una corazonada.

—Yo creo que puede que haya otra persona más involucrada —opinó Walter Carlson—. Una mujer. Cuando Kelly ya estaba de vuelta en casa mencionó dos nombres en sueños, «Mona» y «Harry». El padre estaba sentado junto a la cama y la oyó. Los Frawley están más que seguros de que no conocen a nadie con ninguno de esos nombres. Así pues, es posible que Harry sea el nombre del otro secuestrador y Mona el de una mujer encargada de cuidarlas.

—Quedamos pues en que estaríamos buscando al menos a dos, o quizá tres personas aparte de Lucas Wohl: un segundo secuestrador, que podría llamarse Harry, y una mujer, que podría llamarse Mona. Y si ninguno de estos tres es el Flautista, estaríamos buscando además a una cuarta persona —recapituló Ryan.

Por el leve gesto de cabeza con el que asintieron el resto de los presentes dedujo que estaban todos de acuerdo.

—Lo que nos llevaría a las personas que hay ahora mismo bajo sospecha —continuó Ryan—. Tal y como yo lo veo, habría cuatro en total. Por un lado está el hermanastro de Steve Frawley, Richard Mason, que tiene celos de Steve, que podría sentir algo por Margaret, que conocía a Franklin Bailey y que mintió cuando dijo que fue a Las Vegas. Por otro lado está el propio

Bailey. Y también Norman Bond, el hombre de C. F. G. & Y. que contrató a Steve, que vivió en Ridgefield, que comparte una historia similar a la de Steve en sus inicios, que ha sufrido varias crisis nerviosas y que se refirió a su ex mujer desaparecida como «su difunta mujer».

Ryan apretó los labios.

—Por último tenemos a Gregg Stanford, que se opuso enérgicamente a votar a favor de que C. F. G. & Y. pagara el rescate, que podría tener problemas conyugales con su acaudalada esposa y que en su día tuvo a Lucas Wohl como conductor particular. Cuando acabemos de contrastar los hechos con las versiones de los cuatro sospechosos, es decir, de Mason, Bailey, Bond y Stanford, sabremos hasta el día en que empezaron a hablar y la primera palabra que dijeron. Estoy seguro. Pero eso no quiere decir que no nos equivoquemos con todos ellos. Podrían ser otras las personas implicadas.

—Nuestros hombres tienen en consideración la posibilidad de que alguien supiera cómo acceder a la casa de los Frawley la noche del secuestro —explicó Gunther—. Estamos revisando todos los archivos del agente inmobiliario que les vendió la vivienda para ver si podemos establecer algún tipo de relación. Aparte de eso, he hablado con el agente de la policía estatal de Nueva York que encontró a Kelly, y ha hecho varias observaciones de interés. Kelly iba con el pijama que según nos consta llevaba puesto la noche que desapareció, pero por lo visto estaba bastante limpio. No conozco a ningún niño de tres años que lleve la misma ropa durante cinco días seguidos sin que parezca que lleva cinco meses sin quitársela. Eso significa que alguien la vistió con otra muda, o bien que lavaron y secaron el pijama al menos un par de veces. A mi modo de ver parece un claro indicio de que podría haber una mujer implicada en esto.

—Yo también tengo esa sensación —asintió Carlson—. Otra incógnita es si fue Lucas quien llevó a Kelly a aquel aparcamiento en el coche robado. En tal caso puede que la niña lo viera dispararse. ¿Dónde estarían los otros secuestradores? ¿No sería razonable suponer que no sabrían que Lucas tenía pensado suicidarse y que lo habrían seguido hasta el aparcamiento con la idea de dejar a Kelly, o quizá a Kelly y a Kathy, en el coche para que después Lucas pudiera volver con ellos? Y no olvidemos que cuando el Flautista telefoneó a monseñor Romney le dijo que las niñas, en plural, estaban sanas y salvas. A aquellas alturas no tenía motivo para mentir. Puede que le pillara por sorpresa enterarse de que Kathy estaba muerta.

»Ahora bien, yo creo que está muerta y que ocurrió como Lucas lo describió en la nota. Creo que fue un accidente, y que Lucas arrojó el cuerpo al mar. He hablado tanto con el mecánico que vio a Wohl cargando la caja pesada hasta la avioneta como con el conductor del servicio de catering que lo vio bajar del aparato una hora más tarde sin la caja. Todos sabemos que los secuestradores profesionales que piden un rescate no tienen la intención de herir a sus víctimas, y menos aún si estos son niños. Yo veo factible la siguiente situación: Lucas mató sin querer a Kathy y perdió los estribos, sembrando la inquietud entre los demás. Mi teoría es que lo acompañaron en otro vehículo hasta el aparcamiento y que uno de ellos lo mató para evitar que se fuera de la lengua si le daba por emborracharse. Tenemos que hablar con Kelly para tratar de averiguar lo que sabe. Durante su estancia en el hospital apenas dijo una palabra, y al parecer tampoco ha hablado mucho desde que está de vuelta en casa. Pero el jueves por la noche dijo esos dos nombres en sueños: «Mona» y «Harry». Tal vez podamos conseguir que diga algo más sobre lo que ocurrió durante el tiempo que estuvo desaparecida. Quiero plantearles a los padres la posibilidad de llevarla a un psiquiatra infantil para interrogarla.

—¿Qué hay de Margaret Frawley? —preguntó Ryan—. Tony, ¿has hablado hoy con su marido?

—Hablé con él anoche, después de que la policía llevara a Margaret a casa. Me dijo que su mujer estaba en estado de shock y que la doctora que es la pediatra de las gemelas le dio un fuerte sedante. Por lo visto Margaret no sabía dónde había estado ni recordaba siquiera que había ido a la tienda donde compró los vestidos de cumpleaños de sus hijas.

—¿Qué razón tenía para ir a esa tienda?

—He hablado esta mañana con la encargada. Se ve que Margaret estaba bastante fuera de sí cuando estuvo allí ayer. Quería hablar con la dependienta que le vendió los vestidos; cuando la encargada accedió a facilitarle el número de móvil de la dependienta, Margaret perdió el control y se fue corriendo. A saber lo que le pasó por la cabeza. Su marido me contó que estaba convencida de que el nuevo moretón que le había salido a Kelly en el brazo era reflejo de algo que le estaba ocurriendo a Kathy, y que Kelly estaba experimentando el dolor de su hermana.

—No creerás esa tontería, ¿verdad, Tony? —Ryan se mostró claramente incrédulo.

—No, por supuesto que no. No creo ni por un instante en que Kelly esté en comunicación con Kathy, pero me gustaría que comenzara a comunicarse con nosotros, y cuanto antes mejor.

59

Norman Bond vivía en la planta cuarenta de un edificio de apartamentos situado junto al río East, en la calle Setenta y dos de Manhattan. La panorámica de trescientos sesenta grados de la que gozaba siempre había enriquecido su solitaria vida personal. Por la mañana solía levantarse a tiempo para contemplar la salida del sol. Por la noche disfrutaba observando el fulgor de las luces de los puentes que cruzaban el río.

El sábado por la mañana, después del tiempo gris que había dominado toda la semana, el día amaneció fresco y despejado, pero ni siquiera el brillo del sol sirvió para levantarle el ánimo. Llevaba horas sentado en el sofá de su salón, analizando metódicamente las opciones que tenía.

Llegó a la conclusión de que no eran muchas. Lo hecho hecho está y no se puede cambiar. «El dedo implacable sigue escribiendo... Y ni tu piedad ni tu ingenio... podrán borrar ni una coma ni un acento», recitó para sí mismo.

No sé la cita a la perfección, pero me suena que decía algo así, se dijo.

Cómo he podido ser tan tonto, se preguntó a sí mismo. ¿Cómo se me ha podido escapar referirme a Theresa como «mi difunta esposa»?

Los agentes del FBI se habían abalanzado sobre aquel dato. Habían dejado de hacerle preguntas sobre la desaparición de Theresa hacía ya tiempo, pero ahora volverían a la carga. Sin embargo, cuando una persona lleva desaparecida más de siete años y se da oficialmente por muerta, ¿no es lógico referirse a ella como si estuviera muerta? Theresa llevaba desaparecida diecisiete años.

Pues claro que lo está.

Hacía bien en llevar el anillo de boda que le había regalado a Theresa, el que ella le dejó encima del tocador. Pero ¿no sería peligroso seguir llevando su otro anillo, el que le había dado su segundo marido? Norman desabrochó la cadena que llevaba colgada al cuello y, sosteniendo ambas alianzas en la palma de su mano, las contempló con detenimiento. EL AMOR ES ETERNO, rezaba la inscripción en letras minúsculas que aparecía grabada en el interior de ambos anillos.

El que le regaló él es todo de diamantes, pensó Norman con envidia. Yo le compré un simple anillo de plata. Era lo único que me podía permitir en aquella época.

—Mi difunta esposa —dijo en voz alta.

Ahora, después de todo el tiempo que había transcurrido, el secuestro de dos niñas había vuelto a ponerlo en el punto de mira del FBI.

¡Mi difunta esposa!

Renunciar a su cargo en C. F. G. & Y. y marcharse al extranjero sería peligroso… demasiado repentino, demasiado contradictorio con los planes de los que había hablado.

A mediodía se dio cuenta de que seguía en ropa interior, algo que molestaba mucho a Theresa cuando vivía con ella.

—La gente con dos dedos de frente no va por ahí todo el día en ropa interior —le decía ella en tono despectivo—. No hacen eso, Norman. Se ponen una bata o se visten. O una cosa o la otra.

Theresa lloró hasta que se le acabaron las lágrimas cuando los gemelos nacieron antes de tiempo y no lograron sobrevivir, pero al cabo tan solo de una semana dijo algo parecido a que «quizá haya sido mejor así». Poco después dejó a Norman, se trasladó a California, consiguió el divorcio y en menos de un año volvió a casarse. Norman había oído a algún que otro empleado de la empresa reírse de su situación por aquel entonces.

—Se ve que se ha echado un marido de una clase muy distinta de la del pobre Norman —oyó decir en una ocasión.

Aún se estremecía de dolor al recordarlo.

Cuando se casó con Theresa le aseguró que un día llegaría a ser presidente de C. F. G. & Y.

Ahora le constaba que eso no ocurriría jamás, pero en cierto modo ya no importaba. Ya no necesitaba el padecimiento que le suponía el trabajo, ni tampoco el dinero. Pero no puedo evitar llevar las alianzas encima, pensó abrochándose de nuevo la cadena alrededor del cuello. Son lo que me da fuerza. Me recuerdan que no soy el trabajador compulsivo e inseguro por el que me tienen los demás.

Norman sonrió, recordando la expresión de terror en el rostro de Theresa la noche que su ex mujer, sentada al volante de su coche, se volvió y lo vio escondido en el asiento de atrás.

60

—Estos zapatos te van grandes —dijo Angie—, pero no pienso preocuparme más por la cuestión.

Había aparcado a la salida del McDonald's, cerca del centro comercial donde había comprado los zapatos, y ahora se los estaba poniendo a Kathy, intentando atarlos bien fuerte para que no se le cayeran.

—Recuerda que tienes que estar calladita, pero si alguien te pregunta cómo te llamas le dices que «Stevie». ¿Entendido? A ver, dime cómo te llamas.

—Stevie —susurró Kathy.

—Veo que lo has captado. Hala, vamos.

Los zapatos que llevaba ahora Kathy le dolían de forma distinta de los otros que le había comprado Angie. Con estos le costaba andar porque los pies le resbalaban dentro y se le salían poco a poco de los zapatos. Pero Angie la llevaba casi en volandas, y además tenía miedo de decírselo.

Kathy notó que un pie se le salió del todo del zapato.

Angie se detuvo en la puerta del McDonald's para comprar un periódico en una máquina expendedora. Luego entraron en el establecimiento y se pusieron en la cola. Cuando ya tenían la comida se sentaron a una mesa desde la que Angie veía la furgoneta.

—Nunca había tenido que preocuparme de esa vieja tartana hasta ahora —comentó—. Pero con la pasta que hay en la maleta ya sería mala suerte que a alguien se le ocurriera robarla.

A Kathy no le apetecía el sándwich de huevo y el zumo de naranja que Angie le había comprado. No tenía hambre; lo único que quería era dormir. Pero tampoco quería poner furiosa a Angie, así que intentó comerse parte del sándwich.

—Creo que de aquí iremos al motel y luego buscaremos un sitio donde comprar un coche de segunda mano —dijo Angie—. El problema es que voy a llamar la atención si pago con fajos de billetes de cincuenta y veinte dólares.

Kathy intuyó que Angie estaba perdiendo los nervios por momentos y vio cómo abría el periódico y decía algo entre dientes que Kathy no llegó a entender. Angie alargó entonces la mano y echó hacia atrás la capucha que cubría la cabeza de Kathy.

—Santo cielo, tu cara está en todo el periódico —comentó—. Si no fuera por el pelo cualquier memo podría reconocerte. Larguémonos de aquí.

Kathy no quería que Angie volviera a ponerse furiosa con ella. Bajó de la silla y cogió la mano de Angie.

—¿Dónde tienes el otro zapato, pequeño? —le preguntó una mujer que estaba limpiando la mesa de al lado.

—¿Qué zapato? —preguntó Angie antes de mirar al suelo y ver que Kathy solo llevaba un zapato—. Vaya por Dios, ¿ya has vuelto a desatártelo en el coche?

—No —respondió Kathy en voz baja—. Se me ha caído. Es que me va grande.

—El otro también te va grande —observó la mujer—. ¿Cómo te llamas, pequeñín?

Kathy intentó hacer memoria, pero no lograba recordar el nombre que Angie le había dicho que dijera.

—¿No me quieres decir cómo te llamas? —insistió la mujer.

—Kathy —susurró, pero entonces notó que Angie le apretaba la mano con fuerza y de repente recordó el nombre—. Stevie —dijo—. Me llamo Stevie.

—Ah, apuesto que tienes una amiga imaginaria que se llama Kathy —supuso la mujer—. Mi nieta también tiene un amigo imaginario.

—Sí —asintió Angie de forma apresurada—. Bueno, tenemos que irnos.

Kathy miró hacia atrás y vio que la mujer recogía un periódico que había encima de la silla colocada junto a la mesa que estaba limpiando. Kathy alcanzó a ver su fotografía en el diario, y la de Kelly también. No pudo evitarlo. Al ver su imagen comenzó a cuchichear con su hermana hasta que Angie le apretó la mano con mucha fuerza.

—Vamos —le ordenó Angie, tirando de ella.

El otro zapato se hallaba aún en la acera, en el mismo sitio donde había caído. Angie se agachó a cogerlo antes de abrir la puerta trasera de la furgoneta.

—Entra —dijo, enfadada, arrojando adentro el zapato.

Kathy entró a duras penas en el vehículo y, sin esperar a que se lo dijeran, se tumbó en el cojín y se tapó con la manta. Pero de repente oyó a un hombre que preguntaba:

—¿Dónde está la silla de seguridad para su hijo, señora?

Kathy levantó la vista y vio que se trataba de un policía.

—Ahora íbamos a comprar una —respondió Angie—. Anoche no cerré con llave la furgoneta cuando nos quedamos a dormir en un motel y nos la han robado.

—¿Dónde se alojaron?

—En el Soundview.

—¿Ha denunciado el robo?

—No —contestó Angie—. No valía la pena, era una silla vieja.

—Nos interesa saber si se producen robos en Hyannis. ¿Me permite ver su permiso de conducir y la documentación del vehículo?

—Faltaría más. Aquí tiene. —Kathy vio que Angie sacaba unos papeles de su cartera.

—¿De quién es la furgoneta, señora Hagen? —inquirió el policía.

—De mi novio.

—Ya. Bueno, voy a darle una oportunidad. Quiero que vaya al centro comercial y compre una silla nueva. No permitiré que circule por ahí con este niño en la furgoneta sin una silla de seguridad.

—Gracias, agente. Ahora mismo voy a comprarla. Vamos, Stevie.

Angie se agachó y cogió en brazos a Kathy, estrechando la cara de la pequeña contra su chaqueta. Luego cerró la puerta de la furgoneta y enfiló hacia el centro comercial, a una manzana de distancia.

—Ese poli nos está mirando —dijo entre dientes—. No sé si ha sido buena idea darle el permiso de conducir de Linda Hagen. Me ha mirado de un modo extraño, aunque por otra parte en el hotel estoy registrada con el nombre de Linda. Madre mía, qué lío.

En cuanto estuvieron dentro del centro comercial Angie dejó en el suelo a Kathy.

—Trae el pie, que voy a ponerte el otro zapato. Voy a meterle un pañuelo, a ver si así puedes andar, que yo no puedo llevarte en brazos por todo Cabo Cod. Ahora tenemos que encontrar un sitio donde vendan sillas para el coche.

A Kathy le dio la sensación de que caminaron durante horas. Cuando por fin dieron con una tienda de sillas para el coche, Angie se puso como una fiera con el vendedor.

—Démela sin la caja —le ordenó—. Ya la llevaré bajo el brazo.

—Hará sonar la alarma —le explicó el vendedor—. Si quiere le abro la caja, pero tendrá que dejar la silla dentro hasta que esté fuera de la tienda.

Kathy vio que Angie se estaba poniendo furiosa, así que no quiso decirle que aun con el pañuelo se le había vuelto a salir el zapato. Ya de vuelta hacia la furgoneta una mujer paró a Angie.

—Su hijo ha perdido un zapato —le hizo saber.

Angie cogió en brazos a Kathy.

—La inepta de la dependienta se equivocó de número, y a la pobre le van grandes —explicó—. Al pobre, quiero decir. Ya le compraré otro par. —Angie se apresuró a alejarse de la mujer que se había parado a hablar con ellas y luego aflojó el paso, con Kathy en un brazo y la silla para el coche en el otro.

—Mierda, ese poli sigue ahí fuera. Ni se te ocurra contestar si te pregunta algo.

Angie llegó hasta la furgoneta y dejó a Kathy en el asiento delantero; luego trató de sujetar la silla de seguridad en la parte trasera.

—Será mejor que lo haga bien —dijo. Cogió a Kathy y la sentó en la silla—. Vuelve la cabeza —le ordenó en voz baja—. Que vuelvas la cabeza, te digo. No lo mires.

Kathy tenía tanto miedo de Angie que rompió a llorar.

—¡Cállate! —exclamó Angie entre dientes—. ¡Cállate! ¿No ves que el poli nos está mirando?

Angie cerró la puerta de atrás de un portazo y se montó en el asiento del conductor. Después de todo el incidente se pusieron en marcha. Ya en carretera de camino al motel, Angie reprendió a gritos a Kathy.

—¡Has dicho tu verdadero nombre! ¡Te has puesto a cuchichear otra vez! ¡Te he dicho que estuvieras callada! Podrías habernos metido en un buen lío. No quiero oír ni una palabra más. ¿Me has entendido? La próxima vez que abras la boca te cruzo la cara, mocosa.

Kathy cerró los ojos con fuerza y se tapó las orejas con las manos. Intuía que Kelly estaba intentando hablar con ella, pero sabía que tenía que dejar de hablar con su hermana si no quería que Angie le hiciera daño.

Cuando llegaron a la habitación del motel, Angie dejó a Kathy en la cama y le dijo:

—No muevas un músculo ni digas una palabra. A ver, toma un poco más de jarabe para la tos, y trágate esta aspirina. Parece que estás caliente otra vez.

Kathy se tomó el jarabe, se tragó la aspirina y cerró los ojos, haciendo esfuerzos por contener la tos. Unos minutos más tarde, antes de quedarse dormida, Kathy oyó a Angie hablando por teléfono.

—Clint, soy yo, cariño —dijo Angie—. Tengo miedo. La gente se fija en la cría cuando salgo con ella. Su cara está en todos los periódicos. Creo que tenías razón. Debería haber dejado que volviera a casa con la otra. ¿Qué puedo hacer? Tengo que librarme de ella. Pero ¿cómo?

Kathy oyó el sonido del timbre de la puerta, seguido de la voz asustada de Angie, que dijo entre susurros:

—Clint, te llamo más tarde. Han llamado a la puerta. A saber si será otra vez ese poli.

Kathy hundió la cara en la almohada al oír que colgaban el teléfono de golpe. A casa, pensó mientras le vencía el sueño. Quiero irme a casa.

61

El sábado por la mañana, un Gregg Stanford falto de sueño acudió al club del que era socio a jugar un partido de squash y luego regresó a la finca de Greenwich, donde se hallaba la residencia principal de su esposa. Se duchó, se vistió y ordenó que le sirvieran el almuerzo en el estudio. Con sus paredes revestidas de madera, sus tapices y alfombras de época, su mobiliario estilo Hepplewhite y sus impresionantes vistas del estrecho de Long Island, era la estancia de la mansión que más le gustaba.

Pero ni siquiera el salmón en su punto acompañado con una botella de Château Cheval Blanc, Premier Grand Cru Classé le sirvió de bálsamo ni de consuelo. El miércoles de la semana siguiente se cumpliría el séptimo aniversario de su matrimonio con Millicent. El contrato prematrimonial que habían firmado en su día estipulaba que si antes de dicha fecha se separaban o divorciaban por vía legal él no recibiría nada de ella. Si, por el contrario, la unión perduraba más allá del séptimo aniversario él recibiría irrevocablemente veinte millones de dólares aunque después de ello se rompiera el matrimonio.

El primer marido de Millicent había fallecido. Su segundo matrimonio solo duró unos años. Su tercer marido recibió notificación de la demanda de divorcio tan solo unos días antes del séptimo aniversario de boda. A mí me quedan cuatro días, pensó. Incluso en medio de aquella hermosa sala Gregg comenzó a sudar con solo pensarlo.

Gregg estaba convencido de que Millicent estaba jugando al gato y al ratón con él. Llevaba las tres últimas semanas viajando por Europa con el pretexto de visitar a sus amistades, pero el martes anterior le había telefoneado desde Mónaco para mostrarle su conformidad con la postura que había adoptado frente a la decisión de pagar el rescate.

—Es un milagro que no hayan secuestrado ya a una veintena más de hijos de nuestros empleados —le había dicho—. Has obrado con sensatez.

Y cuando salimos juntos parece que se lo pasa bien conmigo, pensó Gregg en un esfuerzo por tranquilizarse.

—Teniendo en cuenta tus raíces, parece mentira el grado de refinamiento que has llegado a alcanzar —le había comentado Millicent en alguna ocasión.

Gregg había aprendido a encajar sus pullas con una sonrisa de desdén. Los ricos son diferentes, era algo que había descubierto desde que estaba casado con Millicent. El padre de Tina también era rico, pero él se había labrado su propia fortuna. Vivía a cuerpo de rey, pero era una simple vela frente a una estrella en comparación con el tren de vida que llevaba Millicent. Los orígenes de su linaje se remontan a Inglaterra, a una época anterior a la travesía en el *Mayflower* que hicieron los primeros colonos británicos hacia el Nuevo Mundo. Y, como siempre señalaba ella con desdén, a diferencia de la multitud de aristócratas distinguidos venidos a menos, su familia siempre había contado, generación tras generación, con una gran fortuna.

Existía la posibilidad atroz de que Millicent se hubiera enterado de alguna manera de alguna de sus aventuras. Siempre he actuado con la mayor discreción, pensó Gregg, pero si Millicent averiguara algo sobre alguna de ellas sería mi ruina.

Gregg estaba sirviéndose la tercera copa de vino cuando sonó el teléfono. Era Millicent.

—Gregg, he de reconocer que no he sido muy justa contigo.

Gregg notó que se le secaba la boca.

—No sé a qué te refieres, querida —dijo, confiando en que su tono de voz sonara divertido.

—Te seré sincera. Pensaba que podrías estar engañándome, y sencillamente no soportaba la idea. Pero has pasado el visto bueno, así que... —Millicent se echó a reír—, ¿qué te parece si a mi regreso celebramos nuestro séptimo aniversario y brindamos por los próximos siete?

Esta vez Gregg Stanford no tuvo que fingir la emoción de su voz.

—¡Oh, querida!

—Estaré de vuelta el lunes. Te... te quiero mucho, Gregg. Adiós.

Gregg colgó el teléfono poco a poco. Millicent había mandado que lo vigilaran, como él sospechaba. Fue una suerte que el instinto le hubiera dicho que debía dejar de ver a sus amantes en los últimos meses.

Ahora nadie podría interponerse en la celebración de su séptimo aniversario de boda. Aquel momento era el punto culminante de todo aquello para lo que había trabajado toda su vida. Sabía que mucha gente se preguntaba si Millicent se quedaría con él. Incluso el *New York Post* había llegado a interesarse por el asunto, abordando el tema en una de sus famosas crónicas de sociedad con el título ¿SABEN QUIÉN ESTÁ CON EL ALMA EN VILO? Con el apoyo de Millicent, su postura en la junta se vería consolidada. Sería el primero en la lista de candidatos a la presidencia de la empresa.

Gregg Stanford miró a su alrededor, posando la vista en las paredes revestidas de madera, los tapices, las alfombras persas y el mobiliario estilo Hepplewhite.

—Haré lo que sea para no perder todo esto —dijo en voz alta.

62

A Margaret le daba la sensación de que en el transcurso de la semana, que se le había hecho interminable, los agentes Tony Realto y Walter Carlson se habían convertido ya en amigos de la familia, aunque no olvidaba en ningún momento que también eran agentes de la ley. Cuando aquel día se presentaron en casa, el cansancio y la preocupación que reflejaban sus miradas le sirvieron en cierta medida de consuelo. Margaret sabía que para ellos el hecho de no haber podido rescatar a Kathy suponía un fracaso no solo profesional sino también personal.

Es ridículo que me avergüence porque anoche me viniera abajo, pensó Margaret, recordando con rubor la escena en la que cogió del brazo a la encargada de Abby's. Sé que estoy agarrándome a un clavo ardiendo.

¿O no?

Realto y Carlson le presentaron al hombre que los acompañaba, el comisario Jed Gunther de la policía del estado de Connecticut. Pero si es de nuestra edad, pensó Margaret. Debe de ser muy listo para ser comisario ya. Margaret sabía que la policía del estado llevaba toda la semana trabajando día y noche con la policía de Ridgefield, yendo de puerta en puerta para preguntar si alguien había visto a algún desconocido merodeando por el vecindario. También sabía que la noche del secuestro, y el día siguiente, se dedicaron a rastrear el pueblo y todos los parques de la zona con perros adiestrados después de llevarse de casa varias prendas de las gemelas.

Con la doctora Harris detrás, Steve y Margaret acompañaron a los investigadores al comedor, nuestro puesto de mando, pensó Margaret. ¿Cuántas veces en esta última semana nos habremos sentado en torno a esta mesa a la espera de una llamada, rezando para que nos devolvieran a nuestras hijas?

Kelly había bajado de su cuarto las muñecas y los ositos de peluche a juego por los que las gemelas sentían predilección. La pequeña los había acostado en mantas de muñeca dispuestas sobre el suelo del salón y ahora estaba poniendo la mesa y las sillas de juguete para tomar el té. A Kathy y a ella les encantaba jugar juntas a servir el té de la tarde, pensó Margaret al tiempo que cruzaba una mirada con la doctora, que tenía sentada enfrente. Está pensando lo mismo que yo. Sylvia siempre preguntaba a las niñas sobre sus particulares ceremonias del té cuando íbamos a su consulta.

—¿Cómo se encuentra, Margaret? —preguntó el agente Carlson en tono compasivo.

—Supongo que bien. Seguro que se han enterado de que fui a la tienda donde compré los vestidos de cumpleaños para las gemelas con la intención de hablar con la dependienta que me atendió.

—Pero no estaba, por lo que tenemos entendido —intervino el agente Realto—. ¿Puede decirnos por qué motivo quería hablar con ella?

—Porque me comentó que acababa de atender a una mujer que también fue a comprar ropa para unos gemelos y que le pareció extraño que la clienta no supiera la talla que gastaban. Se me ocurrió la descabellada idea de que esa ropa tal vez la comprara alguien en previsión del secuestro de mis hijas y... y... —Margaret tragó saliva—. La dependienta no estaba en la tienda, y al principio la encargada no quería darme su número de móvil. Entonces me di cuenta de que estaba montando un número, y me fui corriendo de allí. Luego me puse a conducir, sin saber adónde iba. Cuando vi la indicación a Cabo Cod de alguna manera volví en mí y di media vuelta. Lo siguiente que recuerdo es un policía que me alumbraba la cara con una linterna. Estaba aparcada en el aeropuerto.

Steve acercó su silla a la de Margaret y le echó un brazo por encima del hombro. Margaret alargó una mano hacia arriba hasta entrelazar sus dedos con los de su marido.

—Steve —dijo el agente Realto—, usted nos ha dicho que Kelly mencionó en sueños los nombres de «Mona» y «Harry», y que está segurísimo de que no conocen a nadie con ninguno de esos nombres.

—Así es.

—¿Ha dicho Kelly algo más que pudiera servir para identificar a las personas que la tenían retenida?

—Alguna vez ha dicho algo de una cuna, por lo que me da la impresión de que debían de tener a Kathy y a ella metidas en una cuna. Pero eso es lo único que tiene sentido de todo lo que ha dicho.

—¿Y qué es lo no tiene sentido para ti, Steve? —inquirió Margaret, mirándolo fijamente.

—Marg, cariño, ojalá pudiera pensar como tú, pero… —Steve se desmoronó y los ojos se le llenaron de lágrimas—. Ojalá pudiera creer que existe una posibilidad, por remota que sea, de que Kathy esté viva.

—Margaret, usted me llamó ayer para decirme que creía que Kathy seguía con vida —dijo Carlson—. ¿Qué es lo que le hace pensar eso?

—Que Kelly me lo dijera. Verá, en la misa de ayer por la mañana Kelly dijo que Kathy quería volver a casa, en aquel mismo instante. Luego, en el desayuno, cuando Steve le dijo que le leería un libro y que haría como si también se lo leyera a Kathy, Kelly le respondió algo así como: «Pero papá, eso es una tontería. Kathy está atada a la cama. No puede oírte». Y más de una vez ha tratado de hablar con Kathy.

—¿Hablar con Kathy? ¿Cómo? —preguntó Gunther.

—Tienen su propio lenguaje. —Margaret dejó de hablar al notar que empezaba a elevar el tono de voz. Miró a los presentes sentados alrededor de la mesa y, susurrando en tono de súplica, agregó—: Me he dicho a mí misma que no es más que una reacción fruto del dolor, pero no lo es. Si Kathy estuviera muerta lo sabría, pero no lo está. ¿No lo ven? ¿No lo entienden?

Margaret dirigió la mirada hacia el salón. Antes de que nadie tuviera tiempo de decir nada, se llevó el dedo a los labios y señaló a Kelly. Todos los demás se volvieron a observar a la pequeña, que había colocado los ositos de peluche sentados a la mesa en sillas. La muñeca con la que solía jugar Kathy yacía sobre una manta extendida en el suelo. Kelly le había atado un pañuelo en la boca, y en aquel momento estaba sentada junto a ella, con su muñeca en los brazos, acariciando la mejilla de la muñeca de Kathy entre susurros. Como si percibiera que todos la observaban, Kelly alzó la vista y dijo:

—Ya no la dejan hablar.

63

Tras la visita de los agentes Walsh y Philburn, Richie Mason preparó café y consideró fríamente las opciones que tenía. El FBI lo tenía vigilado. La ironía del modo en que se habían descontrolado las cosas le asaltaba a ráfagas, provocando su ira. Todo había ido como la seda hasta que el eslabón más débil de la cadena, el que siempre supo que sería un problema, acabó revelándose como tal.

Ahora los federales lo seguían de cerca. El hecho de que aún no supieran lo cerca que estaban de descubrir la verdad era un milagro. Que se centraran en su relación con Bailey era una distracción que le brindaba más tiempo, pero sabía que no tardarían en avanzar en su investigación.

No pienso volver a la cárcel, pensó. La imagen de la diminuta celda abarrotada, de los uniformes, de la bazofia y de la monotonía de la vida en prisión le producía escalofríos. Por décima vez en los dos últimos días, Richie miró el pasaporte que garantizaría su seguridad.

El pasaporte de Steve. Lo había robado del cajón del tocador el día que había estado en Ridgefield. Richie se parecía a Steve lo bastante para pasar por él sin que nadie le hiciera preguntas. Lo único que tengo que hacer cuando lo miren es sonreír con amabilidad como mi hermanito, pensó.

Sin embargo, siempre existía el riesgo de que un empleado de inmigración le dijera:

—¿No es usted el padre de las gemelas a las que han secuestrado?

En tal caso se limitaría a contestar que era su primo el que había sufrido dicha tragedia.

—A los dos nos pusieron Steve por nuestro abuelo —explicaría—. Y la verdad es que nos parecemos lo bastante como para pasar por hermanos.

Bahrein no tenía ningún tratado de extradición con Estados Unidos. Pero para entonces Richie tendría una nueva identidad, así que tanto daría.

¿Debía contentarse con lo que tenía, o debía ir a por el resto del botín?

¿Por qué no?, se preguntó a sí mismo. En cualquier caso siempre era mejor atar los cabos sueltos.

Richie sonrió, satisfecho con la decisión.

64

—Señora Frawley —dijo Tony Realto con voz pausada—, yo no puedo actuar sobre la base de su creencia en que Kelly está en contacto con su hermana. Sin embargo, los únicos indicios de que Kathy está muerta son la nota de suicidio y el hecho de que Lucas Wohl fue visto subiendo a la avioneta con una caja pesada. Según la nota, Wohl arrojó el cuerpo de Kathy al mar. Voy a ser totalmente sincero con ustedes. No nos convence del todo la idea de que Wohl escribiera dicha nota, ni de que se suicidara.

—Pero ¿de qué habla? —espetó Steve.

—Lo que digo es que si a Wohl le disparó uno de sus compinches, puede que la nota sea una falsificación y que la dejaran allí para dar la impresión de que Kathy estaba muerta.

—¿Por fin comienzan a creer que está viva? —preguntó Margaret en tono de súplica.

—Comenzamos a creer que puede haber una remota posibilidad de que esté viva —puntualizó Tony Realto, haciendo hincapié en las palabras «remota posibilidad»—. Para serles franco, no tengo fe en la telepatía entre gemelos, pero lo que sí creo es que Kelly podría sernos de ayuda. Necesitamos interrogarla. Según ustedes, ha mencionado a una tal «Mona» y a un tal «Harry». Puede que le salga otro nombre o que nos dé alguna pista sobre el lugar donde las retuvieron.

Todos los presentes en el comedor vieron cómo Kelly cogía una toallita de juguete y se dirigía a la cocina. Una vez allí la oyeron arrimar una silla al fregadero. Cuando regresó, la toallita estaba mojada. Kelly se arrodilló junto a la muñeca de Kathy y le puso la toalla en la frente. Entonces empezó a hablar, y todos los adultos se levantaron para acercarse a oír lo que decía.

—No llores —susurraba Kelly—. No llores, Kathy. Mamá y papá te encontrarán.

Kelly alzó la vista hacia ellos.

—Tiene mucha tos. Mona le ha hecho tomarse el jarabe, pero Kathy lo ha escupido.

Tony Realto y Jed Gunther se miraron incrédulos.

Walter Carlson observó la reacción de Sylvia Harris. Ella es doctora, pensó. Estaba especializada en el fenómeno de la telepatía entre gemelos, y Carlson intuía por su expresión que la pediatra creía que las gemelas estaban comunicándose.

Margaret y Steve estaban abrazados el uno al otro, llorando.

—Doctora Harris —dijo Carlson en voz baja—. ¿Querría usted hablar con Kelly?

Sylvia asintió y se sentó en el suelo junto a Kelly.

—Estás cuidando muy bien a Kathy —afirmó—. ¿Kathy sigue malita?

Kelly asintió.

—Ya no la dejan hablar. Le ha dicho su nombre de verdad a una señora y Mona se ha enfadado mucho y se ha asustado. Kathy tiene que decirle a todo el mundo que se llama Stevie. Tiene la cabeza muy caliente.

—¿Por eso le has puesto una toalla mojada?

—Sí.

—¿Lleva Kathy la boca tapada con algo?

—Antes sí, pero cuando ha empezado a ponerse malita Mona se lo ha quitado. Ahora se está durmiendo.

Kelly desató el calcetín de la boca de la muñeca y acostó al lado su muñeca. Luego las arropó con la misma manta, asegurándose de que sus dedos se tocaran.

65

Era el gerente del motel, David Toomey, quien había llamado a la puerta de Angie. Se trataba de un hombre menudo que debía de rondar los setenta y cinco años y que tenía unos ojos penetrantes que la miraban a través de unas lentes. Tras presentarse a sí mismo, preguntó en un tono de irritación:

—¿Qué es eso de que anoche le robaron la sillita de la furgoneta? El agente Tyron, de la policía de Barnstable, se ha pasado por aquí para averiguar si se habían producido más robos.

Angie intentó pensar rápido. ¿Sería mejor decirle que había mentido, que había olvidado traer la silla para la niña? Eso podría generar más problemas. Puede que el policía volviera a pasarse por allí para ponerle una multa. Y hacerle preguntas.

—No fue para tanto —respondió. Angie miró hacia la cama. Kathy estaba de cara a la pared. Solo se le veía la nuca, con su pelo teñido de castaño oscuro—. Tengo a mi pequeño con un catarro muy fuerte, y lo único que me importaba era meterlo en la habitación.

Angie observó a Toomey mientras el hombre recorría la estancia rápidamente con la mirada. Le leyó el pensamiento; no la creía. Angie había pagado en metálico una estancia de dos noches. Toomey percibía que había algo raro. Quizá hubiera oído resollar a Kathy.

Seguro que la había oído.

—A lo mejor debería llevar a su hijo al servicio de urgencias del hospital de Cabo Cod —le sugirió—. Mi mujer siempre tiene asma después de un ataque de bronquitis, y ese crío respira como si fuera a darle un ataque de asma.

—Eso es lo que pensaba yo —contestó Angie—. ¿Puede darme la dirección del hospital?

—Está a diez minutos de aquí —le explicó Toomey—. Si quiere los llevo.

—No, no. No se moleste. Mi... mi madre llegará a eso de la una. Ya nos acompañará ella.

—Claro. Bueno, señora Hagen, le aconsejo que busque tratamiento médico para ese niño cuanto antes.

—Descuide. Y gracias. Es usted muy amable. Y no se preocupe por lo de la silla, que era vieja. Ya me entiende.

—Sí, ya la entiendo, señora Hagen. Que no hubo ningún robo. Pero por lo que me ha dicho el agente Tyron deduzco que ahora ya tiene silla. —Toomey no se molestó en ocultar el sarcasmo de su voz al cerrar la puerta tras él.

Angie se apresuró a cerrar la puerta con doble llave. Seguro que me vigila, pensó. Sabe que yo no llevaba ninguna silla en la furgoneta, y está cabreado porque da mala imagen que alguien se queje de un robo en su motel. Y el poli también desconfía de mí. Tengo que largarme de aquí, pero no sé adónde ir. No puedo irme con todas mis cosas... sabrá que he ahuecado el ala. Tengo que dar la sensación de estar esperando a mi madre. Si salgo pitando ahora mismo se dará cuenta de que pasa algo. Lo que puedo hacer es esperar un rato y después sacar a la cría y sentarla atrás en la silla; luego vuelvo, como si me hubiera olvidado el bolso. Desde la recepción solo puede ver el lado del pasajero. Puedo tapar la maleta del dinero con una manta y pasarla al otro lado. Dejaré lo demás aquí para que piense que voy a volver. Si me pregunta le diré que mi madre me ha llamado y que hemos quedado en el hospital. Pero con un poco de suerte estará ocupado con alguien que quiera alojarse o irse de este tugurio y podré largarme sin que me vea.

Mirando a la izquierda desde la ventana veía el camino de entrada al motel frente a la recepción. Aguardó cuarenta minutos sin moverse del sitio. Al notar que la respiración de Kathy era cada vez más pesada y jadeante, decidió que tenía que abrir una de las cápsulas de penicilina, disolver parte de su contenido en una cucharada de agua y obligarla a tomárselo. Tengo que deshacerme de ella, pensó, pero no quiero que se muera en mis manos. Presa de la ira y de los nervios, abrió su bolso, sacó el frasco de cápsulas, abrió una, vertió su contenido en un vaso del baño, lo diluyó con un poco de agua y cogió una cuchara de plástico de la máquina de café que había sobre la encimera. Luego zarandeó a Kathy para despertarla; la pequeña se movió, abrió los ojos y enseguida rompió a llorar.

—Madre mía, pero si estás ardiendo —le espetó Angie—. Anda, tómate esto.

Kathy negó con la cabeza y en cuanto el líquido entró en contacto con su lengua apretó los labios con fuerza.

—¡Que te lo bebas, he dicho! —gritó Angie.

Angie consiguió verter parte del líquido en la boca de Kathy pero esta hizo arcadas y el medicamento le cayó por la mejilla. Kathy comenzó entonces a gemir y toser. Angie cogió una toalla y se la ató a la boca para acallarla, pero cayó en la cuenta de que podría ahogarse y se la quitó.

—A callar —le dijo Angie entre dientes—. Ya me has oído. Como hagas el menor ruido te mato ahora mismo. Todo es culpa tuya. Absolutamente todo.

Angie se asomó a la ventana y vio que había varios vehículos aparcados frente a la recepción. Esta es mi oportunidad, pensó. Cogió a Kathy, salió corriendo de la habitación, abrió la puerta de la furgoneta y la sujetó a la silla. Luego, en un movimiento veloz, volvió corriendo al motel, cogió la maleta tapada con la manta y el bolso y los tiró dentro del vehículo, junto a Kathy. Treinta segundos más tarde salía del aparcamiento dando marcha atrás.

¿Y ahora adónde voy?, se preguntó. ¿Será mejor que me largue de Cabo Cod ahora mismo? Pero si no he vuelto a llamar a Clint. Ni siquiera sabe dónde estoy. En caso de que el poli sospeche de mí y se ponga a buscarme tiene mi matrícula. Y el del motel también. Tengo que decirle a Clint que venga aquí con un coche de alquiler o algo así. No me conviene seguir circulando con esta tartana.

Pero ¿adónde voy?

El tiempo había ido despejándose y ahora lucía un sol de tarde radiante. La idea de que el policía que la había obligado a comprar la silla pudiera aparecer a su lado en un coche patrulla hizo que le entraran ganas de gritar de frustración ante la lenta circulación del tráfico. Al principio de Main Street la carretera se convertía en una vía de sentido único, y se vio obligada a girar a la derecha. Tengo que salir de Hyannis, y si ese poli sospecha realmente de mí y da la voz de alarma no quiero que me pillen en medio de un puente. Cogeré la carretera 28, pensó.

Se volvió para echar un vistazo a Kathy. La niña tenía los ojos cerrados y la cabeza caída sobre su pecho, pero Angie vio que respiraba entre jadeos por la boca y que tenía las mejillas rojas. Tengo que encontrar otro motel y coger una habitación, pensó. Luego llamaré a Clint y le diré que venga. Como he dejado cosas en el Soundview el fisgón del gerente creerá que vamos a volver. Al menos pensará eso hasta que vea que no aparecemos ya entrada la noche.

Cuarenta minutos más tarde, poco después de pasar la indicación a Chatham, vio la clase de motel que buscaba. Un rótulo con luces intermitentes anunciaba que quedaban habitaciones libres, y el lugar se hallaba junto a una cafetería.

—Shell and Dune —dijo, leyendo el nombre en voz alta—. Me va bien.

Angie se desvió de la carretera y aparcó en un lugar indicado para estacionar situado cerca de la puerta de la recepción, asegurándose no obstante de que desde allí no pudieran ver a Kathy.

El empleado de rostro cetrino que había detrás del mostrador estaba hablando por teléfono con su novia y apenas alzó la vista al entregarle un formulario de registro. Una vez más, ante la posibilidad de que el policía de Hyannis enviara un comunicado a toda la zona, Angie decidió no emplear el nombre de Linda Hagen. Pero si me pide un documento que acredite mi identidad tendré que enseñarle algo, pensó, sacando de mala gana su propio permiso de conducir. Se inventó una matrícula y la anotó en el papel. Estaba segura de que el empleado, absorto en su conversación, no se molestaría en comprobar el dato. El hombre se limitó a coger el dinero correspondiente a una noche y le lanzó una llave. Con una sensación renovada de seguridad, Angie volvió a subir a la furgoneta, se dirigió hasta la parte trasera del motel y entró en la habitación.

—Mejor que la última —dijo en voz alta mientras escondía la maleta bajo la cama. Luego salió a buscar a Kathy, que no se despertó cuando la desató de la silla. Vaya por Dios, esta fiebre va a peor, pensó Angie. Al menos no hace ascos a la aspirina infantil. Creerá que es un caramelo. La despertaré y haré que se tome una. Pero antes será mejor que llame a Clint.

Clint contestó al primer timbre.

—¿Dónde diablos te has metido? —espetó—. ¿Por qué no me has llamado antes? He sudado la gota gorda, preguntándome si estarías en la cárcel.

—El gerente del motel donde estaba era un fisgón de mucho cuidado. He tenido que salir pitando de allí.

—¿Dónde estás?

—En Cabo Cod.

—¿Cómo?

—Me parecía un buen sitio para esconderme. Y me conozco la zona —aseguró—. Clint, la niña está muy enferma, y ese poli del que te he hablado, el que me ha obligado a comprar una silla para el coche, tiene la matrícula de la furgoneta. Se huele algo. Lo sé. Tenía miedo de que me pararan en el puente si intentaba salir del cabo. Me he cambiado de motel. Está en la carretera 28, en un pueblo llamado Chatham. Tú me has contado que de pequeño viniste aquí. Seguro que sabes dónde está.

—Sé dónde está. No te muevas de ahí. Cogeré un avión a Boston y alquilaré un coche. Ahora son las tres y media. Si todo va bien llegaré entre las nueve y las nueve y media.

—¿Te has deshecho de la cuna?

246

—La he desmontado y metido en el garaje. No puedo moverla de aquí porque no tengo la furgoneta, ¿recuerdas? Pero no es la cuna lo que más me preocupa ahora mismo. ¿Tienes idea de lo que me has hecho? No he podido moverme de aquí porque este es el único teléfono en el que podías localizarme. No tengo más que ochenta pavos y la tarjeta de crédito. Y para colmo ha venido la poli preguntando por ti, y la dependienta esa de la tienda donde compraste la ropa para las crías, pagando con mi tarjeta de crédito, se ha olido que aquí hay gato encerrado y ha venido a fisgonear.

—¿Y por qué ha tenido que ir a la casa? —preguntó Angie, alzando la voz con un tono de temor.

—Me ha dicho que quería cambiar dos de los polos que compraste por unos nuevos, pero yo diría que ha venido a husmear. Por eso tengo que largarme de aquí. Y tú tienes que quedarte ahí hasta que yo llegue. ¿Entendido?

Llevo esperando todo el día, aquí metido, temiendo enterarme de que un poli os ha echado el guante a ti y a la niña, por no mencionar la maleta llena de dinero, pensó Clint. La has cagado bien cagada. No veo la hora de ponerte las manos encima.

—Sí, Clint. Siento haberle disparado a Lucas. Es que pensé que estaría bien quedarnos con una niña y el millón entero para nosotros solos. Sé que era tu amigo.

Clint no le comentó que temía que el FBI comenzara a buscarlo cuando se enteraran de que Lucas y él habían compartido celda en Attica años atrás. Mientras pasara por Clint Downes no corría peligro. Pero si por casualidad examinaban sus huellas verían en el acto que Clint Downes no existía.

—Olvídate de Lucas. ¿Cómo se llama el motel?

—Shell and Dune. Concha y duna, ¿no te parece cursi? Te quiero, Clint.

—Vale, vale. ¿Cómo está la cría?

—Está muy mal, en serio. Tiene mucha fiebre.

—Pues dale una aspirina.

—Clint, no quiero seguir cargando con ella. No la soporto.

—Ahí tienes la respuesta. La dejaremos dentro de la furgoneta cuando la hundamos en alguna parte. Por si no te has fijado, en esa zona hay agua por todas partes.

—Lo que tú digas, Clint. No sé qué haría sin ti. Te lo juro. Tú sí que eres listo. Lucas se creía más listo que tú, pero no lo era. Me muero de ganas de que estés aquí.

—Lo sé. Tú y yo, solos. Como tiene que ser. —Clint colgó el teléfono—. Si te crees eso es que eres más tonta de lo que yo pensaba —añadió en voz alta.

66

—Sigo sin creer que Kelly esté en contacto con su hermana —dijo Tony Realto sin rodeos antes de que el comisario Gunther y él se marcharan de casa de los Frawley a las tres en punto—. Pero sí creo que pueda decirnos algo sobre las personas que la retenían o el lugar donde la escondían, algo que nos sirva de ayuda. De ahí la importancia de estar pendiente de lo que pueda decir en todo momento, ya esté despierta o dormida, y de hacerle preguntas si sale con algo que pudiera estar relacionado con el secuestro.

—¿Acepta al menos la posibilidad de que Kathy esté viva? —lo presionó Margaret.

—Señora Frawley, a partir de este momento vamos a proceder basándonos, no en la posibilidad, sino en la premisa de que Kathy está viva. Sin embargo, por el bien de la investigación, no quiero que esto se sepa. Nuestra única ventaja es que quienquiera que la tenga cree que nosotros la damos por muerta.

Después de que Realto y Gunther se hubieron ido, Kelly comenzó a quedarse dormida en el salón, junto a las muñecas. Steve le puso un cojín bajo la cabeza y la tapó; luego Margaret y él se sentaron junto a ella en el suelo con las piernas cruzadas.

—A veces Kathy y ella hablan en sueños —explicó la doctora Harris a Walter Carlson.

Harris y Carlson seguían sentados a la mesa del comedor.

—Doctora Harris —dijo Carlson con voz pausada—, reconozco mi escepticismo, pero eso no significa que el comportamiento de Kelly no nos haya sorprendido a todos. Ya le he preguntado esto antes, pero ahora se lo preguntaré de otra forma. Me consta que usted ha empezado a creer que las gemelas están comunicándose, pero ¿no es posible que todo lo que ha dicho y hecho Kelly desde que volvió a casa sean simplemente recuerdos de lo que les ha ocurrido durante los días que ha pasado secuestrada?

—Kelly tenía un morado en el brazo cuando la llevaron al hospital después de que la encontraran —explicó Sylvia Harris con voz cansina—. Cuando lo vi dije que se debía a un pellizco hecho con saña y que, por mi experiencia, ese tipo de castigo suelen infligirlo las mujeres. Ayer por la tarde Kelly comenzó a gritar. Steve creía que se había golpeado el brazo contra la mesa del vestíbulo. Margaret, en cambio, intuyó que estaba reaccionando al dolor de Kathy. Fue entonces cuando Margaret fue corriendo a ver a la dependienta. Mire, a Kelly le ha salido otro morado grande, uno nuevo que juraría que es resultado de un pellizco que Kathy recibió ayer. Si no me cree es cosa suya.

Gracias a sus antepasados suecos y su experiencia al servicio del FBI, Walter Carlson había aprendido a no dejar ver sus emociones.

—En el caso de que tuviera razón... —comenzó a decir poco a poco.

—Tengo razón, señor Carlson.

—... en ese caso Kathy podría estar con una maltratadora.

—Me alegro de que lo reconozca. Pero tan grave como eso es el hecho de que está enferma, muy enferma. Piense en lo que estaba haciendo Kelly con la muñeca de Kathy. La está tratando como si tuviera fiebre. Por eso le ha puesto un paño mojado en la frente. Margaret hace eso a veces cuando una de las dos tiene fiebre.

—¿Una de las dos? ¿Quiere decir que no enferman las dos a la vez?

—Son dos seres humanos distintos. Dicho esto, debo añadir que Kelly estuvo tosiendo bastante anoche, pero no tiene nada que pueda indicar un resfriado. No tenía motivos para toser, a no ser que se sintiera identificada con Kathy. Temo mucho que Kathy esté gravemente enferma.

—Sylvia…

Harris y Carlson alzaron la vista al ver que Margaret regresaba al comedor.

—¿Kelly ha dicho algo? —preguntó la doctora con inquietud.

—No, pero me gustaría que fueras a sentarte a su lado con Steve. Agente Carlson, quiero decir, Walter… ¿le importaría llevarme de nuevo a la tienda donde compré los vestidos de cumpleaños de las niñas? He estado dándole vueltas y más vueltas. Estaba medio loca cuando fui ayer porque sabía que alguien le había hecho daño a Kathy, pero tengo que hablar como sea con la dependienta que me atendió. Sigo pensando que tiene la sensación de que había algo raro en la mujer que compró ropa para unos gemelos casi a la misma hora que yo estuve allí. Ayer era el día libre de la dependienta, pero hoy, si no está y usted me acompaña, sé que no podrán negarse a darnos su número de teléfono y su dirección.

Carlson se puso de pie. Reconoció la expresión que vio en el rostro de Margaret Frawley. Era la de una fanática, convencida de su misión.

—Vamos —dijo—. No me importa dónde esté esa dependienta. Esté donde esté, la encontraremos y hablaremos con ella en persona.

67

El Flautista había estado llamando a Clint cada media hora. Quince minutos después de que Angie telefoneara volvió a intentarlo.

—¿Sabes algo de ella? —preguntó.

—Está en Cabo Cod —respondió Clint—. Voy a coger un avión a Boston y luego alquilaré un coche para ir hasta allí.

—¿Dónde está?

—Escondida en un motel de Chatham. Ya ha tenido un roce con un poli.

—¿Cómo se llama el motel?

—Shell and Dune.

—¿Qué piensas hacer cuando llegues?

—Lo que usted piensa. Oiga, el taxista está tocando el claxon. No puede pasar de la verja.

—Pues nada, esta es la nuestra. Buena suerte, Clint. —El Flautista cortó la comunicación y aguardó unos segundos antes de marcar el número de un servicio de aviones privados.

—Necesito un avión para salir dentro de una hora de Teterboro y aterrizar en el aeropuerto más cercano a Chatham, en Cabo Cod —pidió.

68

Elsie Stone, una trabajadora infatigable a sus sesenta y cuatro años, no había tenido oportunidad de hojear un periódico en todo el día. Su empleo en el McDonald's situado junto al centro comercial de Cabo Cod no le dejaba tiempo para leer, y aquel sábado había salido escopeteada a casa de su hija, en Yarmouth, para recoger a su nieta de seis años. Como a Elsie le gustaba decir, Debby y ella eran «uña y carne» y siempre accedía encantada a quedarse con la niña en cualquier momento.

Elsie había seguido el secuestro de los Frawley con la mayor atención. La idea de que alguien secuestrara a Debby y luego la matara era demasiado horrible para dejar siquiera que se le pasara por la cabeza. Al menos los Frawley han recuperado a una, pensó, pero estarán pasando las de Caín.

Ese día, Debby y ella fueron a su casa, en Hyannis, y prepararon galletas al horno.

—¿Qué tal está tu amiga imaginaria? —preguntó a Debby mientras esta rellenaba el molde con una cucharada de masa con trocitos de chocolate.

—¿Es que no te acuerdas, abuela? Ya no tengo ninguna amiga imaginaria. La tenía cuando era pequeña. —Debby negó con la cabeza enérgicamente, haciendo que su cabello castaño claro rebotara en sus hombros.

—Ah, vale. —Los ojos de Elsie se arrugaron al sonreír—. Supongo que he pensado en tu amiga imaginaria porque hoy he visto a un niño pequeño en el restaurante. Se llamaba Stevie, y tenía una amiga imaginaria que se llamaba Kathy.

—Verás lo grande que va a salir esta galleta —anunció Debby.

Pues sí que le interesan los amigos imaginarios, pensó Elsie. Es curioso lo grabado que se me ha quedado ese niño en la mente. Se veía que la madre tenía prisa. No dejó a la pobre criatura que le diera más que un par de bocados al sándwich.

Cuando metieron el molde en el horno, Elsie dijo:

—Muy bien, Debs. Y ahora, mientras esperamos, la abuela se va a sentar a leer el periódico un rato. Tú puedes empezar a pintar la siguiente página del cuaderno de muñecas de la Barbie.

Elsie se sentó en su sillón reclinable de la marca La-Z-Boy y abrió el periódico. En primera plana salía la última noticia sobre la historia de las gemelas de los Frawley. GRAN DESPLIEGUE DEL FBI EN BUSCA DE LOS SECUESTRADORES, rezaba el titular. Los ojos de Elsie se llenaron de lágrimas ante una imagen de las gemelas delante de su pastel de cumpleaños. Elsie comenzó a leer el artículo. La familia estaba recluida. El FBI había confirmado que la nota de suicidio que había dejado el hombre conocido como Lucas Wohl contenía su confesión sobre la muerte accidental de Kathy. Las huellas de Wohl lo identificaban como Jimmy Nelson, un ex presidiario que había pasado seis años en la cárcel de Attica, en Nueva York, por una serie de robos.

Elsie cerró el periódico, negando con la cabeza. Su mirada volvió a posarse en la imagen de las gemelas que aparecía en primera plana. «Kathy y Kelly en su tercer cumpleaños», rezaba el pie de foto. ¿Qué será?, se preguntó mientras observaba con detenimiento la fotografía, tratando de explicarse por qué había algo en ella que le resultaba tan familiar.

En aquel momento sonó el temporizador del horno. Debby soltó el lápiz de color que tenía en la mano y alzó la vista del cuaderno para colorear.

—Abuela, abuela, las galletas ya están —dijo mientras volvía corriendo a la cocina.

Elsie dejó caer al suelo el periódico y se levantó para seguir a su nieta.

69

Cuando el comisario Jed Gunther se marchó de casa de los Frawley se dirigió directamente a la comisaría de Ridgefield. Más impresionado por lo que había presenciado de lo que había dejado ver ante los Frawley y los agentes del FBI, se recordó a sí mismo que no creía que existiera nada parecido a la telepatía o la comunicación entre gemelos. Lo que creía era que Kelly estaba representando el recuerdo de sus propias vivencias con los secuestradores, pero eso era todo.

Asimismo, estaba firmemente convencido de que Kathy Frawley seguía con vida cuando Kelly fue abandonada en el coche con el cuerpo de Lucas Wohl.

Jed aparcó delante de la comisaría y recorrió la acera a toda prisa bajo la lluvia constante hasta llegar a la entrada. Se despejará a primera hora de la tarde, pensó con desdén recordando el último parte meteorológico que había oído. Ya lo veo.

El sargento de recepción le confirmó que el comisario Martinson estaba en su despacho y procedió a marcar su extensión. Gunther cogió el teléfono.

—Marty, soy Jed. Acabo de estar en casa de los Frawley y me gustaría verte. Solo serán un par de minutos.

—Cómo no, Jed. Pasa a mi despacho.

Ambos hombres, de treinta y seis años los dos, eran amigos desde el parvulario. Ya en la universidad decidieron por separado optar por carreras relacionadas con el cumplimiento de la ley.

Las dotes de mando que poseían les habían reportado una serie de ascensos rápidos y continuados, Marty en el cuerpo de policía de Ridgefield y Jed en la policía del estado de Connecticut.

A lo largo de los años habían tenido que enfrentarse a numerosas tragedias, entre ellas accidentes terribles en los que habían perecido menores de edad, pero este era el primer caso de secuestro con exigencia de rescate con el que se habían encontrado ambos. Desde la noche que la policía recibió una llamada desde la casa de los Frawley, sus respectivos cuerpos habían estado trabajando en estrecha colaboración, junto con el FBI. La falta de una sola pista siquiera a aquellas alturas de la investigación que sirviera para ayudar a esclarecer el delito los llevaba de cabeza.

Jed estrechó la mano de Martinson y tomó asiento en la silla más cercana a la mesa de trabajo. Él era el más alto de los dos por cuatro dedos y tenía un pelo abundante y oscuro, mientras que a Martinson se le veían ya entradas e indicios prematuros de canas. Aun así, cualquiera que tuviera un poco de vista habría reconocido las características que compartían. Ambos irradiaban inteligencia y confianza en sí mismos.

—¿Cómo va lo de los Frawley? —preguntó Martinson.

Jed Gunther le ofreció una breve explicación de lo sucedido hasta entonces, explicación que concluyó de la siguiente manera:

—Ya sabes lo sospechosa que resulta la confesión de Wohl. Estoy absolutamente convencido de que Kathy seguía con vida la madrugada del jueves, cuando encontramos a su hermana en el coche. Hoy he aprovechado la visita a casa de los Frawley para echar otro vistazo al lugar. Está claro que el secuestro tuvo que ser perpetrado por un mínimo de dos personas.

—Yo también trabajo sobre esa tesis —asintió Martinson—. En el salón no había ningún tipo de cortinas, solo unos estores que estaban medio bajados. Los secuestradores podrían haber mirado por las ventanas y ver a la canguro en el sofá, hablando por el móvil. Una tarjeta de crédito les habría bastado para abrir el viejo cerrojo de la puerta de la cocina. La escalera de la parte trasera está al lado de la puerta, así que los intrusos sabían que podrían llegar rápido al piso de arriba. La pregunta es si hicieron llorar o no a una de las niñas para que la canguro acudiera arriba alertada por el llanto. Mi teoría es que fue así como ocurrió.

Gunther asintió.

—Yo me imagino la escena de la siguiente manera. Los secuestradores apagaron la luz del pasillo de arriba; llevaban cloroformo para dejar sin sentido a la chica, y puede que también fueran con la cara tapada por si se encontraban de frente con ella. No creo que se arriesgaran a andar por el piso de arriba buscando la habitación en la que se encontraban las niñas. Seguro que fueron a tiro hecho, así que uno de ellos debía de haber estado en la casa antes de aquella noche. —Gunther hizo una pausa—. La pregunta es cuándo estuvo. Los Frawley compraron una casa antigua sin reformar por medio de la inmobiliaria tras la muerte de la vieja señora Cunningham, por eso la consiguieron por el precio que les costó.

—Pero por mucho que estuviera sin reformar, tuvo que pasar por una inspección antes de que les concedieran la hipoteca —observó Martinson.

—Por eso estoy aquí —le dijo Gunther—. He leído los informes, pero quería revisarlos contigo. Tus hombres conocen a fondo este pueblo. ¿Crees que habría alguna posibilidad de que alguien hubiera estado en la casa y hubiera visto su distribución antes de que los Frawley se mudaran a vivir allí? El pasillo de arriba es bastante largo, y las tablas del suelo crujen. Las puertas de las tres habitaciones que no utiliza la familia siempre están cerradas. Los goznes chirrían. Los secuestradores debían de saber que las gemelas estaban en uno de los dos dormitorios situados al fondo del pasillo.

—Hemos hablado con el perito que realizó la inspección de la casa —dijo Martinson con voz pausada—. Lleva viviendo aquí treinta años. Mientras él estuvo allí no vio a nadie. Dos días antes de la llegada de los Frawley la agencia inmobiliaria envió uno de esos servicios de la zona para que limpiaran a fondo la vivienda. Es un negocio familiar. Yo respondo por ellos.

—¿Qué hay de Franklin Bailey? ¿Crees que está involucrado?

—No sé qué pensarán los federales, pero yo descartaría toda implicación por su parte. Según tengo entendido, el pobre hombre está a punto de que le dé un infarto.

Jed se puso de pie.

—Me voy al despacho a ver si doy con algo que hayamos pasado por alto en nuestros archivos. Marty, vuelvo a decir que no creo en la telepatía, pero ¿recuerdas cómo tosía Kathy cuando la oímos grabada en aquella cinta? Si sigue con vida a estas alturas estará muy enferma, y mi mayor temor es que la supuesta nota de suicidio sea una profecía que acabe cumpliéndose. Puede que no pretendan matarla, pero está clarísimo que no van a llevarla al médico. El rostro de Kathy está en todos los periódicos del país. Y sin atención médica temo que no sobreviva.

70

Una vez en el aeropuerto LaGuardia de Nueva York, Clint ordenó al taxista que lo dejara en el acceso más próximo a los mostradores de Continental Airlines. Si los federales lo seguían de cerca lo último que necesitaba era que supieran que lo habían dejado en la entrada del puente aéreo, lo que delataba claramente sus intenciones de dirigirse a Boston o Washington.

Clint pagó el importe de la carrera con la tarjeta de crédito. Incluso cuando el taxista la pasó por la máquina se puso a sudar ante el temor de que Angie hubiera cargado en ella más compras antes de marcharse y hubiera rebasado el límite de crédito. En tal caso tendría que desembolsar los ochenta dólares que llevaba en el bolsillo.

Pero la máquina aceptó la tarjeta, y Clint suspiró aliviado.

Su ira hacia Angie iba en aumento, como el estruendo que precede a una erupción volcánica. Si hubieran dejado a las dos niñas en el coche y se hubieran repartido el millón de dólares, Lucas seguiría conduciendo su limusina y llevando a Bailey aquí y allá como siempre. Y en menos de una semana, Angie y él estarían de camino al falso empleo de Florida, sin que nadie supiera nada.

Ahora Angie no solo había matado a Lucas, sino que además lo había desenmascarado. ¿Cuánto tardarían en reparar en su viejo compañero de celda que había desaparecido?, se preguntó. No mucho. Clint conocía la manera de pensar de los federales. Y para colmo, Angie, con su estúpido proceder, había cargado en su tarjeta el importe de la ropa que había comprado para las gemelas, y la metomentodo de la dependienta había sido lo bastante lista como para olerse que pasaba algo raro.

Cargado tan solo con una pequeña bolsa de mano en la que llevaba un par de camisas, unos cuantos calzoncillos, calcetines, el cepillo de dientes y los enseres necesarios para el afeitado, Clint enfiló hacia la terminal para luego salir de nuevo a la calle y esperar el autobús que lo llevaría a la terminal del puente aéreo de US Airways. Una vez allí compró un billete electrónico. El siguiente avión para Boston salía a las seis de la tarde, por lo que tenía cuarenta minutos de espera. Dado que no había comido nada al mediodía regresó a la zona de cafetería y pidió un perrito caliente, patatas fritas y café. Le habría encantado tomarse un whisky, pero ese sería su premio más tarde.

Cuando le sirvieron la comida dio un bocado enorme al perrito caliente y lo acompañó con un trago de café sin azúcar. ¿Hacía tan solo diez noches que Lucas y él estaban sentados en la mesa de la casa del club de campo, bebiéndose una botella de whisky mano a mano y disfrutando de una sensación de bienestar por lo bien que había ido el trabajo?

Angie, pensó, a medida que el estruendo de su ira se intensificaba. Ya ha tenido un roce con un poli en Cabo Cod, y ahora el poli sabe la matrícula de la furgoneta. Incluso puede que ande buscándola. Clint comió deprisa, miró la cuenta y puso sobre el mostrador un puñado de billetes de un dólar arrugados, dejando una propina de treinta y ocho centavos por el servicio. Al bajarse del taburete vio que la chaqueta se le había subido por encima de la barriga y tiró de ella hacia abajo mientras se encaminaba arrastrando los pies hacia la puerta de embarque para coger el avión con destino a Boston.

Con una mirada de desprecio, Rosita, la estudiante de tercer año de carrera que le había atendido, lo vio marcharse. Aún lleva esa cara rechoncha manchada de mostaza, pensó. Qué horror pensar que al final del día te encontrarás en casa con un tipo así. Menudo patán. Bueno, pensó encogiéndose de hombros, al menos no hay que temer que sea un terrorista. Si hay alguien inofensivo es ese memo.

71

Alan Hart, el encargado de noche del motel Soundview de Hyannis, ocupó su puesto a las siete en punto. Lo primero que hizo David Toomey, el gerente del motel, fue informarle del robo de la silla del coche que Linda Hagen, la mujer de la A-49, había denunciado al agente Tyron.

—Estoy seguro de que mentía —afirmó Toomey—. Me juego el cuello a que no llevaba ninguna silla. Al, ¿por casualidad echaste un vistazo a su furgoneta cuando llegó anoche?

—Pues sí —respondió Hart, frunciendo el ceño de su rostro delgado de rasgos marcados—. Ya sabes que siempre echo un vistazo a los vehículos nuevos; por eso instalé la luz de fuera. Esa morena flaca llegó pasada la medianoche. Me fijé en la furgoneta, pero no vi ningún niño dentro. Debía de ir dormido en la parte trasera, pero seguro que no iba en una silla.

—Me ha fastidiado mucho ver que Sam Tyron se pasaba por aquí —soltó Toomey—. Quería saber si hemos tenido otros casos de robo. He ido a hablar con esa tal Hagen después de que él se fuera. Tiene un niño pequeño, de tres o cuatro años como mucho por lo que he podido ver. Le he dicho que lo llevara al hospital. El crío tenía una respiración asmática de mucho cuidado.

—¿Y ha ido?

—No sé. Me ha dicho que estaba esperando a su madre para ir todos juntos al hospital.

—En principio se quedará hasta mañana por la mañana. Pagó en metálico con un fajo de veinte dólares. Me imagino que tendrá un novio con el que habrá quedado por aquí y que es ella quien lo financia. ¿Ha vuelto por aquí con el niño? —inquirió Hart.

—No lo creo. A lo mejor me paso ahora por su habitación para preguntar por él.

—¿Crees que esa mujer es de fiar?

—A mí ella me importa un bledo. Lo que creo es que no se da cuenta de lo enfermo que está ese crío. Si no está, me iré. Pero me pasaré por la comisaría para hacerles saber que aquí no hubo ningún robo anoche.

—Vale. Estaré pendiente por si aparece.

David Toomey se despidió de su compañero con la mano antes de salir y girar a la derecha para enfilar hacia la habitación situada en la planta baja y señalada con el distintivo A-49 a un lado de la puerta. Al acercarse vio que no había ninguna luz encendida tras el estor bajado. Llamó a la puerta, aguardó unos segundos y, tras vacilar un breve instante, decidió sacar la llave maestra, abrir la puerta, encender la luz y entrar en la habitación.

Por el aspecto que presentaba el interior le dio la sensación de que Linda Hagen pensaba volver. En el suelo había una maleta abierta con ropa de mujer dentro. Encima de la cama había una chaqueta de niño, lo que hizo que Toomey se asombrara. La prenda seguía estando en el mismo sitio donde la había visto aquella tarde. ¿Cómo era posible que la mujer hubiera sacado al crío de allí sin ponerle la chaqueta? Puede que lo hubiera envuelto en una manta. Miró dentro del armario y vio que la manta de repuesto no estaba. Lo que me imaginaba, pensó asintiendo con la cabeza.

En un rápido vistazo al baño vio artículos de maquillaje y perfumería esparcidos por el lavabo. Parece que piensa volver, pensó. A lo mejor han ingresado al crío en el hospital. Eso espero. Bueno, yo me voy. Al volver sobre sus pasos de camino a la puerta algo tirado en el suelo llamó su atención. Toomey se agachó para examinarlo de cerca. Era un billete de veinte dólares.

Justo detrás del billete, el volante desteñido en tonos anaranjados y marrones que cubría la parte baja de la cama estaba levantado. Al ponerse de rodillas para alisarlo, Toomey se quedó boquiabierto. Bajo la cama había por lo menos una docena de billetes de veinte dólares esparcidos por el suelo. Sin tocar un solo billete, Toomey se levantó poco a poco. Esa mujer debe de ser una golfa, pensó. Seguro que tenía el dinero metido en una bolsa debajo de la cama y no se ha dado ni cuenta de que iba perdiéndolo por el camino.

Negando con la cabeza, Toomey se dirigió a la puerta, apagó la luz y salió de la habitación. Llevaba de pie todo el día y se moría de ganas de llegar a casa. Podría llamar por teléfono a la comisaría, pensó, pero luego decidió tomarse la molestia de pasarse por allí en persona. Quiero dejar bien claro que en mi motel no ha habido ningún robo, y si quieren ir tras esa tal Hagen por mentir a un policía, que lo hagan.

72

—Hoy Lila se ha ido antes —explicó Joan Howell, la encargada de la tienda de oportunidades de Abby's, a Margaret Frawley y el agente Carlson—. Se ha ido corriendo al mediodía para hacer unas compras o algo así. Cuando ha vuelto llevaba el pelo mojado. Le he preguntado qué era eso tan importante por lo que se había ido con tanta prisa, y me ha dicho que había ido a un sitio para nada. Pero se ha ido antes porque notaba que se había enfriado y que a lo mejor estaba cayendo enferma.

Con ganas de gritar, Margaret frunció la boca. Había tenido que soportar las preguntas compasivas de Howell sobre cómo se encontraba aquel día, así como sus muestras de pésame por la pérdida de Kathy.

Cuando Howell hizo una pausa para respirar, Walter Carlson, que ya se había identificado, aprovechó para interrumpirla.

—Señora Howell, necesito de inmediato el número de móvil, el de casa y la dirección de la señorita Jackson.

Howell se puso nerviosa; echó un vistazo a la tienda y la vio llena de gente, como era habitual los sábados por la tarde. Se dio cuenta de que los clientes que tenía a su alrededor los miraban con una curiosidad más que evidente.

—Cómo no —respondió—. Faltaría más. Espero que Lila no esté metida en ningún lío. Es una chica majísima. ¡Lista! ¡Ambiciosa! Yo siempre le digo: «Lila, ni se te ocurra montar tu propia tienda y dejarnos sin negocio. ¿Me oyes?».

Al ver la expresión de los rostros de Margaret Frawley y el agente Carlson Howell se abstuvo de explicar otra anécdota que tenía en mente sobre el futuro prometedor de Lila.

—Vengan conmigo al despacho, por favor —les pidió.

El despacho, por lo que observó Carlson, no era más que un habitáculo donde apenas cabía una mesa de trabajo, una silla y unos archivadores. Una mujer sexagenaria de pelo canoso, con unas gafas para leer apoyadas en la punta de la nariz, alzó la vista.

—Jean, ¿serías tan amable de facilitarle ahora mismo a la señora Frawley la dirección y los números de teléfono de Lila? —dijo Howell con un tono que dejaba entrever a Jean que más valía que se diera prisa.

El impulso que tuvo Jean Wagner de decir a la señora Frawley lo mucho que se alegraba de que hubiera recuperado a una de sus hijas pero lo desconsolada que se sentía por ella ante la pérdida de la otra se apagó en cuanto vio la expresión pétrea de Margaret.

—Se lo anotaré en un papel —dijo Jean con tono de eficiencia.

Tratando de no arrebatarle el papel de las manos, Margaret masculló un rápido «gracias» antes de marcharse, seguida de Carlson.

—¿A qué venía todo eso? —preguntó Jean Wagner a Howell.

—El que iba con la señora Frawley era un agente del FBI. No se ha molestado en darme ninguna explicación. Pero cuando la señora Frawley vino ayer, toda alterada, comentó algo de que Lila había vendido unos conjuntos para unos gemelos, y que la mujer que había comprado la ropa no parecía saber la talla. No sé qué importancia puede tener eso para ellos ahora mismo. Entre nosotras, yo creo que lo que deberían hacer es meter a la pobre Margaret Frawley en la cama y darle algo que le ayudara a olvidar todo el dolor que tiene hasta que sea capaz de enfrentarse a él. Por eso en nuestra iglesia tenemos un grupo de apoyo para estos casos. Cuando mi madre murió fue de una ayuda increíble para mí. Si no hubiera sido por ellos no sé cómo lo habría superado.

Jean Wagner puso los ojos en blanco a espaldas de Howell. La madre de Howell tenía noventa y seis años y llevó de cabeza a Joan hasta el día en que Dios la había acogido en su seno. Pero el resto de lo que había dicho la encargada le sobresaltó aún más.

Lila barruntó que había algo raro en aquella mujer, pensó Jean. Tengo la dirección de la empresa de la tarjeta de crédito con la que pagó. Todavía la recuerdo: Señora de Clint Downes, número 100 de Orchard Avenue, Danbury.

Howell había abierto la puerta y estaba a punto de salir del despacho. Wagner hizo amago de llamarla, pero luego se contuvo. Ya les dirá Lila quién es esa mujer, concluyó. Si se lo digo a Joan se enfadará. No creo que le guste saber que me salté las normas para facilitarle a Lila la dirección. Será mejor que deje las cosas como están.

73

Angie dejó a Kathy sobre un cojín en el suelo del baño. Luego tapó la bañera y abrió a tope el grifo del agua caliente para que la pequeña estancia se llenara de vaho. Había conseguido que Kathy masticara y se tragara dos aspirinas más de las infantiles con sabor a naranja.

Cada minuto que pasaba estaba más y más nerviosa.

—Ni se te ocurra morirte aquí —dijo a Kathy—. Solo me falta eso, que me venga otro fisgón del motel a meter sus narices por aquí y tú dejes de respirar. Ojalá pudiera meterte más penicilina en el cuerpo.

Por otra parte, había empezado a preguntarse si Kathy no tendría una reacción alérgica a la penicilina que le había dado. Le habían salido un montón de granitos rojos en brazos y pecho. Angie no recordó hasta entonces que un tipo con el que había vivido en una ocasión era alérgico a la penicilina, y a él también le habían salido granitos rojos la primera vez que la tomó.

—No me digas que es eso lo que te pasa —comentó Angie a Kathy—. No fue buena idea lo de venir a Cabo Cod. Olvidé que si surgía algún problema solo hay dos puentes por donde podría salir de aquí, y puede que ahora estén buscándome. Pues vaya con el viejo Cabo Cod.

Kathy no abrió los ojos. Le costaba mucho respirar. Quería a su mamá. Quería estar en casa. En su mente veía a Kelly. Estaba sentada en el suelo con sus muñecas. Oyó que Kelly le preguntaba dónde estaba.

Aunque Angie le tenía prohibido hablar con ella, Kathy movió los labios y susurró:

—En Cabo Cod.

Kelly se había despertado pero no quería levantarse del suelo del salón. Sylvia Harris le trajo una bandeja con leche y galletas y la dejó en la mesa de juguete donde estaban apoyados los ositos de peluche sentados en sus sillas, pero Kelly no le hizo caso. Sentado con las piernas cruzadas encima de la moqueta, Steve seguía enfrente de ella, sin cambiar de posición.

De repente, rompió el silencio.

—Sylvia, ¿recuerdas cuando nacieron, que a Margaret tuvieron que hacerle una cesárea y que hubo que cortar un trozo de membrana que unía el pulgar derecho de Kelly con el pulgar izquierdo de Kathy?

—Sí, Steve, lo recuerdo. En el sentido estricto de la expresión no solo eran gemelas idénticas sino siamesas.

—No quisiera dejarme llevar por la suposición de que... —Steve hizo una pausa—. Ya sabes a lo que me refiero. Pero es que ahora incluso los del FBI admiten que existe la posibilidad de que Kathy esté viva. Por Dios, si supiéramos siquiera dónde está, dónde hay que buscarla. ¿Crees que es posible que Kelly lo sepa?

Kelly alzó la vista.

—Es que lo sé.

Sylvia Harris alzó la mano en un gesto de advertencia a Steve.

—¿Dónde está, Kelly? —preguntó Sylvia con tranquilidad, sin dejar que su tono de voz delatara ninguna emoción.

—Está en el viejo Cabo Cod. Me lo acaba de decir.

—Cuando Margaret estaba en la cama con Kelly esta mañana ha comentado que durante la laguna mental que sufrió anoche estuvo conduciendo, y que al ver la indicación a Cabo Cod se dio cuenta de que tenía que dar media vuelta —explicó Sylvia a

Steve en voz baja—. Seguro que Kelly se ha quedado con el nombre de Cabo Cod.

A Kelly le sobrevino de repente un ataque de tos y náuseas. Sylvia la agarró, se la puso encima de las rodillas boca abajo y comenzó a darle fuertes palmadas entre los omóplatos.

Al ver que Kelly rompía a llorar, la doctora le dio la vuelta y apoyó la cabeza de la pequeña en su cuello.

—Lo siento, cielo —dijo la doctora con voz tranquilizadora—. Tenía miedo de que te hubieras metido algo en la boca y estuvieras ahogándote.

—Quiero irme a casa —farfulló Kelly entre sollozos—. Quiero a mi mamá.

74

El agente Carlson llamó al timbre de la modesta casa de Lila Jackson, en Danbury. De camino allí había intentado contactar con ella por teléfono, pero el teléfono fijo comunicaba todo el rato y en el móvil no respondía.

—Al menos sabemos que hay alguien en la casa —dijo, tratando de tranquilizar a Margaret mientras recorrían en coche los cinco kilómetros de trayecto rebasando con mucho el límite de velocidad.

—Tiene que estar en casa —había dicho Margaret en el coche. Ya frente a la puerta, al oír unos pasos que se acercaban, Margaret susurró—: Que tenga algo que decirnos, por Dios.

Fue la madre de Lila quien abrió la puerta. Su sonrisa de bienvenida desapareció al ver a dos desconocidos en el porche. En un rápido movimiento entornó la puerta y echó la cadena.

Antes de que la mujer tuviera tiempo de hablar, Carlson le mostró la identificación del FBI que llevaba en la mano.

—Soy el agente Carlson —dijo con energía—. Ella es Margaret Frawley, la madre de las gemelas que han sido secuestradas. Su hija Lila le vendió los vestidos que llevaban puestos en su fiesta de cumpleaños. Venimos de la tienda donde trabaja. La señora Howell nos ha dicho que Lila se ha ido antes de tiempo porque no se encontraba bien. Tenemos que hablar con ella.

La madre de Lila quitó la cadena y farfulló una disculpa con voz nerviosa.

—Lo siento mucho. Con los tiempos que corren y a estas edades hay que andarse con mucho ojo. Pasen, por favor. Lila está en el sofá del estudio. Pasen.

Tiene que decirnos algo que nos ayude, pensó Margaret. Dios mío, te lo ruego. Margaret se vio un instante en el espejo que había en el diminuto recibidor, frente a la puerta de entrada. Al salir de casa llevaba el pelo recogido en un moño, pero con el viento se le habían soltado unos cuantos cabellos que le caían por la nuca. Las oscuras ojeras contrastaban con su tez pálida y demacrada, y sus ojos se veían cansados y sin brillo. Junto a una comisura de la boca tenía un nervio que hacía que le temblara la cara. Se había mordido tanto el labio inferior que lo tenía hinchado y agrietado.

No me extraña que al verme la mujer haya cerrado la puerta, pensó, pero al entrar en el estudio y ver una figura tapada en el sofá olvidó toda consideración sobre su propia apariencia.

Lila llevaba puesta su bata de borreguillo preferida y estaba arropada con una manta. Tenía los pies apoyados en una otomana y estaba tomándose un té caliente. Al levantar la vista reconoció a Margaret de inmediato.

—¡Señora Frawley!

Lila se inclinó hacia delante para dejar la taza que tenía entre las manos encima de la mesa de centro.

—Por favor, no se levante —dijo Margaret—. Siento presentarme así en su casa, pero tengo que hablar con usted. Se trata de algo que me dijo cuando fui a comprar los vestidos de cumpleaños de mis hijas.

—Lila nos lo ha contado —intervino la señora Jackson—. De hecho, quería ir a la policía, pero mi amigo Jim Gilbert, que sabe de qué habla, le quitó la idea de la cabeza.

—Señorita Jackson, ¿qué quería decirle a la policía? —inquirió Walter Carlson, exigiendo con su tono de voz una respuesta directa y sincera.

Lila pasó la mirada de Carlson a Margaret. En su rostro vio una mirada de ansiosa esperanza; consciente de que se desilusionaría, se dirigió a Carlson.

—Como ya le dije aquel día a la señora Frawley, poco antes de atenderla había vendido unos conjuntos a una mujer que quería ropa para unos gemelos de tres años, pero que no sabía qué talla coger. Después del secuestro busqué sus datos pero, como mi madre ha dicho, Jim, un detective jubilado de Danbury, no creyó que mereciera la pena informar de ello a la policía. —Lila miró a Margaret—. Esta mañana, cuando me he enterado de que ayer vino usted a la tienda preguntando por mí, he decidido que iría a hablar con aquella mujer a la hora del almuerzo.

—¿Sabe dónde está? —preguntó Margaret con voz entrecortada.

La encargada de la tienda nos ha dicho que había salido para nada, recordó Carlson con gravedad.

—Se llama Angie. Vive con el guarda del club de campo en una casita que hay en el recinto. Se me ocurrió contarle una historia inventada… que dos de los polos que había comprado estaban defectuosos. Pero el guarda me ha contado lo que ocurrió. Angie trabaja de canguro y la contrataron para que se reuniera con una madre y sus dos hijos en Wisconsin. El guarda me ha explicado que no son gemelos de verdad, pero que se llevan poco tiempo. La madre estaba de camino para recoger a Angie cuando se dio cuenta de que había olvidado una de las maletas y telefoneó con el tiempo justo para que Angie fuera a comprar unas cosas que los niños necesitaban. Por eso no estaba segura de la talla.

Margaret, que estaba de pie, sintió de repente que las rodillas le flaqueaban y se dejó caer en la silla situada delante del sofá. Un callejón sin salida, pensó. Nuestra única posibilidad. Cerró los ojos y, por primera vez, comenzó a perder la esperanza de encontrar a Kathy antes de que fuera demasiado tarde.

Walter Carlson, sin embargo, no se contentó con la explicación de Lila.

—Señorita Jackson, ¿había algún indicio de que hubiera habido niños en esa casa? —preguntó.

Lila negó con la cabeza.

—Es un sitio muy pequeño; un salón comedor a la izquierda separado de la cocina por una mampara. La puerta del dormitorio estaba abierta. Estoy segura de que el tal Clint estaba solo en casa. Me da la impresión de que la mujer para la que trabajaba Angie fue a recogerla y se marcharon.

—Y ese tal Clint, ¿le pareció nervioso en algún sentido? —inquirió Carlson.

—Jim Gilbert conoce personalmente al guarda y su novia —interrumpió la madre de Lila—. Por eso le dijo que olvidara el tema.

Esto es inútil, pensó Margaret. No hay por dónde tirar. Sintió que la tensión de su cuerpo se veía sustituida por un dolor sordo. Quiero ir a casa, pensó. Quiero estar con Kelly.

Lila respondió entonces a la pregunta de Carlson.

—No, no diría que ese tal Clint, o como quiera que se llame, estuviera nervioso exactamente. Eso sí, sudaba horrores, pero he supuesto que era de esos hombres corpulentos que por naturaleza sudan mucho. —Lila puso de repente una cara de desagrado—. Su novia debería regalarle un buen lote de desodorantes. Apestaba a macho.

Margaret se quedó mirándola fijamente.

—¿Qué ha dicho?

Lila pareció incomodarse.

—Lo siento, señora Frawley. No he querido parecer frívola. Solo espero haber podido ayudarlos en algo.

—¡Y lo ha hecho! —exclamó Margaret, cuyo rostro cobró vida de repente—. ¡Lo ha hecho! —Levantándose de la silla de un salto, se volvió hacia Carlson y vio enseguida que él también había reconocido la importancia del comentario hecho a la ligera de Lila.

La única impresión que Trish Logan, la canguro de los Frawley, tenía del hombre que la había agarrado era que se trataba de un hombre corpulento y que apestaba a sudor.

75

Aunque estaba desesperado por llegar a Cabo Cod, el Flautista se había tomado su tiempo para buscar entre su ropa un suéter con capucha que ponerse bajo la chaqueta, así como unas gafas oscuras viejas que le tapaban media cara. Se dirigió en coche al aeropuerto, aparcó y entró en la pequeña terminal, donde encontró al piloto aguardando su llegada. En un breve intercambio de palabras, se le informó de que el avión los esperaba en pista. Como había pedido, en el aeropuerto de Chatham tendría listo un coche con un mapa de la zona. El piloto se quedaría allí esperando para traerlo de vuelta aquella misma noche.

Una hora más tarde, el Flautista bajaba del avión. Eran las siete de la tarde. El aire seco y frío del cabo y el firmamento estrellado lo incomodaron. De alguna manera esperaba encontrar el mismo cielo nublado y la lluvia constante que cubría la zona de Nueva York. Pero al menos cuando llegó al coche vio que era justo lo que él quería: un sedán negro de tamaño medio, un vehículo de aspecto similar a la mitad de los que circulaban por la carretera. Tras observar el mapa con detenimiento calculó que no debía de hallarse muy lejos del motel Shell and Dune situado en la carretera 28.

Tengo como mínimo una hora sin nada que hacer, quizá más, pensó. Puede que Clint haya cogido el puente aéreo de Delta de las cinco y media. Si no, habrá llegado en el vuelo de US Airways de las seis. Lo más seguro es que a estas horas ya esté en Boston, alquilando un coche. El piloto me ha dicho que se tarda una hora y media más o menos en ir de Boston a Chatham. Aparcaré cerca del motel y lo esperaré allí.

Cuando había hablado por teléfono con Clint le hubiera gustado preguntarle la matrícula de la furgoneta, pero sabía que eso le habría hecho sospechar. Lucas la había descrito como un cacharro destartalado. Y además llevaría matrícula de Connecticut. No sería difícil dar con ella en el aparcamiento del motel, razonó.

Si bien Lucas le había facilitado cierta descripción burlona de Clint y Angie, no conocía personalmente a ninguno de los dos. ¿Estaría corriendo un riesgo innecesario presentándose allí en vez de dejar que Clint liquidara a Angie y la cría? ¿Y qué si Clint se quedaba con el millón de dólares? Pero si acaban todos muertos por fin podré conciliar el sueño, pensó. Lucas me conocía, ellos no. Pero ¿cómo sé yo que no le habló de mí a Clint? No pienso arriesgarme a que venga a buscarme cuando se gaste su parte del rescate. Puede que le dé por pensar que debería compartir los otros siete millones conmigo.

En la carretera 28 había más tráfico de lo que esperaba. Supongo que el cabo será como muchos otros lugares de veraneo, pensó. Cada vez hay más gente que vive aquí durante todo el año.

¿Y a quién le importa?

A lo lejos divisó el enorme rótulo del Shell and Dune con la palabra LIBRE iluminada debajo con luces intermitentes. El exterior del edificio era de tablas de madera blancas con postigos verdes. Por su aspecto parecía de categoría superior a los moteles corrientes y molientes situados a lo largo de la mayoría de las principales carreteras. Más allá del rótulo de entrada vio que el camino se bifurcaba. Por un lado discurría bajo el alero de la recepción; por el otro lo rodeaba. Tras desviarse a la derecha de la carretera 28 siguió el camino que bordeaba la recepción. Sin ánimo de atraer la atención, avanzó en lo que confió que fuera una velocidad normal, recorriendo el lugar rápidamente con la mirada en busca de la furgoneta. Estaba casi seguro de que no la encontraría en la parte delantera del motel que daba a la carretera 28, así que se dirigió a la parte de atrás. En aquella zona había muchos más vehículos aparcados, pertenecientes con toda probabilidad a los clientes alojados en las habitaciones del primer piso. En cierto modo me viene bien, pensó. Cuando diera con la furgoneta podría buscar un sitio cerca de ella donde aparcar.

Si Angie tenía dos dedos de frente no habría dejado la furgoneta demasiado cerca del edificio, ya que con las luces de la entrada se veían claramente las matrículas de los coches aparcados. El Flautista avanzó más lentamente para fijarse en los vehículos por delante de los cuales iba pasando.

Al final vio el que debía de ser el de Angie, una furgoneta de color marrón oscuro, de unos diez o doce años, con una abolladura en un lateral y matrícula de Connecticut. Cinco coches más allá, en la siguiente fila, había una plaza libre. El Flautista aparcó allí, salió del sedán y se acercó a la furgoneta para inspeccionarla. Le bastó con la luz del exterior para ver la silla de seguridad para niños que había en la parte trasera.

El Flautista miró la hora en su reloj. Aún le sobraba mucho tiempo, y tenía hambre. Podría ir a ver qué tenían de cenar por allí. ¿Por qué no?, se preguntó mientras sacaba las gafas oscuras, se las ponía y echaba a andar hacia el otro extremo del aparcamiento. Cuando llegó a la cafetería vio que estaba llena de gente. Tanto mejor, pensó. El único asiento libre que quedaba en la barra estaba situado junto a la zona de comida preparada para llevar. El Flautista tomó asiento y al coger la carta oyó que la mujer que había de pie a su lado comenzaba a pedir una hamburguesa, café solo y un sorbete de naranja para llevar.

El Flautista giró la cabeza con brusquedad, pero incluso antes de ver a aquella mujer delgada de pelo castaño y greñudo reconoció su voz áspera y agresiva.

El Flautista ocultó su rostro tras la carta. Sabía que no la confundía con otra.

Era Angie.

76

La oficina de la empresa de limpieza que se había encargado de poner a punto la vivienda de los Frawley estaba situada en el sótano de la casa de Stan Shafter. Una hora después de su conversación con Jed Gunther, Marty Martinson decidió tener otra charla con Shafter tras revisar las declaraciones de los dos hijos de Stan y sus empleadas de toda la vida, quienes se habían encargado en la práctica de lavar, quitar el polvo, fregar y sacar brillo a la vivienda de los Frawley el día antes de la llegada de la familia. Todos ellos habían afirmado que estando ellos en la casa no habían visto por allí a nadie más.

Cuando Marty releyó las declaraciones de las empleadas de Shafter le llamó la atención una omisión. Ninguna de ellas había mencionado que el propio Stan había pasado por allí estando ellas, aunque él había explicado que había ido a realizar la inspección de rutina. Si no se les había ocurrido mencionarlo, ¿era posible que hubieran pasado por alto sin querer la presencia de otra persona? La pregunta merecía sin duda otra charla en persona con Stan, decidió Marty.

El propio Stan Shafter acudió a abrir la puerta. Se trataba de un hombre de estatura baja pero aspecto fuerte, de cincuenta y muchos años, con una abundante cabellera pelirroja y unos ojos castaños llenos de vida; se decía de él que siempre parecía tener prisa. Marty reparó en que llevaba puesta la chaqueta de abrigo. Una de dos, o se disponía a salir de casa o acababa de llegar.

Shafter arqueó las cejas al ver quién era el visitante.

—Pasa, Marty, ¿o debería llamarte comisario?

—Marty está bien. Solo te robaré un par de minutos, a menos que tengas una cita urgente.

—Acabo de llegar hace tres minutos; ya no me voy a mover de casa. Sonya me ha dejado una nota en la que ponía que el teléfono del trabajo llevaba sonando toda la tarde, así que tengo que revisar los mensajes del contestador automático.

Mientras Marty lo seguía al sótano dio gracias al cielo de que la mujer de Stan no estuviera en casa. Con su verborrea inagotable y su pasión por los cotilleos, lo habría acribillado a preguntas acerca de la investigación.

Las paredes del sótano convertido en oficina se veían revestidas de paneles de pino nudoso, un acabado que recordó a Marty la sala de juegos de casa de su abuela. Detrás de la mesa de trabajo de Shafter había un tablón lleno de tiras cómicas que representaban situaciones relacionadas con la limpieza doméstica.

—Hay algunas nuevas —anunció Shafter—. Son muy divertidas. Echa un vistazo.

—Ahora no —respondió Marty—. Stan, tengo que hablar contigo sobre la casa de los Frawley.

—Como quieras, pero tus hombres ya nos frieron a preguntas a todos después del secuestro.

—Ya lo sé, pero aún quedan cosas en el aire. En nuestra búsqueda de esos secuestradores vamos tras la pista de cualquier incoherencia, por trivial que sea. Supongo que te haces cargo.

—Sí, me hago cargo, pero espero que no estés insinuando que una de mis empleadas te ha mentido. —El irritado tono de voz de Stan, y el modo en que hinchó de repente su pecho fornido al enderezarse en la silla, recordaron a Marty un gallo furioso.

—No, no tengo la vista puesta en ninguna de tus empleadas —se apresuró a tranquilizarle Marty—. Seguro que este no es más que uno de los muchos callejones sin salida donde nos estamos metiendo. En pocas palabras, creemos que alguien tenía la casa vigilada y sabía de antemano la habitación donde dormían las gemelas. Como ya sabes, la casa es mucho más grande de lo que parece desde fuera. Hay cinco dormitorios, cualquiera de los cuales podría haber sido apropiado para alojar a las pequeñas. Sin embargo, alguien sabía exactamente adónde debía ir. Los Frawley se mudaron al día siguiente de que tus empleadas limpiaran la vivienda. Margaret Frawley nos ha asegurado que antes del secuestro no había habido ningún desconocido en la casa. Dudamos que alguien hubiera tenido el valor de colarse y explorar el lugar sobre la marcha.

—Quieres decir que…

—Lo que quiero decir es que alguien sabía exactamente por dónde subir al piso de arriba. Me consta que tus empleadas no mentirían nunca a propósito, pero por otra parte en tu declaración tú mismo dijiste que hacia el final del día te pasaste por la casa para realizar la inspección de rutina. Ninguna de tus empleadas mencionó ese dato.

—Debieron de pensar que te referías a si habían visto por allí a algún desconocido. Para ellas formo parte del personal. Si quieres puedes hablar de nuevo con cualquiera de ellas. No tardarán en volver del trabajo a recoger sus coches.

—¿Alguno de vosotros sabíais cuál de los dormitorios habían elegido los Frawley para sus hijas?

—Todos lo sabíamos. Los padres vinieron aquella noche a pintarlo. Los botes de pintura azul estaban apilados en el cuarto grande de atrás, y el rollo de moqueta blanca estaba apoyado de pie en una esquina. Incluso habían traído unos juguetes y un caballito, que también habían dejado en la habitación.

—¿Y eso se lo comentaste a alguien?

—Solo a Sonya. Ya conoces a mi mujer, Marty. Podría trabajar de detective para ti. Ella había estado en aquella casa hacía años, cuando la vieja señora Cunningham organizó un acto benéfico allí. Aunque te parezca mentira, trató de convencerme para que pensara en comprarla cuando la señora Cunningham falleció. Yo le dije que se quitara la idea de la cabeza.

Stan Shafter sonrió con indulgencia.

—Sonya estaba emocionada cuando se enteró de que allí iban a vivir unas gemelas. Quería saber en qué habitación dormirían, o si estarían en cuartos separados, y si habían forrado las paredes con papel de la Cenicienta porque eso es lo que habría hecho ella. Le dije que las gemelas dormirían en la misma habitación, en la grande de la esquina del fondo, y que la pintarían de azul cielo y pondrían moqueta blanca en el suelo. «Y ahora —le dije para rematar—, déjame tomarme una cerveza tranquilamente con Clint.»

—¿Clint?

—Clint Downes. Es el guarda del club de campo de Danbury. Lo conozco desde hace años. Hacemos una limpieza general del club cada año antes del comienzo de la temporada. Dio la casualidad de que Clint estaba aquí cuando volví de casa de los Frawley y le dije que se quedara a tomar una cerveza.

Marty se puso de pie y cogió su gorra de uniforme.

—Bueno, Stan, si se te ocurre algo, llámame. ¿De acuerdo?

—Claro. Cada vez que miro a nuestros nietos y pienso que uno de ellos podría desaparecer para siempre… no puedo soportarlo.

—Te entiendo. —Marty subió los primeros escalones y luego se volvió—. Stan, ese tal Downes. ¿Sabes dónde vive?

—Sí, en la casa que hay en el recinto del club.

—¿Viene a verte a menudo?

—No. Quería contarme que había aceptado un trabajo en Florida y que se marcharía pronto. Pensó que yo podía conocer a alguien interesado en el puesto del club de golf. —Stan se echó a reír—. Me consta que Sonya puede acabar con la paciencia de cualquiera, pero Clint tuvo la cortesía de mostrarse realmente interesado en lo que yo le conté a mi mujer sobre la casa de los Frawley.

—Pues nada. Hasta la vista.

En el trayecto de vuelta a la comisaría, Marty pensó en lo que Shafter le había contado. Danbury no está dentro de mi jurisdicción, pero creo que llamaré a Carlson y le pasaré la información, decidió. Seguro que será otro callejón sin salida, pero en vista de que andamos todos agarrándonos a un clavo ardiendo no estaría de más investigar también a ese tipo.

77

El sábado a última hora de la tarde, los agentes Sean Walsh y Damon Philburn, vestidos de paisano para confundirse con los demás pasajeros, se plantaron en la zona de recepción de equipaje de Galaxy Airlines, en la terminal de llegadas internacionales del aeropuerto Liberty de Newark.

Ambos tenían la expresión de exasperación de los viajeros que, tras un largo vuelo, están desesperados por ver pasar sus maletas sobre la cinta transportadora. En realidad, estaban pendientes de un hombre de mediana edad y rostro delgado que aguardaba a que apareciera su equipaje. Cuando se agachó a recoger una maleta negra sin nada de particular ambos lo flanquearon de inmediato, colocándose uno a cada lado.

—FBI —le dijo Walsh—. ¿Quiere acompañarnos sin oponer resistencia o prefiere armar un escándalo?

Sin responder, el hombre asintió con la cabeza y los siguió. Lo llevaron a un despacho situado en una zona privada de la terminal, donde otros agentes estaban custodiando a Danny Hamilton, un veinteañero asustado que llevaba puesto un uniforme de maletero.

Cuando el hombre al que acompañaban Walsh y Philburn vio esposado a Hamilton se puso pálido y espetó:

—No diré nada si no es en presencia de un abogado.

Walsh colocó la maleta encima de una mesa y abrió los cerrojos. Puso en una silla las prendas que había cuidadosamente apiladas en su interior, mudas, camisas y pantalones incluidos, y con una navaja que se sacó del bolsillo rajó los bordes del doble fondo de la maleta. Al arrancar la lámina del fondo quedó al descubierto el contenido alojado en aquel espacio oculto: paquetes enormes de polvo blanco.

Sean Walsh sonrió al mensajero.

—Pues sí que va a necesitar un abogado.

Walsh y Philburn no daban crédito al inesperado giro que habían dado los acontecimientos. Habían acudido al aeropuerto para hablar con los compañeros de Richie Mason y ver si podían obtener alguna información por nimia que fuera que pudiera relacionarlo con el secuestro. En cuanto comenzaron a hablar con Hamilton notaron que se ponía demasiado nervioso.

Cuando lo presionaron negó con rotundidad saber nada del secuestro, pero luego se vino abajo y reconoció que sabía que Richie Mason recibía remesas de cocaína en el aeropuerto. Contó que Richie le había dado quinientos dólares en tres o cuatro ocasiones para que mantuviera la boca cerrada. Agregó que aquella misma tarde Richie le había llamado para decirle que esperaba la llegada de otro envío, pero que no podría estar allí para recogerlo.

Richie pidió a Hamilton que fuera al encuentro del mensajero en la zona de recepción de equipajes. Por la descripción de Richie, no le costaría reconocerlo ya que lo habría visto antes con él en el aeropuerto. Según las instrucciones de Richie, debía darle la contraseña «A salvo en casa», lo que bastaría para que el mensajero supiera que no había peligro en confiarle la maleta llena de cocaína. Hamilton contó que Richie le había dicho que escondiera la maleta en su apartamento y que en los días siguientes se pondría en contacto con él y le haría saber cómo la recuperaría.

El móvil de Sean Walsh sonó. El agente respondió a la llamada y, tras escuchar a su interlocutor, se volvió hacia Philburn.

—Mason no está en el apartamento de Clifton. Creo que ha alzado el vuelo.

78

—Margaret, puede que esto sea otro callejón sin salida —le advirtió el agente Carlson mientras se dirigían del domicilio de Lila Jackson a la casa donde vivía Clint Downes.

—No es otro callejón sin salida —insistió Margaret—. La única impresión que le quedó grabada a Trish antes de perder el conocimiento era la del sudor de un hombre corpulento. Lo sabía, lo sabía… sabía que si hablaba con la dependienta nos diría algo que nos ayudaría. ¿Por qué no lo haría antes?

—Nuestro departamento está investigando a Downes —le informó Carlson mientras circulaban por el centro de Danbury de camino al club de campo—. Si tiene antecedentes, no tardaremos en saberlo. Pero debe saber que si no está en casa no tenemos motivos para entrar en ella sin una orden de registro. No he querido esperar a que uno de nuestros agentes tuviera que venir hasta aquí, así que he pedido que un coche patrulla de la policía de Danbury se reuniera con nosotros allí.

Margaret no respondió. ¿Por qué habré tardado tanto en ir a hablar con Lila?, pensó, fustigándose. ¿Dónde estará esa tal Angie? ¿Estará Kathy con ella?

A última hora de la tarde se fue despejando por fin el cielo gracias al viento frío que soplaba, llevándose las nubes. Pero pasaban ya las cinco de la tarde y comenzaba a oscurecer. Margaret llamó a casa durante el trayecto al club de golf y la doctora Harris le dijo que Kelly se había vuelto a quedar dormida. Luego le contó que Kelly parecía estar comunicándose con Kathy y añadió que había sufrido un fuerte ataque de tos.

Lila Jackson había comentado a Carlson que tendrían que aparcar junto a la verja del camino de acceso. Cuando salieron del coche, el agente ordenó a Margaret que aguardara allí.

—Si ese hombre está involucrado en el secuestro podría ser peligroso.

—Walter —dijo Margaret—, si ese hombre está ahí no pienso irme sin hablar con él. A menos que vaya a contenerme por la fuerza, será mejor que acepte ese hecho.

Un coche patrulla se detuvo junto a ellos y de él bajaron de inmediato dos policías, uno de ellos con los galones de sargento en su uniforme. Carlson les hizo un breve resumen sobre la compra de ropa para unos supuestos gemelos en la tienda de oportunidades de Abby's y sobre la coincidencia de impresiones de la canguro presente en casa de los Frawley la noche del secuestro y de la dependienta de la tienda, que les había descrito a Clint como un hombre corpulento y sudoroso.

Al igual que Carlson, los policías trataron de convencer a Margaret de que se quedara en el coche, pero al ver que no habría manera de disuadirla le ordenaron que se mantuviera detrás de ellos hasta estar seguros de que no encontrarían resistencia por parte de Clint Downes para entrar en la casa y hacerle unas preguntas.

A medida que se acercaban a la vivienda, todos ellos se dieron cuenta de que sus precauciones eran innecesarias. La casa estaba a oscuras. A través de la puerta abierta del garaje vieron que no había ningún vehículo dentro. Presa de una enorme desilusión, Margaret observó cómo los policías iban de ventana en ventana, alumbrando el interior con sus linternas. Esta tarde estaba aquí a la una, pensó. De eso solo hace cuatro horas. ¿Acaso Lila lo asustaría? ¿Adónde habría ido? ¿Dónde estaría aquella tal Angie?

Margaret se acercó al garaje y encendió la luz. Dentro, a la derecha, vio la cuna que Clint había desmontado y amontonado contra la pared. El tamaño del colchón le llamó la atención. Era casi el doble de grande que un colchón de una cuna normal. ¿La habrían comprado porque sabían que allí dormirían dos niñas? Al tiempo que el agente del FBI y los policías de Danbury acudían al garaje a toda prisa, Margaret se acercó al colchón y pegó la cara en él. La nariz se le llenó con un ligero olor a Vick's VapoRub, un olor que le resultaba familiar.

Margaret dio media vuelta y gritó a los agentes de policía:

—¡Mis hijas han estado aquí! ¡Es aquí donde las tenían escondidas! ¿Adónde habrán ido? ¡Tienen que averiguar adónde se han llevado a Kathy!

79

Una vez en el aeropuerto de Logan, Clint fue directamente a la zona donde se hallaban las agencias de alquiler de coches. Plenamente consciente de que no podría alquilar un vehículo si Angie había excedido el límite de crédito de la tarjeta, Clint estudió con mucha atención las tarifas antes de elegir el servicio más económico y el coche más barato.

Un millón de dólares en metálico, pensó, y si la tarjeta de crédito no funciona tendré que robar un coche para llegar a la zona del cabo.

Pero funcionó.

—¿Tienen mapas de Maine? —le preguntó al empleado de la agencia.

—Los tiene ahí mismo.

El hombre señaló con gesto indiferente un estante con una colección de mapas. Clint cogió la copia del recibo del alquiler del coche y se acercó al expositor. Poniéndose de espaldas para evitar que el empleado pudiera verlo, cogió un mapa de Cabo Cod y se lo metió en la americana. Veinte minutos más tarde estaba embutido al volante de un compacto de gama inferior. Encendió la luz del techo y estudió el mapa. Estaba tan lejos como lo recordaba, a una hora y media desde Boston. En esta época del año no debería haber mucho tráfico, pensó.

Clint arrancó el coche. Angie recordaba que él le había comentado que había estado en Cabo Cod. Esta se queda con todo, pensó. Lo que no le conté era que había estado haciendo un trabajo con Lucas. Lucas trajo hasta aquí a un pez gordo, y tuvo que quedarse en un motel a esperarlo para llevarlo de vuelta, así que aprovechó la ocasión para inspeccionar la zona. Un par de meses más tarde vinimos los dos juntos y entramos a robar en una casa de Osterville, recordó Clint. El barrio era muy pijo, pero no sacamos tanto como Lucas esperaba. De hecho, por aquel trabajo me dio una miseria. Por eso esta vez le pedí que fuéramos a medias.

Clint salió del aeropuerto. Según el mapa, debía girar a la izquierda por el túnel Ted Williams y luego buscar las indicaciones a Cabo Cod. Si la cojo bien, la carretera 3 me lleva directamente al puente de Sagamore, pensó. Luego, según el mapa, tengo que coger la carretera central del cabo hasta la carretera 137, que me llevará a la carretera 28.

Le alegró ver que el tiempo en Boston estaba despejado. Le resultaría más fácil seguir las indicaciones de la carretera. Por otra parte, el tiempo despejado podría suponer un problema más tarde, pero no sería nada que no tuviera solución. Debería parar en alguna parte para llamar a Angie, se planteó. Así podría asegurarle con certeza que llegaría a eso de las nueve y media.

Una vez más la maldijo por llevarse todos los móviles.

Unos minutos después de salir del túnel vio una indicación a Cabo Cod. Quizá esté bien que no lleve un móvil encima, pensó. Aunque está loca, Angie no es tonta. Le podría dar por pensar que, en lugar de esperar a que yo llegara, tampoco le costaría tanto deshacerse de la cría sin ayuda y luego largarse de nuevo con el dinero.

La idea le hizo pisar a fondo el pedal del acelerador.

80

Los fines de semana, cuando sus obligaciones se lo permitían, Geoffrey Sussex Banks se escapaba de Bel-Air a su casa de Palm Springs, California. Sin embargo, aquel sábado se había quedado en Los Ángeles, y al regresar del club de golf a última hora de la tarde su ama de llaves le informó de que un agente del FBI estaba esperando su llegada.

—Me ha dado su tarjeta, señor. Aquí la tiene —dijo el ama de llaves, que al entregarle la tarjeta añadió—: Lo siento.

—Gracias, Conchita.

Geoff había contratado a Conchita y Manuel hacía años, cuando se casó con Theresa. El matrimonio adoraba a la señora, y cuando ocho meses después se enteraron de que estaba embarazada de gemelos se entusiasmaron con la noticia. Cuando Theresa desapareció poco después, la pareja mantuvo viva la esperanza de que un día oirían una llave en la puerta y aparecería la señora.

—A lo mejor ha tenido a los gemelos y ha olvidado su pasado y luego de repente lo recuerda y vuelve a casa con sus hijitos —le decía Conchita al principio a modo de plegaria.

Pero a aquellas alturas Conchita sabía que la presencia del FBI en aquella casa solo podía suponer más preguntas acerca de la desaparición de Theresa o, lo que era aún peor, la confirmación después de todos aquellos años de que habían encontrado sus restos.

Geoff se preparó para la noticia mientras recorría el vestíbulo de camino a la biblioteca.

Dominick Telesco pertenecía a la oficina del FBI de Los Ángeles. En sus diez años de experiencia en el departamento, Telesco había leído a menudo noticias en la sección de negocios de *L.A. Times* relacionadas con Geoffrey Sussex Banks, banquero de fama internacional, filántropo y apuesta figura de la alta sociedad cuya joven esposa, embarazada de ocho meses, había desaparecido hacía diecisiete años cuando se dirigía a la fiesta de bienvenida a su futuro bebé.

Telesco sabía que Banks tenía cincuenta años. Es decir, que tenía mi edad, treinta y dos años, cuando su mujer desapareció, pensó mientras miraba por la ventana que daba al campo de golf. Me pregunto por qué no se habrá vuelto a casar. Las mujeres se lo deben de rifar.

—¿Señor Telesco?

Un tanto avergonzado por no haber oído entrar a Banks, el agente se volvió rápidamente.

—Discúlpeme, señor Banks. Acabo de ver un tiro espectacular, y no le he oído entrar.

—Apuesto a que sé quién lo ha lanzado —respondió Banks, esbozando una sonrisa—. A la mayoría de nuestros socios el hoyo dieciséis les supone un problema. Solo hay uno o dos que lo dominan. Siéntese, por favor.

Por un instante los dos hombres se estudiaron el uno al otro. Telesco tenía cabello y ojos castaño oscuro, era de constitución alta y delgada y llevaba un traje oscuro de raya diplomática con corbata. Banks iba con un polo de golf y pantalones cortos. Sus rasgos patricios estaban ligeramente bronceados. Su pelo, más canoso que rubio oscuro, presentaba indicios de una calvicie incipiente.

El agente Telesco vio que, al menos a primera vista, las descripciones de Banks como un hombre que aunaba una extraña mezcla de autoridad y cortesía estaban justificadas.

—¿Se trata de mi mujer? —preguntó Banks, yendo directamente al grano.

—En efecto, señor —contestó Telesco—, aunque lo que me trae aquí es en realidad su posible relación con otro caso. ¿Ha oído hablar del secuestro de las gemelas Frawley, de Connecticut?

—Por supuesto. Tengo entendido que una de las niñas ha sido liberada.

—Así es. —Telesco no le hizo partícipe del contenido de un memorándum que circulaba por el departamento, según el cual la segunda gemela podría estar viva—. Señor Banks, ¿sabía usted que Norman Bond, el primer marido de su esposa, forma parte de la junta directiva de C. F. G. & Y., y que dicha junta votó a favor de pagar el rescate del dinero para que liberaran a las hijas de los Frawley?

—Sabía que Norman Bond está en la junta directiva de C. F. G. & Y.

A Telesco no le pasó por alto la ira que traslucía la voz de Banks.

—Norman Bond contrató al padre de las gemelas, Steve Frawley, para un puesto de C. F. G. & Y., y lo hizo en circunstancias un tanto inusuales. Otros tres ejecutivos de rango medio de la empresa aspiraban a dicho puesto, pero al final el elegido fue Frawley. Cabe señalar que Steve Frawley es padre de dos gemelas idénticas, y que vive en Ridgefield, Connecticut. Norman Bond también vivía en Ridgefield, Connecticut, con su mujer cuando esta tuvo gemelos idénticos.

El bronceado de Geoff Banks no podía disimular que estaba palideciendo por momentos.

—¿Insinúa usted que Bond ha tenido algo que ver en el secuestro de los Frawley?

—En vista de las sospechas que ha expresado usted con relación a la desaparición de su mujer, ¿cree que Norman Bond sería capaz de planear y ejecutar un secuestro?

—Norman Bond es malvado —afirmó Banks con rotundidad—. Tengo la absoluta certeza de que él fue el responsable de la desaparición de mi esposa. Me consta que se murió de envidia cuando se enteró de que volvía a estar embarazada de gemelos.

Cuando ella desapareció, yo dejé mi vida en suspenso, y así seguirá hasta que sepa exactamente lo que le ocurrió.

—He investigado el caso a fondo, y no hay la más mínima prueba que relacione a Norman Bond con la desaparición de su mujer. Hay testigos que aseguran que aquella noche lo vieron en Nueva York.

—Los testigos *piensan* que lo vieron en Nueva York aquella noche; también puede que contratara a una persona para que hiciera el trabajo por él. Lo dije entonces y lo digo ahora: él es el responsable de lo que quiera que le ocurriera a Theresa.

—Hablamos con él la semana pasada. En dicha ocasión Bond se refirió a su mujer como su «difunta esposa». Entonces nos preguntamos si habría sido un lapsus, o si sería quizá algo más comprometedor.

—Su «difunta esposa» —exclamó Geoffrey Banks—. Revisen sus notas. Ese hombre se ha pasado todos estos años diciendo que creía que Theresa estaba viva, y afirmando que ella quería alejarse de mí. Ni una sola vez le habrán oído referirse a ella como si estuviera muerta. ¿Me pregunta si lo creo capaz de secuestrar a las hijas de alguien que lleva la vida que él quería y esperaba vivir? ¡Ya lo creo que sí!

Ya de vuelta en su coche, Dominick Telesco se miró el reloj. En la costa Este eran poco más de las siete. Llamó a Angus Sommers, de la oficina de Nueva York, y le refirió su conversación con Banks.

—Creo que sería buena idea comenzar a vigilar a Bond día y noche —sugirió.

—Yo también lo creo —asintió Sommers—. Gracias.

81

—Lila Jackson nos ha dicho que el garaje estaba vacío —informó el agente Carlson a los policías de Danbury—. También nos ha contado que Clint Downes recibió una llamada de un tal Gus mientras ella estaba en la casa. Si por ella hubiera sido nos habría transmitido sus sospechas antes, pero uno de sus agentes jubilados, Jim Gilbert, la disuadió. Gilbert le aseguró conocer a Downes y a su novia. Puede que el tal Gus sea quien haya venido a buscar a Downes. Quizá Gilbert sepa quién es Gus.

Margaret no podía apartar la mirada de la cuna desmontada. Ahí es donde han tenido a mis niñas, pensó. Con lo altos que son los barrotes, ¡parece una jaula! La mañana que monseñor ofreció una misa en memoria de Kathy, Kelly habló de una cuna enorme, así la describió. Tengo que ir a casa. Tengo que preguntárselo. Es la única que puede decirnos dónde está Kathy.

82

El Flautista se apartó la carta de la cara y bajó del taburete. Tenía que averiguar en qué habitación estaba alojada Angie. Al ver que el camarero lo miraba con curiosidad, sacó el móvil del bolsillo. Lo que menos quería era llamar la atención, así que se llevó el teléfono a la oreja como si estuviera contestando una llamada y con gesto de estar escuchando atentamente se encaminó hacia la salida.

El Flautista estaba oculto en la sombra de la cafetería cuando Angie salió a la calle, con una bolsa de comida en la mano. Sin mirar a derecha ni a izquierda, Angie recorrió a toda prisa el aparcamiento de la cafetería y enfiló por la acera que lo separaba del recinto del motel. Mientras la seguía con la mirada, el Flautista observó que Angie tenía la intención de volver al motel. Como no espera a Clint hasta dentro de una hora y media creerá que aquí está a salvo, razonó el Flautista.

Para su satisfacción, Angie abrió la puerta de una habitación situada en la planta baja. Más fácil me lo pone para tenerla vigilada, pensó. ¿Qué hago? ¿Me arriesgo a volver a la cafetería para comer algo?, se preguntó. No, será mejor seguir su ejemplo y pedir algo para llevar. Eran las siete y veinte. Con un poco de suerte, Clint llegaría entre las ocho y media y las nueve.

El estor de la ventana de la habitación de Angie estaba totalmente bajado. El Flautista se subió el cuello de la americana. Con la capucha y las gafas oscuras puestas, pasó por delante poco a poco, saliendo definitivamente de dudas cuando oyó el llanto repetitivo y entrecortado de un niño que a todas luces llevaba llorando un buen rato.

El Flautista se apresuró a regresar a la cafetería, pidió una hamburguesa y un café para llevar y, con la bolsa del pedido en la mano, volvió al motel para pasar por delante de la habitación de Angie. Aunque no estaba seguro de oír a la criatura, el sonido de una reposición de la serie *Todo el mundo quiere a Raymond* le sirvió para confirmar que Angie seguía en la habitación, aguardando la llegada de Clint.

Todo estaba saliendo según lo planeado.

83

Gus Svenson estaba sentado en su taburete habitual del pub de Danbury cuando dos hombres aparecieron uno a cada lado de él.

—FBI —le dijo uno de ellos—. Acompáñenos.

Gus iba por la tercera cerveza.

—¿Están de broma?

—En absoluto. —Tony Realto miró al camarero—. Prepárele la cuenta.

Cinco minutos más tarde, Gus estaba en la comisaría de Danbury.

—¿Qué ocurre? —quiso saber. Tengo que despejarme, se dijo. Estos tíos están locos.

—¿Adónde ha ido Clint Downes? —espetó Realto.

—Y yo qué sé.

—Sabemos que lo ha llamado esta tarde a eso de la una y cuarto.

—Pero ¿qué dicen? A la una y cuarto de la tarde estaba arreglando las cañerías de casa del alcalde. Llámenlo si no me creen. Él estaba allí.

Realto y Carlson se miraron. Seguro que no miente, se dijeron el uno al otro.

—¿Y qué motivo podría tener Clint para hacer como si hablara con usted? —inquirió Carlson.

—Pregúntele a él. A lo mejor no quería que su novia se enterara de que le había llamado otra tía.

296

—¿Su novia, Angie? —preguntó Realto.

—Sí, la loca esa.

—¿Cuándo vio por última vez a Clint?

—Déjeme pensar. A ver, hoy es sábado. Anoche cenamos juntos.

—¿Angie estaba con ustedes?

—Qué va. Estaba fuera haciendo un canguro.

—¿Cuándo la vio por última vez?

—Clint y yo salimos también el jueves por la noche para tomar unas cervezas y una hamburguesa. Angie estaba en casa cuando fui a buscarlo. Estaba cuidando un crío que se llamaba Stevie.

—¿Vio al niño? —Carlson no pudo disimular la agitación en su voz.

—Sí, aunque no mucho. Estaba envuelto en una manta. Le vi la nuca.

—¿Llegó a ver de qué color tenía el pelo?

—Castaño oscuro. Lo llevaba corto.

En aquel momento sonó el móvil de Carlson. El agente vio en la pantalla que la llamada procedía de la comisaría de Ridgefield.

—Walt —dijo Marty Martinson—, llevo un par de horas queriendo llamarte, pero hemos tenido una emergencia. Unos adolescentes han sufrido un grave accidente de coche; por suerte no se teme por sus vidas. Hay un nombre que quiero pasarte en relación con el caso de los Frawley. Lo más probable es que no sirva de nada, pero ahora te explico por qué creo que valdría la pena investigarlo.

Incluso antes de que Martinson siguiera hablando, el agente Carlson estaba convencido de que el nombre que estaba a punto de oír era el de Clint Downes.

Al otro lado de la mesa un Gus Svenson repentinamente sobrio explicaba a Tony Realto:

—Llevaba meses sin salir a cenar con Clint. Y el otro día me encuentro con Angie en la farmacia. En el carrito llevaba un montón de cosas, como un vaporizador y gotas para la tos para un niño que estaba cuidando y que estaba enfermo. Y yo...

Los agentes escucharon con atención el relato de Gus mientras este les contaba todo cuanto recordaba de sus últimos contactos con Clint y Angie.

—Llamé a Clint el miércoles por la noche para ver si quería salir a tomar un par de cervezas, pero Angie me dijo que había ido a revisar un coche nuevo. Ella estaba haciendo un canguro y los críos se pusieron a llorar, así que no estuvimos mucho rato al teléfono.

—¿Cómo que *los críos*? —espetó Realto.

—Me he equivocado. Es que me pareció oír a dos críos, pero no estaba seguro. Cuando se lo pregunté Angie me colgó enseguida.

—A ver si nos entendemos. La última vez que vio usted a Angie fue el jueves por la noche, y a Clint lo vio por última vez anoche, ¿no es así?

—Sí. Fui a buscarlo y luego lo llevé a casa; me dijo que no tenía forma de moverse de casa. Me contó que había vendido la furgoneta y que Angie estaba haciendo un canguro en Wisconsin.

—¿Y le creyó?

—Qué quiere que le diga. Lo que no me explico es por qué vendería la furgoneta antes de comprarse otro coche.

—¿Está seguro de que la furgoneta no estaba allí anoche?

—Se lo juro por Dios. Pero sí que estaba en el garaje cuando fui a buscarlo el jueves por la noche, y Angie estaba en casa con el crío que estaba cuidando.

—Muy bien. Espere aquí. Ahora mismo volvemos. —Los agentes salieron al pasillo—. ¿Qué piensas, Walt? —preguntó Realto.

—Que Angie se ha largado con Kathy en la furgoneta. Una de dos, o se han repartido el dinero y han tirado cada uno por su lado, o Clint ha quedado en reunirse con ella en alguna parte.

—Yo también pienso lo mismo.

Los dos hombres volvieron a entrar en la sala donde Gus esperaba sentado.

—Gus, ¿por casualidad llevaba Clint mucho dinero en metálico cuando salió con él?

—Qué va. Me dejó pagar a mí las dos noches.

—¿Se le ocurre alguien más que pudiera haber ido a buscarlo hoy para llevarlo a alguna parte?

—No.

El sargento de la policía de Danbury que había estado en la casa del club de campo había estado haciendo sus pesquisas. Entró en la sala a tiempo para oír la última pregunta.

—Clint Downes ha llamado hoy al servicio de taxis de Danbury para ir al aeropuerto de LaGuardia —explicó el sargento—. El taxi lo ha dejado en la entrada de Continental Airlines a eso de las cinco y media.

Hace solo dos horas, pensó Walter Carlson. Estamos estrechando el cerco sobre él, pero ¿conseguiremos dar con él antes de que sea demasiado tarde para Kathy?

84

En la comisaría de Hyannis, el sargento de recepción, Ari Schwartz, escuchaba paciente la airada protesta de David Toomey contra la denuncia de un presunto robo en el aparcamiento de su motel.

—Llevo treinta y dos años trabajando en el Soundview —manifestó Toomey con vehemencia—, y no voy a permitir que esa lianta, que ni siquiera tiene cabeza para cuidar a un crío enfermo, le cuente una mentira a Sam Tyron sobre el robo de una silla para niños que nunca ha llevado en su coche.

El sargento conocía a Toomey, y le tenía aprecio.

—Bueno, Dave, no te alteres —le dijo con voz tranquilizadora—. Hablaré con Sam. ¿Y dices que el encargado de noche juraría que esa mujer no llevaba una silla en el coche?

—Sin lugar a dudas.

—Nos aseguraremos de rectificar la información.

Aplacado en cierto modo por la promesa, Toomey dio media vuelta para marcharse, pero se detuvo con gesto vacilante.

—Estoy muy preocupado por ese niño. Estaba muy enfermo. ¿Te importaría llamar al hospital para ver si lo han ingresado, o si lo han atendido en urgencias? Se llama Steve, y la madre Linda Hagen. Lo haría yo, pero seguro que hacen más caso si llamas tú.

Schwartz no dejó traslucir el arrebato de rabia que le entró. Dave Toomey era muy amable al mostrar su preocupación por aquel niño, pero por otra parte comprobar lo que le pedía no sería fácil. La madre podría haber llevado a su hijo a cualquiera de los varios centros de urgencias que había en la zona del cabo. Pero en lugar de hacerle notar esa circunstancia a Dave, el sargento optó por realizar la llamada.

En la sección de pediatría del hospital no habían ingresado a ningún paciente con aquel nombre.

Pese a las ganas que tenía de llegar a casa, Toomey seguía reacio a marcharse.

—Hay algo que me choca de esa mujer —dijo, más para sus adentros que dirigiéndose al sargento—. Si ese niño fuera mi nieto, mi hija estaría muerta de preocupación. —Toomey se encogió de hombros—. Bueno, será mejor que me meta en mis asuntos. Gracias, jefe.

A menos de siete kilómetros de allí, Elsie Stone introducía en aquel momento la llave en la cerradura de la puerta de su casa de madera blanca. Había ido a Yarmouth para dejar a Debby en casa, pero había declinado el ofrecimiento de quedarse a cenar con su hija y su yerno.

—Ya estoy mayor, y lo noto —repuso con voz alegre—. Prefiero irme a casa. Me calentaré una sopita de verduras y me la tomaré mientras leo el periódico y veo las noticias.

Aunque no es que apetezca mucho ver las noticias, pensó mientras encendía la luz del vestíbulo. Pero por mucho que me afecte lo de ese secuestro, tengo curiosidad por saber si han avanzado en la investigación para coger a esa gentuza.

Elsie colgó el abrigo en el perchero y fue directa al estudio para encender el televisor. En pantalla apareció el presentador del telediario de las seis y media explicando lo siguiente:

—Una fuente no identificada ha revelado que el FBI trabaja en estos momentos basándose en la suposición de que Kathy Frawley podría seguir con vida.

—¡Alabado sea Dios! —dijo Elsie en voz alta—. Dios quiera que encuentren a esa pobre criatura.

Subiendo el volumen del televisor para no perderse una palabra, Elsie se dirigió a la cocina. Mientras llenaba un cuenco de sopa de verduras casera y lo metía en el microondas, cayó en la cuenta de que el nombre de «Kathy» no paraba de dar vueltas en su cabeza.

Kathy… Kathy… Kathy… De qué me sonara ese nombre, se preguntó.

85

—Kathy ha estado allí —exclamó Margaret mientras Steve la abrazaba con fuerza—. He visto la cuna donde tenían a nuestras hijas. El colchón olía a Vick's, como el pijama de Kelly cuando nos la devolvieron. Todos estos días las hemos tenido cerquísima, Steve, cerquísima. Esa mujer que compró ropa para unos gemelos la tarde que yo compré los vestidos de cumpleaños para las niñas es la que tiene ahora a Kathy. Y Kathy está enferma. ¡Está muy enferma!

Ken Lynch, un agente que llevaba poco tiempo en el cuerpo de policía de Danbury, había acompañado a casa a Margaret y se quedó sorprendido al ver la manzana entera tomada por las unidades móviles de los medios. Cogiéndola del brazo, la escoltó hasta el interior de la casa a toda prisa, pasando por delante de Steve, que les sostenía la puerta abierta. Con sensación de impotencia, Lynch atravesó el arco de entrada y accedió al salón, donde se detuvo y dio media vuelta.

Esta debe de ser la sala donde la canguro estaba hablando por teléfono cuando oyó gritar a una de las gemelas, pensó. Luego, al recorrer la estancia rápidamente con la mirada, quedándose con todos los detalles para comentarlos más tarde con su mujer, vio las muñecas en el suelo del centro del salón. Dos muñecas idénticas, tapadas con la misma manta y tocándose con los dedos. Enfrente de la chimenea había una mesa de juguete preparada para el té con unas sillitas dispuestas alrededor. En la mesa estaban sentados dos ositos de peluche idénticos, uno frente al otro.

—Mami, mami.

Lynch oyó el grito de entusiasmo procedente del piso de arriba, seguido del sonido de unos pies que bajaban corriendo por los peldaños no enmoquetados de la escalera. El agente vio cómo Kelly se lanzaba a los brazos de Margaret. Con la incómoda sensación de verse como un voyeur, Lynch no pudo resistirse a observar la expresión de angustia de la madre mientras esta abrazaba a su hija.

Esa debe de ser la pediatra que está con ellos, dedujo Lynch al ver a una mujer mayor con el pelo cano bajando por la escalera a toda prisa.

Margaret dejó en el suelo a Kelly y se arrodilló junto a ella, poniéndole las manos encima de los hombros.

—Kelly —le dijo con voz suave—, ¿has vuelto a hablar con Kathy?

Kelly asintió.

—Quiere volver a casa.

—Lo sé, cariño. Y yo también quiero que vuelva a casa, tanto como tú. ¿Sabes dónde está? ¿Te lo ha dicho?

—Sí, mami. Se lo he dicho a papá, y a la doctora Sylvia también. Y a ti. Kathy está en el viejo Cabo Cod.

Margaret dio un grito ahogado, negando con la cabeza.

—He sido yo quien hablaba de Cabo Cod, esta mañana cuando estabas conmigo en la cama. ¿No te acuerdas, cielo? Ahí es donde has oído ese nombre. A lo mejor Kathy te ha dicho que estaba en otro sitio. ¿Le puedes preguntar ahora?

—Kathy ahora está muy dormida.

Kelly se volvió con expresión ofendida y pasó por delante del agente Lynch para ir a sentarse en el suelo junto a las muñecas. Mientras Lynch la observaba, paralizado, le oyó decir:

—Pues claro que estás en el viejo Cabo Cod.

El agente aguzó el oído para intentar captar lo que añadió Kelly a continuación, pero no llegó a entenderla porque se puso a cuchichear.

86

A Angie le reconfortó comerse la hamburguesa y tomarse el café. Pues sí que tenía hambre, pensó resentida mientras se sentaba en el cómodo sillón que había en la habitación del motel, sin hacer caso a Kathy. El sorbete que le había comprado estaba intacto, y ella yacía en la cama con los ojos cerrados.

He tenido que sacar a rastras a la cría del McDonald's porque esa vieja fisgona de la camarera se ha puesto a hablar con ella, pensó Angie, reviviendo las vicisitudes de aquel día.

—¿Cómo te llamas, pequeño?

—Me llamo Kathy, digo Stevie.

—Vaya, mi nieta también tiene un amigo imaginario.

Y todo eso con la foto de las gemelas encima de la mesa. Madre mía, si la vieja se hubiera fijado bien, se habría ido directa al poli.

¿A qué hora llegará Clint?, se preguntó Angie. Ha dicho que a las nueve, como muy pronto. Parecía estar picado conmigo. Le tendría que haber dejado algo de dinero. Pero seguro que se las ha apañado. Fue un error pagar las compras de Abby's con la tarjeta de crédito. Debería haber utilizado el dinero que me dio Lucas. Bueno, ya es tarde para preocuparse por eso. Aquí estaré a salvo hasta que aparezca Clint. Seguro que deja tirado en la cuneta el coche que ha alquilado para venir aquí y roba otro para que podamos salir de la zona sin levantar sospechas.

Y luego tendremos un millón de dólares para los dos. ¡Un millón de dólares! Verás el cambio de imagen que doy, se dijo a sí misma mientras cogía el mando a distancia del televisor. Y se acabó eso de tener un crío a mi lado, pensó, echando un vistazo a la cama. Dan demasiados problemas.

87

Los diversos cuerpos de policía habían establecido un puesto de mando en la sala reservada para el FBI en la comisaría de Danbury. Los agentes Tony Realto y Walter Carlson, junto con el comisario Jed Gunther y el jefe de la policía de Danbury, estaban reunidos en una sala de juntas.

—Ahora sabemos con certeza que Clint Downes y Lucas Wohl fueron compañeros de celda en Attica —dijo Realto—. Ambos se saltaron la condicional en cuanto los pusieron en libertad, cambiaron de identidad y han logrado pasar inadvertidos durante todos estos años. También sabemos cómo llegó a pagarse el coche de Excel con la tarjeta de crédito de Bailey. Lucas sabía su número porque llevaba a menudo a Bailey y este le pagaba con tarjeta.

Realto había dejado de fumar a los diecinueve años, pero en aquel momento se moría por un cigarrillo.

—Según Gus Svenson, Angie lleva siete u ocho años viviendo con Downes —prosiguió el agente—. Por desgracia, no hay una sola foto de ninguno de los dos en toda la casa. Seguro que la foto que tenemos de Downes en los archivos no se parece en nada a su aspecto actual. Lo mejor que podemos hacer es dar a los medios un retrato robot y una descripción de ambos.

—Ha habido filtraciones a la prensa —informó Carlson—. Corre ya el rumor de que Kathy está viva. ¿Vamos a hacer algún comentario al respecto?

—Aún no. Si decimos que creemos que está viva, me temo que podría ser su pena de muerte. A estas alturas seguro que Clint y Angie sospechan que andamos tras ellos, y si se dan cuenta de que todos los policías del país se quedan con la cara de todos los niños de tres años que ven, podrían dejarse llevar por el pánico y decidir deshacerse de ella. Mientras crean que nosotros la damos por muerta, puede que intenten viajar pasando por una familia.

—Margaret Frawley jura y perjura que las gemelas están comunicándose —dijo Carlson—. Esperaba que me llamara. Si Kelly hubiera dicho algo importante, sé que me habría llamado. ¿Está por aquí el agente que la acompañó a casa?

—Si te refieres a Ken Lynch, me consta que ya ha vuelto de casa de los Frawley —le informó el jefe de policía de Danbury antes de descolgar el teléfono de su mesa de trabajo—. Comunique por radio a Lynch que venga cuanto antes.

Quince minutos más tarde, Lynch entraba en la sala.

—Yo diría sin lugar a dudas que Kelly está en contacto con su hermana —les aseguró el agente—. La he tenido delante, y he visto cómo insistía en que Kathy estaba en Cabo Cod.

En el puente de Sagamore había poco tráfico. Mientras atravesaba el canal de Cabo Cod, Clint conducía con creciente impaciencia, mirando cada dos por tres el indicador de velocidad para comprobar que no iba demasiado rápido. Sabía que se había salvado por poco de que la policía lo detuviera en la carretera 3, cuando estaba yendo a 110 km por una zona por la que no se podía circular a más de 90 km por hora.

Clint miró la hora en su reloj. Eran las ocho en punto. Me quedan por lo menos cuarenta minutos más para llegar, pensó. Encendió la radio en el momento justo para oír la voz vehemente del locutor de un informativo que decía:

—Continúan los rumores sobre la posible falsedad de la confesión de suicidio en torno a la presunta muerte de Kathy Frawley. Lejos de confirmar o negar la veracidad de dicho rumor, las autoridades se han limitado a facilitar los nombres de dos sospechosos en el secuestro de las gemelas Frawley.

Clint notó que el sudor comenzaba a brotarle por todos los poros de su cuerpo.

—Mediante un comunicado oficial han apelado a la colaboración ciudadana con el fin de detener a un ex presidiario llamado Ralph Hudson. El sospechoso, conocido con el alias de Clint Downes, trabajaba últimamente como guarda del club de campo de Danbury, en Connecticut. En la orden de arresto se nombra asimismo a su novia, Angie Ames. Según la información de que disponemos, Downes fue visto por última vez en el aeropuerto de LaGuardia, donde lo dejó un taxi pasadas las cinco de la tarde. De la mujer, Angie Ames, no se tienen noticias desde la noche del jueves. Se cree que viaja en una furgoneta Chevy de color marrón oscuro, de doce años y con matrícula de Connecticut...

No tardarán mucho en seguirme la pista hasta el puente aéreo, pensó Clint desesperado. Luego me rastrearán hasta la agencia de alquiler de coches y conseguirán la descripción de este vehículo. Tengo que deshacerme de él cuanto antes. Al final del puente cogió la carretera central del cabo. Al menos he tenido la lucidez de pedirle al empleado de la agencia un mapa de Maine, pensó. Puede que eso me dé un poco más de tiempo. Tengo que pensar qué voy a hacer.

Voy a arriesgarme a seguir por esta carretera, concluyó. Cuanto más me acerque a Chatham mejor. Si la poli sospecha que estamos en el cabo, registrarán todos los moteles... eso si no los han registrado ya, pensó abatido.

Clint recorría rápidamente la carretera con la mirada cada vez que pasaba por delante de una salida ante la posible presencia de coches patrulla. El paisaje comenzó a resultarle más familiar al llegar a la salida 5 para Centerville. Aquí es donde hicimos el trabajo, recordó. La salida 8 correspondía a Dennis y Yarmouth. El trayecto se le hizo interminable hasta que al fin llegó a la salida 11, la de Harwich y Brewster, y se desvió por la carretera 137. Ya estoy casi en Chatham, pensó, tratando de tranquilizarse. Ha llegado el momento de deshacerse de este coche. Fue entonces cuando vio a lo lejos el lugar que buscaba, un complejo de cines con un aparcamiento abarrotado.

Diez minutos más tarde, aparcado dos filas por detrás, vio que una pareja de adolescentes dejaban un sedán de gama baja y entraban en el vestíbulo del teatro. Clint se bajó del coche de alquiler, los siguió hasta el vestíbulo y se quedó en un rincón, desde donde los vio ponerse en la cola de las entradas. Clint aguardó a que el acomodador les rompiera las entradas y la pareja desapareciera por un pasillo antes de volver a salir al aparcamiento. Ni siquiera se han molestado en cerrar la puerta con llave, pensó al intentar abrir el picaporte del lado del conductor. No me lo pongáis tan fácil. Clint se metió en el coche y esperó un instante hasta estar seguro de que no había nadie cerca.

Se agachó bajo el salpicadero y, con manos expertas y movimientos diestros, unió los cables para activar el contacto. El sonido de arranque del motor le proporcionó la primera sensación de alivio desde que había oído las noticias por la radio. Clint encendió las luces, metió la marcha correspondiente e inició la fase final de su viaje a Chatham.

—Sylvia, ¿por qué está tan callada Kelly? —quiso saber Margaret, con miedo en su voz.

Kelly estaba sentada en el regazo de Steve, con los ojos cerrados.

—Es su forma de reaccionar ante toda esta situación —le explicó Sylvia Harris, tratando de parecer convincente—. Además, está experimentando una reacción alérgica a algo. —La doctora se acercó a la pequeña y le subió la manga del polo. Sylvia se mordió el labio ante lo que vio. La magulladura estaba amoratándose, pero no era eso lo que la doctora quería que viera, sino el sarpullido de granitos rojos que le había salido a Kelly en el brazo.

Margaret miró el sarpullido y luego a la doctora Harris y a Steve, alternando la mirada entre el uno y el otro.

—Kelly no tiene alergia a nada —dijo—. Es una de las pocas cosas que la diferencian de Kathy. ¿Es posible que Kathy esté teniendo una reacción alérgica a algo?

El tono apremiante de su voz exigía una respuesta.

—Marg, Sylvia y yo hemos hablado sobre ello —contestó Steve—. Empezamos a creer que es posible que Kathy esté teniendo una reacción alérgica a algo que le han dado, a un medicamento quizá.

—¿No será penicilina? Sylvia, ¿recuerdas la reacción tan fuerte que tuvo Kathy incluso a las gotas de penicilina de la prueba de la alergia? Le salió un sarpullido de granitos rojos y se le hinchó el brazo. Me dijiste que si le hubieras puesto una inyección podrías haberla matado.

—Margaret, no sabemos a qué puede deberse. —Sylvia Harris trató de no dejar traslucir su propio temor y angustia—. Incluso la ingestión de más aspirinas de la cuenta puede provocar una reacción.

Margaret estaba al límite de sus fuerzas... o quizá ya lo hubiera rebasado, pensó la doctora. Y ahora otra preocupación, una demasiado espantosa para tenerla en cuenta siquiera un instante, la atenazaba. Kelly languidecía por momentos. ¿Sería posible que las funciones vitales de Kathy y Kelly estuvieran tan entrelazadas que si a Kathy le ocurría algo, Kelly reaccionara del mismo modo?

Sylvia ya había barajado aquella terrible posibilidad en su conversación con Steve. Ahora veía que a Margaret también se le pasaba por la cabeza. Margaret, que estaba sentada junto a Steve en el sofá del salón, se acercó a Kelly y la cogió del regazo de su marido.

—Cielo, habla con Kathy —le suplicó—. Pregúntale dónde está. Dile que mamá y papá la quieren.

Kelly abrió los ojos.

—No me oye —dijo medio adormilada.

—¿Por qué, cariño? ¿Por qué no te oye? —preguntó Steve.

—Porque ya no puede despertarse —respondió Kelly con un suspiro mientras se acurrucaba en posición fetal en los brazos de Margaret y volvía a dormirse.

90

El Flautista estaba escuchando la radio arrellanado en el asiento del coche. Las últimas noticias, que no dejaban de repetir cada pocos minutos, se centraban en el hecho de que Kathy podría estar viva. Se buscaba a dos sospechosos: un ex presidiario conocido con el nombre falso de Clint Downes y su novia, Angie Ames. Se creía que ella viajaba con una furgoneta Chevy de color marrón oscuro, de doce años y con matrícula de Connecticut.

Una vez superado el momento inicial de pánico, el Flautista sopesó las opciones que tenía. Podía volver al aeropuerto y regresar en el avión que lo había llevado hasta allí, lo cual era lo más inteligente que podía hacer. Pero siempre quedaba la posibilidad, por pequeña que fuera, de que Lucas hubiera revelado su identidad a Clint Downes. Si los federales detienen a Clint me entregará a cambio de una reducción de la condena, pensó. No puedo correr ese riesgo.

En el aparcamiento del motel comenzó a verse un movimiento de coches que iban y venían. Con un poco de suerte veré a Clint antes de que llegue a la habitación de Angie, pensó. Tengo que hablar con él antes.

Una hora más tarde su paciencia se vio recompensada. Un sedán accedió al aparcamiento y, después de rodear una fila de vehículos, aparcó en una plaza vacía situada cerca de la furgoneta de Angie. Del automóvil salió un individuo corpulento. En cuestión de un instante el Flautista estaba fuera de su coche y apostado junto a Clint. Este se volvió hacia él con la mano en el bolsillo de la americana.

—No te molestes en sacar una pistola —le dijo el Flautista—. Estoy aquí para ayudarte. Tu plan no funcionará. No podéis iros de aquí en esa furgoneta.

El Flautista vio cómo la cara de sobresalto de Clint adoptaba de repente una expresión de astuta comprensión.

—Tú eres el Flautista.

—Sí.

—Después de correr tantos riesgos, ya era hora de que te conociera. ¿Quién eres?

El Flautista se dio cuenta de que Clint no tenía la menor idea de su identidad, pero ya era demasiado tarde. Tengo que tirar adelante con el plan, se dijo.

—Ella está ahí dentro —dijo, señalando la habitación de Angie—. Dile que he venido hasta aquí para ayudaros a escapar. ¿En qué coche has venido?

—En uno que me he agenciado. Los dueños están en el cine, así que no se darán cuenta hasta dentro de un par de horas.

—Entonces mete a Angie y a la cría en el coche y largaos de aquí. Haz todo lo que creas necesario para sacarlas de aquí. Yo os seguiré y luego os llevaré en mi avión hasta Canadá.

Clint asintió.

—Ha sido ella quien lo ha echado todo a perder.

—Aún no hay nada perdido —lo tranquilizó el Flautista—. Pero tenéis que largaros de aquí antes de que sea demasiado tarde.

91

El taxista que había llevado a Clint al aeropuerto de LaGuardia estaba en la comisaría de Danbury.

—El tipo que he ido a recoger al club de campo llevaba una bolsa muy pequeña —le dijo a los agentes del FBI y al jefe de policía—. Me ha pagado con tarjeta de crédito, y me ha dado una miseria de propina. Si tenía dinero, yo desde luego no lo he visto.

—Seguro que Angie se marchó en la furgoneta con el dinero del rescate —comentó Carlson a Realto—. Clint debía de tener pensado reunirse con ella.

Realto asintió.

—¿No le ha dado ninguna indicación de adónde se dirigía? —insistió Carlson, que ya había hecho antes aquella pregunta al conductor pero que confiaba aun así en que con su respuesta pudiera arrojar luz sobre algún dato útil.

—Solo me ha dicho que lo dejara en la entrada de Continental Airlines. Nada más.

—¿Ha visto si hablaba por el móvil?

—No. Y no me ha dirigido la palabra salvo para decirme adónde íbamos.

—Muy bien. Gracias. —Presa de la frustración, Carlson miró la hora en el reloj. Tras la inesperada visita de Lila Jackson, Clint sabía que era solo cuestión de tiempo que fuéramos a por él, pensó. ¿Tendría pensado reunirse con Angie en LaGuardia? ¿O cogería otro taxi, para ir quizá a Kennedy y coger un vuelo al extranjero? ¿Y qué hay de Kathy?

Carlson sabía que Ron Allen, el agente encargado de las operaciones del FBI en LaGuardia y JFK, dirigía la investigación en ambos aeropuertos. Si Clint constaba como pasajero de cualquier avión que hubiera salido de uno de ellos en las últimas horas, Allen no tardaría en averiguarlo.

Al cabo de quince minutos Carlson recibió la llamada de Allen.

—Downes ha cogido el puente aéreo de las seis de la tarde a Boston —le informó resuelto—. He dado orden de que lo busquen en Logan.

92

—Tenemos que intentar mantenerla despierta —advirtió Sylvia Harris, sin molestarse en disimular el tono de preocupación de su voz—. Margaret, déjala en el suelo y cógela de la mano. Tú también, Steve. Hacedla caminar.

Con los labios blancos de miedo, Margaret obedeció.

—Vamos, Kelly —la animó—. A ti, a papá, a Kathy y a mí nos encanta ir a pasear juntos. Vamos, cariño.

—No... puedo... No... quiero... —masculló Kelly con voz quejosa y adormilada.

—Kelly, tienes que decirle a Kathy que ella también debe despertarse —le pidió la doctora Harris.

A Kelly se le caía la cabeza sobre el pecho, pero comenzó a moverla de un lado a otro en señal de protesta.

—No... no... no más. Vete, Mona.

—Kelly, ¿qué ocurre? —Dios mío, ayúdame, pensó Margaret. Déjame llegar hasta Kathy. Esa tal Angie debe de ser la mujer a la que Kelly llama «Mona»—. Kelly, ¿qué le hace Mona a Kathy? —le preguntó desesperada.

Tropezándose entre Margaret y Steve, que la llevaban medio en volandas, Kelly dijo entre dientes:

—Mona está cantando. —Con voz temblorosa y desafinada, Kelly comenzó a cantar—: *No... más... el viejo Cabo Cod.*

93

—Me temo que van a creer que soy una de esas personas que solo buscan salir en los periódicos —le confió Elsie Stone a su hija, con el teléfono en una mano y en la otra el *Cape Cod Times*. En la pantalla del televisor no hacían más que salir fotos de las gemelas Frawley—. La mujer me dijo que era un niño, pero yo estoy convencida de que era una niña. Y pongo a Dios por testigo de que esa niña era Kathy Frawley. Te lo juro, Suzie. La verdad es que llevaba una capucha puesta y solo se le veía algo de pelo de color castaño oscuro, pero al recordarlo he caído en la cuenta de que había algo raro en ese pelo, como si no fuera suyo de verdad. Ya sabes, como cuando a tío Ray se le ve que lo lleva mal teñido. Y cuando le pregunté cómo se llamaba me respondió que Kathy, pero luego vi que la mujer le ponía mala cara y la cría, que pareció asustarse mucho, dijo que se llamaba Stevie.

—Mamá —la interrumpió su hija—. ¿No serán imaginaciones tuyas? —Suzie miró a su marido y se encogió de hombros. Habían esperado a acostar a Debby para ponerse a cenar; ahora las chuletas de cordero se enfriaban en su plato mientras Vince, su marido, hacía un gesto como si se cortara el cuello con el pulgar, dándole a entender que dejara de hablar y colgara el teléfono.

Vince sentía verdadero aprecio por su suegra, lo que no le impedía pensar que Elsie tenía tendencia a «repetirse».

—No es que quiera hacer el ridículo, hija, pero suponte que...

—Mira, mamá, voy a decirte lo que puedes hacer y luego colgaré y me sentaré a la mesa antes de que a Vin le dé un infarto. Llama a la policía de Barnstable; cuéntales *exactamente* lo que me has contado a mí y déjalo en sus manos. Te quiero, mamá. Debby se lo ha pasado en grande hoy contigo, y las galletas que ha traído son una maravilla. Adiós, mamá.

Elsie Stone sostuvo el auricular en la mano mientras consideraba qué hacer. ¿Llamo al teléfono de colaboración ciudadana que ha dado la policía?, se preguntó. Seguro que en ese teléfono reciben un montón de llamadas de gente rara.

—Si no desea realizar ninguna llamada cuelgue, por favor. —El zumbido de la voz computerizada fue el catalizador que redobló la determinación de Elsie.

—Sí que deseo realizar una llamada —dijo antes de pulsar el botón de colgar y aguardar un instante para darle de nuevo al botón de descolgar y marcar el número de información.

Cuando otra voz computerizada la preguntó la ciudad y el estado desde el que telefoneaba, Elsie se apresuró a contestar:

—Barnstable, Massachusetts.

—Barnstable, Massachusetts —repitió la voz maquinal—. Diga sí si es correcto.

Súbitamente consciente de la importancia de contactar con la persona indicada rápidamente en vista de que lo que tenía que decir guardaba relación con el caso Frawley, Elsie espetó:

—Sí, es correcto, ¿y se puede saber por qué tengo que perder el tiempo con usted?

—¿Particular o empresa? —quiso saber la voz computerizada.

—Jefatura de policía de Barnstable.

—Jefatura de policía de Barnstable. Diga sí si es correcto.

—Sí, sí, sí.

Tras una pausa la voz de una operadora humana le preguntó:

—¿Se trata de una emergencia, señora?

—Páseme con la comisaría.

—Ahora mismo.

—Comisaría de Barnstable, el sargento Schwartz al habla.

—Sargento, soy la señora Elsie Stone —dijo, dejando atrás la falta de seguridad en sí misma—. Trabajo de camarera en el McDonald's que hay cerca del centro comercial. Estoy casi segura de haber visto a Kathy Frawley esta mañana y ahora le explicaré por qué.

Elsie procedió a narrar al policía los hechos acontecidos aquella mañana.

En la comisaría se habían estado comentando las últimas noticias sobre el caso Frawley. Mientras el sargento Schwartz escuchaba ahora a Elsie Stone iba comparando su relato con la airada explicación de David Toomey de un robo inexistente en el motel Soundview.

—¿La niña dijo que se llamaba Kathy y luego rectificó y dijo que se llamaba Stevie? —repitió el sargento para confirmar la información.

—Así es. Y eso ha estado dándome vueltas en la cabeza todo el día, hasta que me he fijado bien en la foto que sale en el periódico de esas dos preciosidades y en la imagen que han puesto en la tele. Es la misma cara. Lo juro por lo más sagrado; era la misma cara, y me ha dicho que se llamaba Kathy. Solo espero que no me tome por una excéntrica.

—No, señora Stone. No la tomo por una excéntrica. Ahora mismo voy a llamar al FBI. No cuelgue, por favor. Puede que quieran hablar con usted.

94

—Walter, soy Steve Frawley. Kathy está en Cabo Cod. Empiecen a buscar por ahí.

—Steve, ahora mismo iba a llamarlos. Sabemos que Downes ha cogido el puente aéreo a Boston, pero cuando ha alquilado un coche ha preguntado por un mapa de Maine.

—Olvídese de Maine. Kelly lleva desde ayer intentando decirnos que Kathy está en Cabo Cod. De lo que no nos dábamos cuenta era de que no decía solo «Cabo Cod». Incluso trataba de cantar esa canción que habla del «viejo Cabo Cod». Esa mujer a la que las gemelas llaman Mona se la está cantando ahora a Kathy. Créame, se lo ruego. Tiene que creerme.

—Steve, cálmese. Diremos a nuestros hombres que hagan público un comunicado especial en la zona del cabo, pero como ya le he dicho nos consta que hace una hora y media Clint Downes estaba en la ventanilla de una agencia de alquiler de coches del aeropuerto de Logan y ha pedido un mapa de Maine. También sabemos más cosas de Angie, la novia. Por lo visto se crió en Maine. Creemos que podría haberse refugiado allí en casa de algún amigo.

—No. ¡Busquen en el cabo! ¡Kathy está en el cabo!

—Espere un momento, Steve. Tengo que atender otra llamada. —Carlson puso la llamada de Steve en espera para contestar la otra llamada y permaneció un minuto callado, escuchando a su interlocutor. Después de colgar recuperó la llamada con

Steve—. Puede que tenga razón. Tenemos un testigo que asegura haber visto a Kathy esta mañana en un McDonald's de Hyannis. A partir de ahora vamos a centrar la búsqueda en aquella zona. Un avión del FBI nos recogerá a Realto y a mí dentro de quince minutos.

—Nosotros también vamos.

Steve colgó el auricular y regresó a toda prisa al salón, donde Margaret y la doctora Harris estaban obligando a Kelly a andar de aquí para allá con ellas.

—Han visto a Kathy esta mañana en Cabo Cod —les informó—. Nos van a llevar ahora en avión.

95

—*Por fin estás aquí, en el viejo Cabo Cod* —cantó Angie, echando los brazos al cuello de Clint—. No sabes cuánto te he echado de menos, mi hombretón.

—Ah, ¿sí? —Clint estuvo a punto de quitársela de encima, pero recordó que no podía despertar sus sospechas, así que la rodeó con sus brazos—. ¿Y sabes quién te ha echado de menos a ti, ruiseñor?

—Clint, sé que estarás enfadadísimo conmigo por haberme marchado con el dinero, pero pensé que si acababan relacionándote con Lucas lo mejor era que yo no estuviera por medio.

—Está bien, no pasa nada. Pero tenemos que largarnos de aquí. ¿No has oído la radio?

—No. He estado viendo *Todo el mundo quiere a Raymond*. Le he dado a la cría más medicamento para la tos, y al final ha vuelto a quedarse dormida.

Clint lanzó una mirada a Kathy, que yacía en la cama, con un zapato puesto y el cabello húmedo pegado a la cara. Ante aquella imagen no pudo evitar decir:

—Si lo hubiéramos hecho según lo planeado, esa cría estaría ahora mismo en su casa. Y nosotros estaríamos de camino a Florida con medio millón de dólares y sin tener a todo el país buscándonos.

Clint no reparó en la expresión del rostro de Angie. En tal caso habría visto que ella acababa de darse cuenta de que había cometido un error al comunicarle su paradero.

—¿Qué te hace pensar que todo el país anda buscándonos? —le preguntó.

—Pon la radio. Cambia de canal. Olvídate de esas series del pasado. Eres noticia, nena. Te guste o no eres noticia, y todo el mundo habla de ti.

Angie apagó el televisor, pulsando con parsimonia el botón de apagado del mando a distancia.

—¿Y qué crees que deberíamos hacer?

—Tengo un coche que no levantará sospechas. El plan es largarnos de aquí y dejar a la cría en un lugar donde no puedan encontrarla. Luego tú y yo nos marcharemos del cabo.

—Pero habíamos pensado en deshacernos de la cría y de la furgoneta también.

—La furgoneta la dejamos aquí.

Aquí estoy registrada con mi nombre real, pensó Angie. Si es verdad que nos buscan no tardarán en llegar. Pero Clint no tiene por qué saberlo. Estoy segura de que me miente. Está picado conmigo, y cuando el memo de Clint se pica se pone desagradable. Lo que quiere este es deshacerse de mí.

—Clint, cariño —le dijo—. Ese poli de Hyannis tiene la matrícula de la furgoneta. A estas alturas todos los policías del cabo saben que ahora mismo estoy en Hyannis. Si piensan que sigo por aquí se pondrán a buscar la furgoneta. Si la encuentran en el aparcamiento sabrán que no habremos ido muy lejos. Trabajé un tiempo en un puerto deportivo que hay a solo cinco minutos de aquí, y sé que en esta época del año está cerrado. Puedo ir hasta el embarcadero en la furgoneta con la cría y luego salir saltando de ella mientras sigue en marcha y dejar que llegue hasta el final. En aquel lugar el agua cubre lo suficiente para que se hunda del todo. Pasarán meses antes de que la encuentren. Vamos, cariño, estamos perdiendo el tiempo.

Angie vio cómo Clint miraba vacilante por la ventana. Un escalofrío le recorrió el cuerpo al comprender que había alguien más allí fuera, vigilando a Clint, y que este no había acudido allí para huir con ella, sino para matarla.

—Clint, sabes que te conozco como la palma de mi mano

—dijo con voz engatusadora—. Estás enfadado conmigo por liquidar a Lucas y desaparecer. Quizá tengas razón, o quizá no. Dime una cosa, ¿está ahí fuera el Flautista?

Angie vio en la expresión del rostro de Clint que había dado en el clavo. Clint hizo amago de decir algo, pero se calló.

—No hace falta que respondas. Lo sé. ¿Lo has visto?

—Sí.

—¿Sabes quién es?

—No, pero su cara me suena, como si lo hubiera visto antes. Pero no lo sitúo. Tendría que pararme a pensar en ello.

—Pero ¿serías capaz de identificarlo?

—Sí.

—¿Y de verdad crees que ahora que lo has visto va a dejar que sigas con vida? Pues te diré algo: ¡ni lo sueñes! Apuesto a que te ha dicho que te deshicieras de la cría y de mí y que luego seríais amigos. Las cosas no funcionan así, Clint, créeme. Será mejor que confíes en mí. Si salimos de aquí, que lo haremos, tendremos medio millón más de lo que habríamos tenido si estuviera Lucas. Luego, cuando sepamos quién es ese tipo, ya habrá tiempo de recordarle que merecemos una parte más grande del pastel si no quiere salir mal parado.

Angie vio la expresión de ira que adoptaba el rostro de Clint. Si es que lo manejo a mi antojo, pensó. Es muy tonto. Pero cuando sepa quién es ese tipo nos daremos la gran vida.

—Cariño —le dijo—. Coge la maleta y métela en el coche en el que has venido. Un momento, ¿lo has alquilado a tu nombre?

—No, pero ahora que nos buscan podrán rastrear la tarjeta de crédito hasta la agencia de alquiler de coche. Pero he sido listo. He pedido un mapa de Maine y he cambiado de coche en un complejo de cines.

—Bien hecho. Vale, entonces yo me llevo a la cría y tú te llevas el dinero. Venga, larguémonos de aquí. ¿El Flautista tiene pensado seguirnos?

—Sí. Cree que voy a ir con él en su coche hasta el lugar donde tiene un avión esperándole.

—Y en lugar de eso, cuando nos deshagamos de la furgoneta,

tú y yo nos iremos en tu coche —propuso Angie—. ¿Tú crees que va a perseguirnos y a arriesgarse a que lo pare la poli? No lo creo. Cuando hayamos salido del cabo, cambiamos otra vez de coche y nos vamos hasta Canadá, donde podremos coger un avión y desaparecer.

Clint se quedó pensativo un momento antes de asentir con la cabeza.

—Está bien. Coge a la cría.

Cuando Angie cogió en brazos a Kathy, Clint vio que el zapato que llevaba puesto se le salía del pie y caía al suelo. Qué más da, pensó. Para la falta que le va a hacer.

Tres minutos más tarde, a las diez menos veinticinco, Angie salía del aparcamiento del motel Shell and Dune al volante de la furgoneta, con Kathy envuelta en una manta y tendida en el suelo de la parte trasera. Clint la seguía en su coche robado. Justo detrás iba el Flautista, sin saber que Angie y Clint se habían asociado de nuevo. ¿Por qué irá ella en la furgoneta?, se preguntó a sí mismo. Pero la maleta la lleva él, y seguro que dentro está el dinero.

—Ahora es todo o nada —dijo en voz alta mientras ocupaba su lugar al final de la funesta procesión.

96

El agente Sam Tyron llegó al motel Soundview doce minutos después de recibir una escueta llamada procedente de la jefatura de policía de Barnstable. De camino al motel, un Tyron furioso consigo mismo se reprochó no haberse dejado llevar por su instinto para investigar más a fondo a aquella mujer a la que había llamado la atención por no llevar una silla para niños en su furgoneta.

Si hasta se me pasó por la cabeza que no se parecía mucho a la foto del carnet, pensó. Sin embargo, aquel era un dato que no pensaba revelar a sus superiores.

Al llegar al motel encontró el lugar lleno de policía. La noticia de que la segunda gemela de los Frawley no solo seguía con vida sino que había sido vista en Hyannis había atraído la presencia de todos los mandamases, que en aquel momento estaban apiñados en la habitación del motel donde se había alojado la mujer que constaba en el registro como Linda Hagen. Los billetes de veinte dólares hallados debajo de la cama constituían un indicio de peso para pensar que el secuestrador o secuestradora había estado en aquel lugar. Kathy Frawley había yacido en aquella cama hacía tan solo unas horas.

Un nervioso David Toomey había regresado al motel en respuesta a una llamada del encargado de noche.

—Esa niña está muy enferma, créanme —advirtió—. Apuesto lo que sea a que no la ha visto un médico. Le costaba horrores respirar y no hacía más que toser; deberían haberla llevado a urgencias. Será mejor que la encuentren rápido, antes de que sea demasiado tarde. Quiero decir que...

—¿Cuándo fue la última vez que la vio? —preguntó el jefe de policía de Barnstable en un tono apremiante.

—Serían las doce y media más o menos. No sé a qué hora se iría.

De eso hace siete horas y media, pensó Sam Tyron. A estas alturas podría estar en Canadá.

El jefe de policía expresó en voz alta dicha posibilidad antes de añadir:

—No obstante, por si acaso sigue en la zona, enviaremos un mensaje a todos los moteles del cabo para que estén alertas. La policía del estado se encargará de montar controles de carretera en los puentes de la zona.

97

A bordo del avión todo el mundo permanecía en silencio, salvo por sus esfuerzos para mantener despierta a Kelly, que iba en brazos de Margaret. La pequeña estaba totalmente aletargada, con los ojos cerrados y la cabeza apoyada sobre el corazón de su madre, y se mostraba cada vez menos receptiva a los estímulos externos.

Los agentes Carlson y Realto se encontraban en el avión con los Frawley. Tras contactar con la oficina del FBI en Boston sabían que sus compañeros de allí acudirían a la zona del cabo para hacerse cargo de la investigación. Un coche del FBI iría a recogerlos al aeropuerto para llevarlos a la jefatura de policía de Hyannis, donde se establecería el centro de mando de la búsqueda. Antes de subir al avión los dos agentes reconocieron tácitamente haber sido testigos de que Kelly se comunicaba con Kathy. Y a juzgar por el comportamiento de Kelly en aquellos momentos ambos pensaban que tal vez no llegaran a tiempo para salvar a la otra gemela.

En el avión viajaban ocho pasajeros. Carlson y Realto iban sentados uno al lado del otro, absortos ambos en sus propios pensamientos y disgustados por el hecho de que Clint Downes se les hubiera escapado por solo unas horas. Aunque Angie estuviera en el cabo esta mañana, lo más probable es que a estas horas esté con él en Maine, pensó Carlson. Tenía su lógica. Clint había pedido un mapa de Maine en la agencia de alquiler de coches, y Angie había crecido allí.

Realto, por su parte, analizaba mentalmente lo que haría si estuviera en el lugar de Clint y Angie. Me desharía de la furgoneta y del coche de alquiler, y también de la niña, concluyó. Con toda la policía del país en guardia para dar con ella, Kathy es un verdadero lastre. Si al menos tuvieran la consideración de dejarla donde podamos encontrarla fácilmente.

Pero eso nos proporcionaría la ubicación exacta desde donde empezar a seguirles la pista, concluyó con pesar. Algo me dice que esa gente está demasiado desesperada o es demasiado perversa para tener consideración con nadie.

98

Todos los policías de la zona están buscando esta furgoneta, pensó Angie, mordiéndose el labio mientras conducía nerviosa por la carretera 28 después de dejar atrás Chatham. Pero el puerto deportivo está muy cerca, justo pasado el término municipal de Harwich, y en cuanto nos deshagamos de esta tartana se acabarán nuestros problemas. Y pensar que quería quedarme con esa cría, con la de problemas que ha acabado dando. No me extraña que Clint esté enfadado conmigo.

Angie echó un vistazo al cielo, reparando en que las nubes habían tapado las estrellas. Sí que cambia rápido el tiempo, pensó, pero eso es habitual en esta zona. Hasta puede que nos venga bien. Y ahora será mejor que esté atenta, a ver si me voy a pasar de largo el desvío.

Con los nervios de punta ante el temor de que sonara una sirena en cualquier momento, Angie comenzó a aminorar la marcha muy a su pesar. Me suena que el desvío está por aquí cerca, pensó. Sí, este no es, es el siguiente. Un instante después suspiraba aliviada al girar a la izquierda para salir de la carretera 28 y tomar una carretera llena de curvas en dirección al estrecho de Nantucket. La mayoría de las casas situadas a lo largo de la carretera quedaban ocultas a la vista por los altos arbustos, y las pocas que se veían estaban a oscuras. Seguro que se pasan todo el invierno cerradas, conjeturó. Es un buen lugar para deshacerse de la furgoneta, pensó. Espero que Clint se dé cuenta de ello.

Angie cogió una última curva con Clint a la zaga. No creo que el Flautista se atreva a acercarse demasiado, supuso. A estas alturas ya debe de haber visto que no soy imbécil. Angie tenía el embarcadero justo enfrente, y se disponía a enfilar hacia él cuando oyó un bocinazo corto y apenas perceptible.

Este Clint es idiota. ¿Para qué demonios habrá tocado el claxon?, se preguntó. Angie paró la furgoneta y, pálida de rabia, vio cómo Clint salía del coche robado y se acercaba a ella corriendo.

—¿Qué pasa, que quieres despedirte de la mocosa? —le espetó, abriendo la puerta del lado del conductor.

El olor acre a sudor fue su último recuerdo antes de que el puño de Clint atravesara a toda velocidad el espacio que los separaba y la dejara inconsciente de un solo golpe. Angie se desplomó sobre el volante; Clint puso en marcha el coche y le colocó el pie en el acelerador. Justo al cerrar la puerta la furgoneta comenzó a desplazarse a lo largo del embarcadero. Clint observó cómo llegaba al final, donde se mantuvo en suspensión un instante antes de desaparecer de su vista.

99

Phil King, el recepcionista del motel Shell y Dune, no apartaba la vista del reloj. Su turno acababa a las diez y no veía la hora de marcharse. Había aprovechado todos los ratos libres en lo que llevaba de día para intentar arreglar una pelea que había tenido con su novia, y al final la había convencido para que quedara con él a tomar una copa tranquilamente en el bar del Impudent Oyster. Solo me quedan diez minutos, se dijo Phil con agitación al ver la hora.

Detrás del mostrador había un televisor pequeño que servía de compañía a quien tuviera que cubrir el turno de noche. Phil recordó que los Celtics jugaban contra los Nets en Boston y encendió el aparato, confiando en poder ver el marcador.

Lo que vio, en cambio, fue el comunicado de una noticia de última hora. La policía había confirmado que Kathy Frawley había sido vista aquella misma mañana en el cabo. Su raptora, Angie Ames, llevaba una furgoneta Chevy de color marrón oscuro, de doce años de antigüedad y con matrícula de Connecticut. El periodista también facilitó los datos de la matrícula.

Phil King no lo oyó. Se había quedado mirando la televisión, boquiabierto. Angie Ames, pensó. ¡Angie Ames! Con mano temblorosa descolgó el teléfono y marcó el número del servicio de emergencias.

Cuando la telefonista atendió su llamada, Phil le explicó a gritos:

—¡Angie Ames está alojada aquí! ¡Angie Ames está alojada aquí! No hace ni diez minutos que he visto su furgoneta saliendo del aparcamiento.

100

Tras ver desaparecer la furgoneta, Clint regresó al coche robado con una cara de sombría satisfacción y, una vez sentado al volante, dio una vuelta cerrada. A la luz de los faros vio la expresión de sobresalto del Flautista mientras este se acercaba a él a pie. Lleva una pistola, como ya me esperaba, pensó. ¿Conque pensaba compartir el dinero conmigo? Ya lo veo. Podría atropellarlo, pero eso sería demasiado fácil. Sería más divertido jugar con él.

Clint fue directo hacia él y vio con regocijo cómo el Flautista soltaba el arma y se apartaba de un salto de la trayectoria del vehículo. Y ahora a largarse del cabo, pensó Clint, pero antes tengo que deshacerme de este coche. Queda menos de una hora para que la parejita esa salga del cine, y la policía comenzará entonces a buscar el coche.

Clint pisó el acelerador para recorrer a toda velocidad la serpenteante carretera sin tráfico hasta llegar a la carretera 28. Supuso que el Flautista tal vez intentara perseguirlo, pero sabía que le llevaba una gran ventaja. Creerá que voy por el puente, dedujo, qué va a pensar si no, siendo como es el camino más rápido. Clint giró a la izquierda. Por la carretera central del cabo llegaría antes, pero decidió seguir por la carretera 28. A estas alturas seguro que saben que he volado a Boston y he alquilado un coche, pensó. Me pregunto si se habrán tragado lo del mapa de Maine.

Encendió la radio justo a tiempo para oír la voz nerviosa de un locutor informando de que Kathy Frawley había sido vista sin lugar a dudas en Hyannis en compañía de su raptora, Angie Ames, que también se hacía llamar Linda Hagen. La policía estaba desplegando controles en todas las carreteras de la zona.

Clint se aferró al volante. Tengo que salir de aquí cuanto antes, se dijo. No hay tiempo que perder. La maleta con el dinero estaba en el suelo del asiento trasero. Pensar en ella y en lo que podría hacer con un millón de dólares le sirvió para evitar que el pánico se apoderara de él mientras conducía, pasando primero por South Dennis y luego por Yarmouth antes de verse finalmente a las afueras de Hyannis. Veinte minutos más y habré llegado al puente, pensó.

El sonido de una sirena le hizo encogerse de miedo. No puede ser que vengan a por mí, no estoy corriendo, pensó, pero entonces vio cómo un coche patrulla lo adelantaba y daba un viraje brusco para cortarle el paso al tiempo que otro se detenía detrás de él.

—Salga del coche con las manos en alto. —La orden le llegó a través de un altavoz desde el vehículo que tenía detrás.

Clint notó que le corrían gotas de sudor por las mejillas mientras abría poco a poco la puerta del coche y salía de él, alzando sus robustos brazos por encima de la cabeza.

Dos policías se acercaron a él con las armas desenfundadas.

—Se le ha acabado la suerte —dijo uno de ellos en tono afable—. A los chicos no les ha gustado la película y la han dejado a la mitad. Queda detenido por posesión de un automóvil robado.

El otro policía alumbró el rostro de Clint con la linterna y fue entonces cuando reaccionó. Clint supo que estaba comparándolo con la descripción que la policía tenía sin duda de él.

—Usted es Clint Downes —afirmó categóricamente el policía antes de preguntarle en un tono cargado de ira—: ¿Dónde está la niña, sinvergüenza? ¿Dónde está Kathy Frawley?

101

Margaret, Steve, la doctora Harris y Kelly estaban en el despacho del jefe de policía cuando les informaron de que Angie Ames se había registrado con su propio nombre en un motel de Chatham y que el recepcionista había visto salir la furgoneta hacía tan solo diez minutos.

—¿Iba Kathy dentro? —preguntó Margaret en voz baja.

—No lo sabe. Pero había un zapato de niño encima de la cama y la forma de una cabeza en la almohada. Parece probable que Kathy haya estado allí.

La doctora Harris, que en aquel momento tenía en brazos a Kelly, comenzó a zarandearla.

—Kelly, despierta —le pidió—. Tienes que despertarte. —La doctora miró al jefe de policía y le ordenó—: Consígame una máscara de oxígeno. ¡Consígamela ya!

102

El Flautista había visto los coches patrulla cortar el paso del automóvil robado de Clint. No sabe cómo me llamo, pero en cuanto me describa el FBI se presentará en mi casa, pensó. Y pensar que no tendría que haber venido, se reprochó. Lucas no le había revelado mi identidad.

Se obligó a dominar el ataque de ira cegadora que le hacía temblar tanto las manos que apenas podía coger el volante. Tengo siete millones de dólares, menos la tajada que se saca el banco, esperándome en Suiza, pensó, y llevo encima el pasaporte. Tengo que marcharme al extranjero ahora mismo. Le diré al piloto que me lleve a Canadá. Es posible que Clint no me delate a la primera de cambio, ya que me puede utilizar para negociar una reducción de condena. Soy su única baza.

103

—Sabemos que tu novia se ha marchado del motel Shell and Dune hace veinte minutos. ¿Estaba Kathy Frawley con ella?

—No sé de qué me hablan —respondió Clint, con voz monótona.

—Sabes muy bien de qué hablamos —espetó el agente Frank Reeves de la oficina del FBI en Boston. Realto, Carlson, el jefe de policía de Barnstable y él estaban presentes en la sala de interrogatorios de la jefatura de policía de Barnstable—. ¿Iba Kathy en esa furgoneta?

—Léame mis derechos. Quiero un abogado.

—Clint, escúchame bien —le instó Carlson—. Creemos que Kathy Frawley está muy enferma. Si muere te caerán dos acusaciones por asesinato. Sabemos que tu amigo Lucas no se suicidó.

—¿Lucas?

—Clint, en esa casa de Danbury donde vivías habrá ADN de las gemelas por todas partes. Tu amigo Gus nos ha contado que oyó a dos niños llorar cuando habló con Angie por teléfono. Angie pagó la ropa que compró para las gemelas con tu tarjeta de crédito. Un policía de Barnstable la ha visto esta mañana con Kathy, y también una camarera de un McDonald's. Tenemos todas las pruebas que necesitamos. La única posibilidad que tienes de que se te trate con indulgencia es que confieses ahora mismo.

Al oír una refriega al otro lado de la puerta todos los presentes se volvieron de golpe. A la riña le siguió la voz del sargento de recepción.

—Señora Frawley, lo siento pero no puede entrar ahí.

—Debo hacerlo. Ahí dentro tienen al hombre que ha secuestrado a mis hijas.

Reeves, Realto y Carlson se miraron.

—Déjela pasar —ordenó Reeves a voz en cuello.

La puerta se abrió de golpe y Margaret irrumpió en la sala, con sus ojos azules entonces de un color negro carbón, el rostro de un pálido cadavérico y su larga melena hecha una maraña descontrolada. Tras recorrer con la mirada a todos los presentes se fue directa a Clint y se arrodilló frente a él.

—Kathy está enferma —le dijo con voz temblorosa—. Si muere no sé si Kelly sobrevivirá. Si me deja recuperar a Kathy le perdonaré todo. Declararé a su favor en el juicio. Se lo prometo. Se lo prometo. Se lo ruego.

Clint trató de apartar la vista pero se vio obligado a mirar los ojos centelleantes de Margaret. Me tienen bien pillado, razonó. No voy a entregar aún al Flautista, pero quizá haya otra manera de evitar que me acusen de asesinato. Clint se tomó un minuto largo para ensayar mentalmente su versión antes de decir:

—Yo no quería quedarme con la otra niña. Eso fue cosa de Angie. La noche del rescate Angie le pegó un tiro a Lucas y dejó aquella nota de suicidio falsa. Está loca. Luego se marchó con todo el dinero sin decirme adónde. Y hoy me ha llamado para pedirme que me reuniera con ella aquí. Le he propuesto deshacernos de la furgoneta y luego marcharnos del cabo en el coche que yo había cogido. Pero no han ido así las cosas.

—¿Qué ha ocurrido? —inquirió Realto.

—Angie conoce el cabo. Yo no. Ella conocía un puerto deportivo situado no muy lejos del motel donde estaba alojada. La idea era recorrer el embarcadero con la furgoneta en marcha y salir de ella antes de que cayera al agua. Yo iba detrás en el coche, pero de repente he visto que algo no marchaba bien. Angie no ha salido de la furgoneta a tiempo.

—¿La furgoneta ha caído del embarcadero con ella dentro?

—Sí.

—¿Y Kathy iba en la furgoneta?

—Sí. Angie no quería hacerle daño. Íbamos a llevárnosla con nosotros. Queríamos ser una familia.

—¡Una familia! ¡Una familia! —La puerta de la sala de interrogatorios seguía abierta y el grito desgarrador de Margaret resonó en todo el pasillo.

Steve, que en aquel momento se dirigía a su encuentro, sabía lo que significaba aquel grito.

—Dios mío —rogó—, ayúdanos a soportarlo.

En la sala de interrogatorios vio a Margaret a los pies de aquel hombre robusto que debía de ser el secuestrador. Steve corrió hacia su mujer, la cogió en brazos y clavó la mirada en Clint Downes.

—Si tuviera una pistola a mi alcance lo mataría ahora mismo —le dijo.

El jefe de policía descolgó el teléfono después de que Downes describiera la ubicación exacta del lugar.

—El puerto deportivo de Seagull, llevad un equipo de submarinismo —ordenó—. Y una embarcación. —Dicho esto miró a los agentes—. Bajo el embarcadero hay una zona de carga —les informó, antes de mirar a Margaret y Steve. Lo último que quería era darles falsas esperanzas. En invierno se supone que hay una cadena que impide el paso a dicha zona de carga, pensó. Quizá haya ocurrido un milagro y la cadena ha frenado la caída de la furgoneta al agua. Pero la marea está subiendo rápido, y aunque la cadena haya frenado la caída de la furgoneta, la zona de carga quedará sumergida en cuestión de veinte minutos.

104

Tenemos vigilados todos los aeropuertos, pensó Realto mientras circulaba junto con Reeves, Walter Carlson y el jefe de policía de Barnstable por la carretera 28 en dirección a Harwich. Downes afirma no ser el Flautista pero dice que puede entregárnoslo a cambio de una reducción de condena en caso de que quieran endosarle la pena de muerte. Le creo. No es lo bastante inteligente como para haber tramado todo el secuestro. Cuando el Flautista se entere de que tenemos a Downes sabrá que es solo cuestión de tiempo que este lo delate. Tiene siete millones de dólares guardados en alguna parte. Lo único que puede hacer es salir del país antes de que sea demasiado tarde.

Sentado junto a él estaba Walter Carlson, sumido en un silencio inusitado, con las manos juntas y la vista perdida en el horizonte. Kelly había sido trasladada a toda prisa al hospital de Cabo Cod junto con la doctora Harris, pero Margaret y Steve habían insistido en subir a un coche patrulla y acompañarlos al puerto deportivo. Ojalá no hubieran venido, pensó. No deberían ver cómo sacan a Kathy de un vehículo extraído del estrecho de Nantucket.

El tráfico se apartaba como podía para dejar paso a la caravana de coches patrulla. En tan solo nueve minutos estaban saliendo de la carretera 28 para tomar a toda prisa la estrecha carretera que conducía al puerto deportivo.

La policía del estado de Massachusetts ya se encontraba en el lugar. A través de la oscura niebla se veían focos alumbrando el embarcadero. A lo lejos se divisaba una embarcación surcando el fuerte oleaje a toda velocidad.

—Solo hay una posibilidad de que no hayamos llegado tarde —anunció el jefe O'Brien en tono esperanzador—. Si la furgoneta ha caído sobre la zona de carga y no han muerto en la caída… —O'Brien no acabó la frase.

El coche patrulla se detuvo con un chirrido de frenos en medio del embarcadero. Los policías salieron del vehículo a toda prisa y echaron a correr hacia delante. Sus pasos retumbaban en los tablones de madera hasta que al llegar al final del embarcadero se detuvieron y miraron abajo. La parte trasera de la furgoneta sobresalía del agua al haber quedado las ruedas enganchadas en la cadena maciza. Sin embargo, las ruedas delanteras ya estaban en el agua y el fuerte oleaje batía contra el capó. Realto vio que, entre el peso de los dos policías y el del equipo de rescate que había encima de la zona de carga, la furgoneta estaba inclinándose hacia delante. Mientras observaban la escena, una de las ruedas traseras se desenganchó de la cadena y el vehículo se hundió aún más en el agua.

Realto sintió que lo apartaban de un empujón y un instante después vio a Steve Frawley al borde del embarcadero. Steve miró abajo, se quitó la chaqueta de golpe y se zambulló en el agua. Al salir a la superficie apareció junto a la furgoneta.

—Enfoquen dentro del vehículo —ordenó Reeves a gritos.

La fuerza de la marea levantaba la otra rueda trasera. Ya es tarde, pensó Realto. El agua ejerce demasiada presión. No podrá abrir la puerta.

Margaret Frawley había ido corriendo también hasta allí para asomarse al agua desde el borde del embarcadero.

Steve estaba mirando dentro de la furgoneta.

—Kathy está en el suelo de la parte trasera —anunció a voz en cuello—. En el asiento del conductor hay una mujer. No se mueve.

Presa de la desesperación, Steve tiró de la puerta trasera pero vio que era imposible abrirla. Entonces echó el puño hacia atrás y golpeó el cristal con él, pero no consiguió romperlo. Las olas lo alejaban de la furgoneta, así que se agarró al tirador de la puerta y golpeó la ventanilla con el puño una y otra vez.

La luna acabó cediendo con un estrépito de cristales rotos. Sin darse cuenta siquiera de que se había roto la mano y le sangraba, Steve retiró el resto del vidrio del marco de la ventanilla e introdujo primero los brazos y luego la cabeza y los hombros en el interior de la furgoneta.

La última rueda que quedaba atrapada comenzó a soltarse de la cadena y la furgoneta fue cayendo a trompicones en el agua.

La embarcación de los guardacostas llegó al embarcadero y, tras detenerse junto a la furgoneta, dos de sus ocupantes asomaron el tronco por la borda y agarraron a Steve de la cintura y las piernas para tirar de él. Entre sus brazos estrechaba una pequeña silueta envuelta en una manta. Al tiempo que Steve caía sobre los dos hombres que habían acudido a su rescate la furgoneta volcó del todo y desapareció en medio del oleaje.

¡La ha cogido!, pensó Realto. ¡La ha cogido! Ojalá no sea demasiado tarde.

—Dámela, dámela —exclamó Margaret, cuyos gritos quedaron ahogados por el sonido de una ambulancia que se aproximaba.

105

—Mamá, he estado oyendo la radio y han dicho que hay muchas probabilidades de que Kathy esté viva. Solo quiero que sepas que yo no tengo nada que ver con el secuestro de las hijas de Steve. Por Dios, ¿crees que le haría algo así a mi hermano? Si siempre ha estado ahí cuando lo he necesitado.

Richie Mason echaba un vistazo nervioso alrededor de la sala de embarque del aeropuerto Kennedy mientras escuchaba impaciente a su madre, que le aseguraba entre sollozos que sabía perfectamente que nunca tendría nada que ver con algo que pudiera causar algún daño a las hijas de su hermano.

—Y si salvan a Kathy iremos todos a Ridgefield a hacer una reunión familiar por todo lo alto. ¿Eh, Richie? —propuso.

—Claro que sí, mamá —la interrumpió bruscamente—. Tengo que irme —añadió—. Me han ofrecido un trabajo nuevo que pinta muy bien. Estoy a punto de coger un avión a Oregón, donde está la sede de la empresa. Van a anunciar el embarque de un momento a otro. Te quiero, mamá. Ya te llamaré.

—Pasajeros del vuelo 102 de Continental con destino a París diríjanse a la puerta de embarque —anunció una voz a través del sistema de megafonía—. Los pasajeros de primera clase y los que requieran asistencia…

Lanzando una última mirada furtiva a la sala, Mason presentó su tarjeta de embarque y entró en el avión para acomodarse en el asiento 2B. En el último momento había decidido no ir a recoger el último envío de cocaína de Colombia. Con el FBI pendiente de él por el tema de las niñas desaparecidas, el instinto le decía que había llegado la hora de irse del país. Por suerte había podido contar con aquel crío de Danny Hamilton para recoger la maleta llena de cocaína y esconderla en un sitio seguro hasta que él pudiera recuperarla. Aún no se le había ocurrido un distribuidor en el que pudiera confiar para que recogiera la maleta de casa de Danny y se encargara del pago de la remesa, pero eso ya lo decidiría más adelante.

Dense prisa, quiso gritar a medida que el avión comenzaba a llenarse. Estoy bien, se dijo, tratando de tranquilizarse. Como le he dicho a mamá, mi hermano mayor siempre me ha sido de gran ayuda. Y es que, como nos parecemos tanto, su pasaporte me ha ido de perlas. Gracias, Steve.

La azafata había anunciado ya la salida. Vamos, vamos, pensó mientras permanecía sentado con la cabeza gacha y los puños apretados. De repente, se le secó la boca al oír unos pasos que se aproximaban corriendo por el pasillo hasta detenerse junto a su asiento.

—Señor Mason, ¿sería tan amable de acompañarnos? —le preguntó una voz.

Richie alzó la vista. De pie junto a él había dos hombres.

—FBI —dijo uno de ellos.

La auxiliar de vuelo se disponía en aquel momento a recoger el vaso de Richie.

—Debe de tratarse de un error —protestó—. Este es el señor Steven Frawley, no el señor Mason.

—Sé lo que dice el billete del pasajero —repuso el agente Allen del FBI en tono amable—. Pero en estos momentos el señor Frawley se encuentra en Cabo Cod con su familia.

Richie apuró de un trago la copa de whisky de malta que le habían servido. Este es el último whisky que me tomaré en mucho tiempo, pensó mientras se ponía de pie. El resto de los pasajeros estaban mirándolo, y Richie los saludó con simpatía.

—Que tengan un buen viaje —les deseó—. Siento no poder acompañarlos.

106

—Hemos conseguido estabilizar a Kelly, pero aunque no hay nada en los pulmones sigue teniendo dificultades para respirar —dijo con gravedad el médico de la unidad de cuidados intensivos de pediatría—. El estado de Kathy, sin embargo, es mucho peor. Está muy enferma. La bronquitis ha derivado en neumonía y es evidente que le han administrado fuertes dosis de algún medicamento para adultos que ha debilitado su sistema nervioso. Me gustaría ser más optimista, pero...

Steve, que llevaba un aparatoso vendaje en el brazo, estaba sentado con Margaret junto a la cuna. Kathy, casi irreconocible con aquel pelo corto y oscuro y la mascarilla de oxígeno que le tapaba media cara, yacía totalmente inmóvil. La alarma del monitor que controlaba su respiración había sonado ya dos veces.

Kelly se encontraba en una cuna del ala de pediatría, al otro lado del pasillo. La doctora Harris estaba con ella.

—Tienen que traer a Kelly ahora mismo —ordenó Margaret.

—Señora Frawley...

—Ahora mismo —insistió Margaret—. Kathy la necesita.

107

Norman Bond no había salido de casa en todo el sábado; se había pasado la mayor parte del tiempo sentado en el sofá, contemplando el río East por la ventana y viendo por televisión los boletines informativos con las últimas noticias en torno al secuestro de las gemelas Frawley.

¿Por qué razón contrataría a Frawley?, se preguntó. ¿Sería porque quería creer que podía empezar de nuevo, que podía retroceder en el tiempo y vivir en Ridgefield con Theresa? ¿Acaso quería hacer como si nuestros gemelos estuvieran vivos? Ahora mismo tendrían veintiún años.

Creen que tengo algo que ver con el secuestro. Cómo pude cometer la estupidez de referirme a Theresa como «mi difunta esposa». Yo, que siempre he procurado decir que creía que estaba viva, y que lo más probable es que hubiera dejado a Banks como me había dejado a mí.

Desde que el FBI lo había interrogado, Bond no había podido quitarse de la cabeza a Theresa ni un minuto siquiera. Antes de que él la matara, ella le había implorado por la vida de los gemelos que llevaba en su vientre de la misma forma que Margaret Frawley había implorado por el retorno de sus hijas sanas y salvas.

Puede que la otra hija de los Frawley estuviera viva. Y todo por el rescate, pensó Norman. Alguien confiaba en que la empresa lo pagaría.

A las siete de la tarde se preparó una copa.

—Se cree que un sospechoso del secuestro ha sido visto en Cabo Cod —informaron en un breve resumen de noticias.

—Norman... no... por favor...

Los fines de semana son siempre los días más duros, pensó. Norman había dejado de ir a ver museos. Le aburrían. Los conciertos le parecían tediosos, como una especie de tortura. Durante su matrimonio con Theresa, ella siempre se burlaba de él por sus ansias de actividad.

—Mira, Norman, los negocios se te darán muy bien y hasta puede que un día llegues a ser un mecenas, pero nunca entenderás la razón por la que una escultura, un cuadro o una ópera es algo hermoso. No tienes remedio.

No tienes remedio. No tienes remedio. Norman se preparó otra copa y se la bebió a sorbos mientras acariciaba los anillos de boda de Theresa que llevaba colgados al cuello con una cadena, tanto la alianza que él le había entregado en su día y que ella había dejado encima del tocador como la sortija de diamantes que le había regalado su segundo marido, tan rico y culto. Norman recordaba lo mucho que le costó arrancárselo del dedo, ya que a Theresa se le habían hinchado sus finos dedos por culpa del embarazo.

A las ocho y media de la tarde, Norman decidió ducharse y vestirse para salir a cenar. Con paso un tanto vacilante, se puso de pie y se dirigió al armario, de donde sacó un traje de calle, una camisa blanca y una de las corbatas que según le había asegurado el dependiente de Paul Stuart le combinaban con el traje.

Cuarenta minutos más tarde, al salir de su edificio de apartamentos, miró por casualidad al otro lado de la calle y vio a dos hombres saliendo de un coche. La luz de un semáforo iluminó el rostro del conductor. Se trataba del agente del FBI que había estado en su despacho y que se había mostrado hostil y suspicaz cuando se le escapó lo de «mi difunta esposa». Presa de un pánico repentino, Norman echó a correr con paso inseguro hacia la esquina de la manzana para atravesar a toda prisa la calle Setenta y dos, sin ver el vehículo que estaba cambiando de sentido en aquel momento.

El impacto que recibió del camión produjo un estallido que pareció destrozarlo. Norman se vio volando por los aires antes de sentir un dolor atroz al estrellarse su cuerpo contra la acera. Notó que le salía sangre a borbotones de la boca.

Oyó voces a su alrededor y gritos que pedían una ambulancia. Sobre su cabeza vio cernerse el rostro del agente del FBI. La cadena con los anillos de Theresa, pensó. Tengo que deshacerme de ella.

Pero no podía mover la mano.

Notó que la camisa blanca se le empapaba de sangre. La ostra, pensó. ¿Recuerdas cuando se te resbaló del tenedor y te cayó toda la salsa por la camisa y la corbata? Al evocar aquel recuerdo solía invadirle una sensación de vergüenza, pero esta vez no sintió nada. Nada en absoluto.

Sus labios pronunciaron un nombre: Theresa.

El agente Angus Sommers, que estaba arrodillado junto a Norman Bond, le puso un dedo en el cuello.

—Está muerto —dijo.

Los agentes Reeves, Carlson y Realto entraron en el calabozo donde se encontraba Clint.

—Han conseguido sacar a la pequeña de la furgoneta, pero puede que no sobreviva —le informó Carlson, enfadado—. Tu novia, Angie, está muerta. Van a hacerle la autopsia, pero ¿sabes? Creemos que ya estaba muerta antes de caer al agua. Recibió un puñetazo lo bastante fuerte como para matarla. Me pregunto quién se lo daría.

Sintiendo como si le hubiera caído encima un bloque de cemento, Clint vio que todas las culpas recaerían sobre él. Pero no me hundiré yo solo, concluyó resentido. Decirles quién es el Flautista puede que me ayude en el juicio o puede que no, pensó, pero no pienso pudrirme en la cárcel mientras él se da la gran vida con siete millones de dólares.

—No sé cómo se llama el Flautista —les comentó a los agentes—, pero puedo explicarles qué aspecto tiene. Es alto; medirá algo más de metro ochenta. Cabello rubio rojizo, porte elegante, unos cuarenta y pocos años de edad. Cuando intentó convencerme de que me deshiciera de Angie me dijo que lo siguiera hasta el aeropuerto de Chatham, donde tenía un avión esperándolo. —Clint hizo una pausa—. ¡Un momento! —exclamó—. Sí que sé quién es. Ya decía yo que lo había visto en alguna parte. Es un pez gordo de la empresa que pagó el rescate. El que salió por la tele diciendo que él no lo habría pagado.

—¡Gregg Stanford! —exclamó Carlson al tiempo que Realto asentía con la cabeza.

Reeves se llevó enseguida el móvil a la oreja.

—Ojalá podamos cogerlo antes de que despegue el avión —dijo Carlson antes de dirigirse a Clint y añadir con un tono de ira y desprecio en su voz—: Y tú, más vale que te pongas de rodillas y empieces a rezar para que Kathy Frawley se recupere.

109

—Las gemelas Frawley han sido trasladadas al hospital de Cabo Cod —informó el presentador de los informativos del canal 5—. El estado de Kathy Frawley es crítico. El cuerpo de uno de los secuestradores, Angie Ames, ha sido recuperado de la furgoneta hundida en el puerto deportivo de Harwich. Su cómplice, Clint Downes, en cuya casa situada en Danbury, Connecticut, tenían retenidas a las gemelas, se encuentra detenido en Hyannis. El hombre que según se cree es el cerebro del secuestro, el Flautista, aún anda suelto.

No han dicho que estoy en el cabo, pensó el Flautista, desesperado, mientras aguardaba sentado en la sala de embarque del aeropuerto de Chatham, mirando las noticias por televisión. Eso significa que Clint aún no les ha dado mi descripción. Soy su única baza. Me entregará a cambio de una reducción de condena.

Tengo que salir del país ahora mismo. Pero de momento no podía despegar ningún vuelo debido a la lluvia torrencial y la niebla. El piloto de su avión le había dicho que confiaba en que el retraso no se prolongara mucho.

¿Por qué me entraría el pánico y se me ocurriría la locura de secuestrar a esas niñas?, se preguntó. Lo hice porque tenía miedo, porque temía que Millicent hubiera hecho que me siguieran y hubiera descubierto que andaba con otras. Si ella hubiera decidido deshacerse de mí me habría quedado sin trabajo, y no tendría ni un centavo a mi nombre. Lo hice porque creía que podía confiar en Lucas. Él sabía mantener la boca cerrada. Nunca me habría delatado, por mucho que le ofrecieran. Y al final, de hecho, no me delató. Clint no tenía ni idea de quién era yo.

Ojalá no hubiera venido a Cabo Cod. A estas alturas podría estar fuera del país con todos esos millones aguardándome. Llevo el pasaporte encima. Le diré al piloto que me lleve a las Maldivas; allí no hay tratado de extradición.

La puerta de la sala de embarque se abrió de golpe y dos hombres irrumpieron en el interior. Uno de ellos se puso detrás del Flautista sin que él lo viera y le ordenó que se levantara con las manos en alto antes de proceder a registrarle.

—FBI, señor Stanford —le informó el otro—. Menuda sorpresa. ¿Qué le trae por aquí esta noche?

Gregg Stanford lo miró directamente a los ojos.

—He venido a visitar a una amiga, una joven. Un asunto privado que no es de su incumbencia.

—¿No se llamará Angie por casualidad?

—Pero ¿de qué me habla? —quiso saber Stanford—. Esto es indignante.

—Sabe perfectamente de qué le hablo —replicó el agente—. Esta noche no va a coger ningún avión, señor Stanford. ¿O prefiere usted que le llame el Flautista?

Kelly fue trasladada en su cuna a la unidad de cuidados intensivos en compañía de la doctora Harris. Al igual que su hermana, llevaba una mascarilla de oxígeno. Margaret se puso de pie.

—Quítenle la mascarilla —ordenó—. Voy a ponerla en la cuna con Kathy.

—Margaret, Kathy tiene neumonía. —La protesta se apagó en los labios de Sylvia.

—Haga lo que le digo —instó Margaret a la enfermera—. Podrá volver a ponérsela en cuanto la acomode en la cuna.

La enfermera miró a Steve.

—Adelante —la animó.

Margaret cogió en brazos a Kelly y por un momento le apoyó la cabeza contra su cuello.

—Kathy te necesita, cielo —le susurró—. Y tú a ella.

La enfermera bajó los barrotes de un lateral de la cuna para que Margaret colocara a Kelly al lado de su hermana gemela y juntara sus manos de modo que el pulgar derecho de Kelly y el pulgar izquierdo de Kathy se tocaran.

Es por ahí por donde estaban unidas, pensó Sylvia.

La enfermera volvió a poner a Kelly la mascarilla de oxígeno.

En un clima de abatimiento lleno de silenciosas plegarias, Margaret, Steve y Sylvia permanecieron toda la noche en vela junto a la cuna, sin que las gemelas despertaran en ningún momento de su sueño profundo. Y entonces, cuando las primeras luces del alba se filtraban en la habitación, Kathy se despertó, movió la mano y entrelazó sus dedos con los de Kelly.

Kelly abrió los ojos y volvió la cabeza hacia su hermana.

Con los ojos abiertos como platos, Kathy miró a su alrededor, pasando la vista de una persona a otra. Sus labios comenzaron a moverse.

Una sonrisa iluminó el rostro de Kelly, que murmuró algo al oído de Kathy.

—Están hablando entre ellas —dijo Steve en voz baja.

—¿Qué te ha dicho, Kelly? —susurró Margaret.

—Que nos ha echado mucho de menos, y que quiere ir a casa.

Epílogo

Tres semanas más tarde Walter Carlson estaba sentado a la mesa del comedor de Steve y Margaret, saboreando el segundo café de la sobremesa. Se había pasado toda la cena pensando en la primera vez que los había visto, cuando aquella pareja joven y atractiva engalanada con sus trajes de noche se enteraron al regresar a casa de que sus hijas habían desaparecido. En los días siguientes acabaron convirtiéndose en la sombra de lo que eran, dos figuras pálidas y demacradas que se aferraban la una a la otra desesperadas, con los ojos ojerosos e hinchados.

Steve se veía ahora relajado y seguro de sí mismo. Margaret, que estaba preciosa con un jersey blanco y unos pantalones anchos oscuros, el cabello suelto sobre los hombros y una sonrisa en los labios, era una persona totalmente distinta a la mujer medio enloquecida que les había suplicado que creyeran que Kathy estaba viva.

Aun así Carlson había reparado durante la cena en que Margaret lanzaba frecuentes miradas al salón, donde las gemelas, ya en pijama, estaban jugando a tomar el té con sus muñecas y ositos de peluche. Necesita convencerse en todo momento de que las niñas siguen ahí, pensó Carlson.

Los Frawley lo habían invitado a cenar para celebrar su vuelta a la vida normal, en palabras de Margaret. Pero ahora que los tenía delante no podía por menos de compartir con ellos algunas de las informaciones reveladas a partir de las confesiones de Gregg Stanford y Clint Downes.

Carlson no tenía intención de sacar a colación el tema de Richard Mason, el hermanastro de Steve, pero cuando este mencionó que su madre y su padre habían ido a visitarlos, le preguntó por ellos.

—Ya se hará una idea de lo duro que es para mi madre saber que Richie vuelve a estar metido en líos —respondió Steve—. Traficar con cocaína es peor incluso que aquella estafa en la que estuvo involucrado hace años. Mi madre es consciente de la condena a la que se enfrenta y, como todas las madres, intenta entender lo que hizo mal para que su hijo haya acabado así.

—No hizo nada mal —repuso Carlson sin rodeos—. Es una manzana podrida, simple y llanamente. —Carlson apuró el café de un sorbo antes de añadir—: Si algo bueno ha salido de todo esto es que ahora sabemos que Norman Bond mató a su ex mujer, Theresa. Bond llevaba colgada al cuello una cadena con el anillo de boda que le había regalado su segundo marido. Theresa lo llevaba la noche que desapareció. Al menos ahora su segundo marido podrá seguir con su vida. Durante diecisiete años la ha mantenido en suspenso con la esperanza de que Theresa siguiera con vida.

Carlson no podía dejar de mirar a las gemelas.

—Son como dos gotas de agua —comentó.

—¿Verdad que sí? —asintió Margaret—. La semana pasada las llevamos a la peluquería; a Kathy le quitaron ese teñido tan horrible y a Kelly le cortaron el pelo para que vayan las dos con el mismo peinado de duendecillo. Les queda monísimo, ¿verdad? —Margaret hizo una pausa para dar un suspiro—. Por las noches me levanto tres veces como mínimo para asegurarme de que siguen en su habitación. Hemos instalado un sistema de alarma último modelo, y por la noche lo ponemos para que se dispare al instante, es decir, que si detecta que una puerta o una ventana se abre comienza a hacer un ruido que despertaría a los muertos. Pero ni con dicha protección soporto aún la idea de tenerlas lejos de mi vista.

—Ya se le pasará —le aseguró Carlson—. Puede que tarde un tiempo, pero verá como va a mejor. ¿Y las niñas cómo lo llevan?

—Kathy sigue teniendo pesadillas. En sueños dice: «No más Mona, no más». Y el otro día, cuando estábamos de compras, vio a una mujer delgada con una melena castaña larga y alborotada que supongo que le recordó a Angie, y se puso a gritar, abrazada a mis piernas. Me partió el alma verla así. Pero la doctora Harris nos ha recomendado una psiquiatra infantil fantástica, la doctora Judith Knowles. Vamos a llevar a las gemelas a su consulta una vez a la semana. Les costará un tiempo, pero nos ha asegurado que acabarán superándolo por completo.

—¿Y Stanford va a admitir su culpabilidad para negociar una reducción de condena? —preguntó Steve.

—No tiene mucho que negociar. Planeó el secuestro por pánico. Temía que su mujer estuviera al corriente de sus aventuras amorosas y quisiera divorciarse de él. En tal caso, se habría quedado sin un centavo. Estaba relacionado con algunos de los problemas financieros que la empresa había tenido el año pasado y tenía miedo de que lo pillaran. Debía de tener un fondo de reserva, y cuando lo vio a usted en el despacho enseñando las fotos de las gemelas tramó su plan.

Carlson hizo una pausa antes de retomar la palabra.

—Lucas Wohl y Stanford tenían una relación extraña. Lucas era su chófer de confianza cuando Stanford quedaba con sus amantes. Un día, durante su segundo matrimonio, Stanford llegó a casa de improviso y sorprendió a Lucas abriendo con una palanqueta la caja fuerte donde su mujer guardaba las joyas. Le dijo que siguiera adelante con el robo, pero le exigió una parte del botín. Después de aquello Stanford le pasaba datos a Lucas sobre casas que podían ser objeto de robo. Stanford siempre ha vivido al límite. Lo que me gusta de la forma en que ha acabado este caso es pensar que Stanford se podría haber salido con la suya si hubiera confiado en que Lucas no le había revelado su identidad a Clint. Stanford era uno de nuestros principales sospechosos y estaba bajo vigilancia, pero no teníamos ninguna prueba contra él. Esa es la idea que va a perseguirle el resto de su vida cuando se despierte cada mañana en la celda de una cárcel.

—¿Y qué hay de Clint Downes? —preguntó Margaret—. ¿Ha confesado?

—Es un secuestrador y un asesino. Sigue diciendo que la muerte de Angie fue un accidente, pero le hará falta mucha suerte para convencer de ello a quienes lo juzguen. Tendrá que vérselas con un tribunal federal. Yo diría que no volverá a tomar una cerveza en libertad. No creo que salga de la cárcel en lo que le queda de vida.

Las gemelas habían acabado de jugar y estaban correteando por el comedor. Al cabo de un instante una Kathy sonriente estaba en el regazo de Margaret y una Kelly risueña estaba en brazos de Steve.

A Walter Carlson se le hizo un nudo en la garganta. Ojalá siempre fuera así, pensó. Ojalá pudiéramos rescatar a todos los niños secuestrados. Ojalá pudiéramos librar al mundo de todo aquel que lo acecha. Pero al menos esta vez tenemos un final feliz.

Las gemelas llevaban puesto un pijama floreado de color azul. Dos niñas vestidas de azul, pensó. Dos muñecas vestidas de azul...

ESTE LIBRO HA SIDO IMPRESO
EN LOS TALLERES DE
LIMPERGRAF. MOGODA, 29
BARBERÀ DEL VALLÈS (BARCELONA)